MARGERY ALLINGHAM

Gefährliches Landleben

Buch

Die Gerüchteküche brodelt, und es werden bereits Wetten darüber abgeschlossen, wie lange der Amerikaner Crowdy Lobbett noch zu leben hat. Der alte Richter hat mit großem Glück bereits vier Mordanschläge überlebt, doch scheint ihn das wenig zu beunruhigen. Nur widerwillig lässt er sich von seinem Sohn auf eine Schiffsreise nach England überreden, doch schon auf der Überfahrt hat man es wieder auf Crowdy Lobbett abgesehen: In letzter Sekunde greift Albert Campion ein, der zufällig an Bord ist, und rettet dem alten Herrn das Leben. Als der Richter, in London angekommen, ein weiteres Mal nur knapp einem Anschlag entgeht, wird seinem Sohn klar, dass er mit Hilfe der Polizei allein das Leben seines Vaters nicht wird retten können. Er wendet sich an Albert Campion, der Crowdy Lobbett bei seinen Verwandten in Suffolk vorübergehend in Sicherheit bringt. So glaubt er zumindest, doch bald schon wird er eines Besseren belehrt. »Simister«, ein geheimnisumwobener Krimineller, den Richter Lobbett sein Leben lang bekämpft hat, stellt ihm selbst bis dorthin nach. Denn dem berühmten Simister entkommt der Legende nach niemand – nicht einmal ein Privatdetektiv vom Format eines Albert Campion …

Autorin

Margery Allingham, geboren 1904 in London, veröffentlichte ihren ersten Roman im Alter von neunzehn Jahren. Vier Jahre später heiratete sie den Künstler Philip Youngman Carter, der den Umschlag ihres ersten Buches gestaltet hatte. Berühmt wurde sie mit ihren insgesamt 20 Kriminalromanen um den höflichen Detective Albert Campion, von dem manche behaupten, er sei eine Karikatur Lord Peter Wimseys. Heute gilt Margery Allingham wegen ihrer subtilen Erzählkunst, ihrem Witz und ihrer ungewöhnlichen Erfindungsgabe als eine der großen englischen ›Ladies of Crime‹. Margery Allingham starb 1966 in Colchester, Essex.

Von Margery Allingham außerdem lieferbar:

Das Haus am Golfplatz. Roman (3001)
Die Patientin in der Pfauenvilla. Roman (3251)
Der italienische Dolch. Ein Albert-Campion-Roman (5392)

Margery
Allingham

Gefährliches Landleben

Ein Albert-Campion-Roman

Aus dem Englischen von
Brigitte Mentz

GOLDMANN

Die englische Originalausgabe erschien 1930
unter dem Titel »Mystery Mile«.

Umwelthinweis:
Alle bedruckten Materialien dieses Taschenbuches
sind chlorfrei und umweltschonend.

Taschenbuchausgabe April 2002

Umschlaggestaltung: Design Team München
Umschlagfoto: Ernst Wrba
Satz: DTP Service Apel, Hannover
Druck: Elsnerdruck, Berlin
Krimi 5393
JE · Herstellung: Max Widmaier
Made in Germany
ISBN 3-442-05393-5
www.goldmann-verlag.de

1 3 5 7 9 10 8 6 4 2

Inhalt

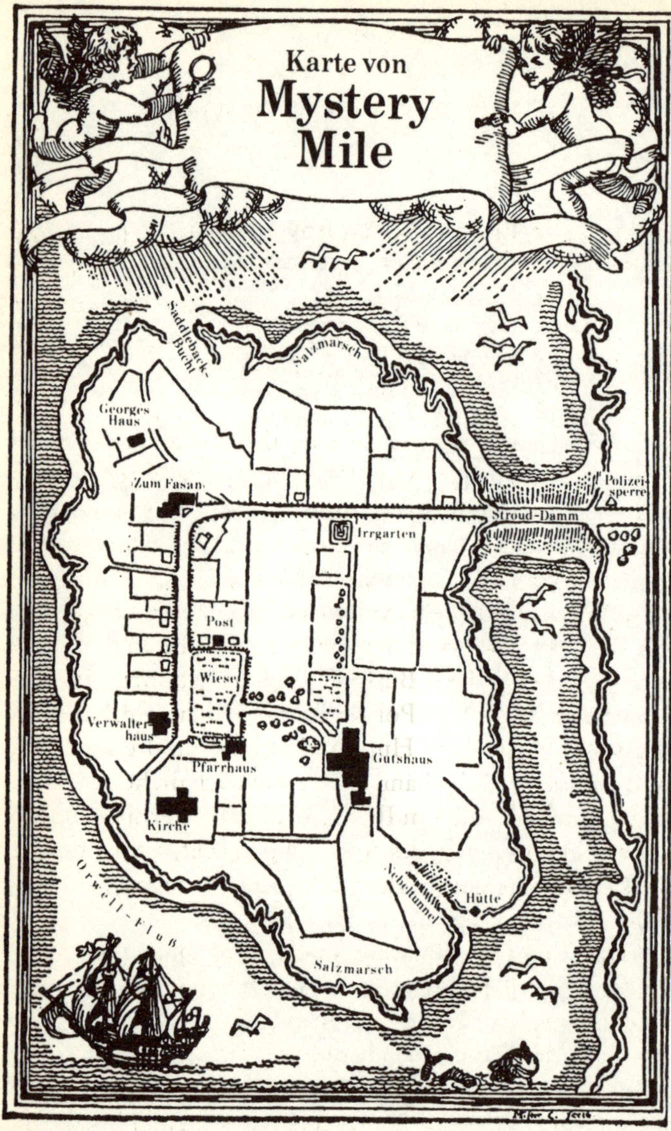
Karte von
Mystery
Mile
Saddleback-Bucht
Salzmarsch
Georges Haus
Zum Fasan
Polizeisperre
Stroud-Damm
Irrgarten
Post
Wiese
Verwalterhaus
Pfarrhaus
Gutshaus
Kirche
Nebeltunnel
Hütte
Orwell-Fluß
Salzmarsch

I

Einer unter den Anwesenden

»Ich wette mit Ihnen um fünfzig Dollar«, sagte der Amerikaner, der gleich neben der Tür im prunkvollen Salon der heimwärts fahrenden *Elephantine* saß, »dass der Mann da drüben innerhalb der nächsten zwei Wochen ermordet werden wird. Und wenn Sie gewinnen, bekommen Sie das Doppelte.«

Der Engländer neben ihm warf über das Meer der Stühle hinweg einen flüchtigen Blick auf den stattlichen alten Mann, den sie beobachtet hatten. »Zehn Pfund«, sagte er. »Abgemacht, die Wette gilt. Sie haben keine Ahnung, was für ein sicheres Fleckchen England ist.«

Auf dem Gesicht des Amerikaners breitete sich langsam ein Lächeln aus. »Und Sie haben keine Ahnung, was für ein gefährlicher alter Bursche Crowdy Lobbett ist«, erwiderte er. »Falls Ihre Polizei vorhat, auf ihn aufzupassen, muss sie ihn in einer Hutschachtel aus Stahl einsperren, und um *die* Aufgabe kann ich sie wahrlich nicht beneiden. Es tut mir fast Leid um Ihr Geld, aber immerhin habe ich Ihnen ein vorteilhafteres Angebot gemacht, als irgendeine Versicherungsgesellschaft in den Staaten es je machen würde.«

»Das klingt ja alles recht sonderbar«, meinte der Engländer. »Aber ich schlage vor, wir treffen uns heute in vierzehn Tagen bei *Verrey,* und dann machen wir die ganze Nacht durch. Passt Ihnen das?«

»Am zweiundzwanzigsten«, sagte der Amerikaner und machte sich eine Eintragung in seinem Notizbuch.

»Scheint mir etwas unfein, anlässlich der Leiche des alten Herrn zu feiern. Er ist wirklich ein großartiger alter Knabe.«

»Auf seine Gesundheit zu trinken, meinen Sie«, sagte der Engländer zuversichtlich. »Scotland Yard ist sehr gut in Form heutzutage. Dabei fällt mir ein«, fügte er munter hinzu, »ich muss Sie unbedingt in einen unserer Nachtklubs mitnehmen.«

Auf der anderen Seite des Schiffssalons redete der geschwätzige Türke, der seinen Mitreisenden auf die Nerven ging, seit sie in New York abgelegt hatten, auf sein jüngstes Opfer ein.

»Ganz schön mutig von ihm, zum Konzert hier unten zu erscheinen«, sagte er gerade. »Er steht nämlich auf der Schwarzen Liste. Ich glaube, darüber gibt es gar keinen Zweifel. Vier Morde in seinem Haushalt im letzten Monat, und jedesmal kam er wie durch ein Wunder davon.«

Sein Opfer, ein blasser junger Mann, der scheinbar versuchte, sich hinter riesigen Brillengläsern zu verstecken, erwachte aus seinen Träumereien, in die er versunken war, seit der gesprächige Orientale sich auf ihn gestürzt hatte, und musterte seinen Peiniger eulenhaft. »Aber doch nicht dieser nette alte Herr da drüben?« sagte er. »Der mit den weißen Haaren? Vier Morde in seinem Haus in einem Monat? Das kann aber nicht so weitergehen. Er weiß doch hoffentlich Bescheid darüber, oder?«

Da das die erste Bemerkung war, mit der der junge Mann ihn beehrte, kam der aufdringliche Bursche zu dem voreiligen Schluss, dass er unvermutet auf einen verwirrten Geist gestoßen war. Er konnte sich einfach nicht vorstellen, dass jemand nichts von den inzwischen berühmt-berüchtigten *Misfire*-Morden gehört haben sollte, obwohl die Presse sie groß herausgebracht hatte. Die New Yorker Zeitungen waren in den letzten vier Wochen voll davon. Der junge Mann ergriff das Wort.

»Wer ist dieser alte Sturmvogel?«, wollte er wissen.

Sein Begleiter sah ihn an, und in seinem Blick lag etwas von der Freude, die geborene Klatschmäuler empfinden, wenn sie auf einen uninformierten Zuhörer stoßen. Sein grobes rotes Gesicht belebte sich, und er legte entzückt seinen seltsam birnenförmigen Kopf schief, der allein seine Nationalität verriet.

»Dieser vornehme alte Herr, dieses Prachtexemplar eines abgebrühten Neu-Engländers«, flüsterte er wichtigtuerisch, »ist kein anderer als der Richter Crowdy Lobbett. Es gab eine Serie außergewöhnlicher Verbrechen, denen er zum Opfer fallen sollte. Ich kann gar nicht verstehen, dass Sie über all das nichts gelesen haben.«

»Oh, ich war weit weg, in Nebraska, aus Gesundheitsgründen«, erklärte der junge Mann. »Sie verstehen, etwas für harte Männer«, fügte er mit seiner dünnen Fistelstimme hinzu.

Er sprach mit größtem Ernst, und der alte Mann nickte arglos und setzte seinen Bericht fort.

»Zuerst wurde sein Sekretär erschossen. Er hatte im Lehnstuhl seines Herrn gesessen«, sagte er langsam. »Dann wurde sein Butler vergiftet, der offenbar hinter dem Whisky seines Herrn her war. Dann hatte sein Chauffeur einen geheimnisvollen Unfall, und zu guter Letzt fiel einem Mann, der mit ihm zusammen die Straße entlang ging, ein Mauerstein auf den Kopf.« Er lehnte sich zurück und sah seinen Begleiter fast triumphierend an. »Was sagen Sie dazu?«, wollte er wissen.

»Schockierend«, sagte der junge Mann. »Da hat sich jemand ziemlich daneben benommen. Und seine Treffsicherheit lässt auch zu wünschen übrig«, fügte er nach kurzer

Überlegung hinzu. »Ich nehme an, er macht jetzt auch aus Gesundheitsgründen eine Reise, wie ich.«

Der Türke neigte sich dicht zu ihm hinüber und schlug einen vertraulicheren Ton an.

»Der junge Lobbett soll seine liebe Not damit gehabt haben, seinen Vater überhaupt dazu zu bringen, nach Europa zu reisen«, murmelte er und versuchte ohne Erfolg, seine Stimme zu dämpfen. »Ich bewundere solche Männer. Männer, die vor nichts Angst haben, komme was da wolle.«

»Jaja«, sagte der junge Mann sanft. »Dieser reizende Vertreter der Jugend von heute neben dem alten Herrn da ist sicher der Sohn, von dem Sie sprachen.«

Der Türke nickte.

»Genau, und das Mädchen, das an seiner anderen Seite sitzt, ist seine Tochter. Mit ihren tiefschwarzen Haaren sehen sie irgendwie edel aus. Komisch, dass der Junge so groß ist und das Mädchen so klein. Sie kommt nach der Mutter, einer ›Edwardess von Tennessee‹, Sie verstehen.«

»Wann soll das Konzert anfangen?«

Der Türke lächelte. Er fühlte, dass er endlich Vertrauen gewonnen hatte.

»Mein Name ist Barber«, sagte er, »Ali Fergusson Barber – ein ziemlich dummer Scherz meiner Eltern, wenn Sie mich fragen.«

Er sah seinen Begleiter erwartungsvoll an, in der Hoffnung auf einen ähnlichen Vertrauensbeweis, der jedoch ausblieb. Der junge Mann schien ihn ganz vergessen zu haben und zog alsbald zum völligen Entsetzen des Orientalen eine kleine weiße Maus aus seiner Jackentasche und fing an, sie in seinen Händen zu streicheln. Schließlich hielt er sie Mr Barber zur Begutachtung vor die Nase.

»Ganz niedlich, finden Sie nicht?«, sagte er. »Einer von

der Kabinenstewards hat sie mir geliehen. Sie erinnert ihn an seinen Bruder Haig. Er nennt sie Haig, nach seinem Bruder.«

Mr Barber sah über seine gewaltige Nase hinweg auf das kleine Wesen und wich langsam zurück.

Der junge Mann sagte nichts mehr, weil inzwischen eine Dame mit goldglänzenden Haaren und Kneifer begonnen hatte, mit ziemlich verbissener Begeisterung die Sechste Ungarische Rhapsodie zu spielen.

Ihre Darbietung wurde eher zurückhaltend aufgenommen, und der Türke überwand seinen Widerwillen gegenüber diesem Lärm so weit, dass er sich dem jungen Mann zuneigen konnte, um ihn darüber zu informieren, dass verschiedene Bühnenstars mitreisten, sodass das Programm sich zweifellos im weiteren Verlauf des Abends verbessern würde. Fürs Erste blieb sein Optimismus allerdings unbelohnt.

Aber schließlich kam der geschäftige rotblonde junge Mann, der den Ablauf der Veranstaltung überwachte, nach vorn und verkündete, dass demnächst Satsuma, der weltberühmte japanische Zauberer, einige seiner berühmtesten Zaubertricks vorführen werde. Die Geduld des Publikums wurde strapaziert, während die Bühne für ihn vorbereitet wurde.

Erst jetzt schien Mr Barbers Begleiter sich so richtig für die Vorgänge auf der Bühne zu interessieren, und er fiel begeistert in den Applaus ein.

»Ich bin verrückt nach Zauberern«, bemerkte er umgänglich. »Haig wird's auch gefallen, kann ich mir vorstellen. Ich bin sehr gespannt, wie er reagieren wird.«

Mr Barber lächelte nachsichtig.

»Sie machen Witze«, sagte er einfältig.

Der junge Mann warf ihm einen schnellen Blick durch

seine Brille zu. »Ich zaubere selbst ein bisschen«, fuhr er in vertraulichem Ton fort. »Und ich habe mal einen Mann gekannt, der konnte jederzeit ein paar Kartoffeln aus seinem Zylinder zaubern, oder eine kleine Flasche *Bass*-Bier. Einmal hat er sogar auf diese Weise eine Flasche Champagner herbeigezaubert, aber es war keine besonders gute Marke. Nanu, was ist denn da los?«

Er starrte mit kindlicher Neugier auf die Bühne.

Einige einsatzfreudige Hilfskräfte, unterstützt von einem Elektriker, waren dabei, die Ausrüstung des Zauberers auf der kleinen Bühne zu installieren. Das Klavier musste verschoben werden, damit das große Illusionskabinett Platz hatte. Das Publikum sah neugierig zu, wie die Kabel verbunden und die verschiedenen farbenfrohen Schränke und Kästen aufgebaut wurden.

Der Zauberer selbst stand hinter einer Trennwand und gab von dort seine Anweisungen. Endlich war es so weit, der letzte Bühnenarbeiter war verschwunden, und der Zauberer kam hervor und verbeugte sich feierlich.

Für einen Japaner war er groß und dunkelhäutig, und er hatte ein kluges, viel zu kleines Gesicht.

Mr Barber stieß den jungen Mann an seiner Seite an.

»Der alte Lobbett lässt sich von seinen Sorgen offensichtlich nicht die Laune verderben«, polterte er los, während er quer durch den Raum einen Blick auf den Mann warf, über den so viele Mutmaßungen angestellt worden waren. Der saß auf der Stuhlkante, und seine Aufregung und Begeisterung wirkten fast kindlich. Nach kurzer Zeit verließ er sogar seinen Platz, weil er die Bühne von da aus nicht so gut sehen konnte, ging zur ersten Reihe vor und sah dann von dort im Stehen zu. Mr Barbers Begleiter sagte nichts dazu. Offensichtlich konzentrierte er sich ganz auf seine kleine zahme Maus. Er hielt sie hoch, weil er offenbar meinte, dass es dem kleinen Tierchen auf diese Weise möglich war, der Veranstaltung zu folgen.

Der Zauberer führte zunächst ein paar Taschenspielertricks vor, die er jeweils mit den passenden Sprüchen präsentierte.

»Sehr raffiniert. Sehr raffiniert«, murmelte Mr Barber mit seiner weithin hörbaren Flüsterstimme. »Man sagt, dass diese Tricks von Generation zu Generation weitergegeben werden. Ich persönlich glaube, das wird alles mit Spiegeln gemacht.«

Sein Bekannter reagierte nicht. Er saß kerzengerade da und starrte durch seine dicken Brillengläser auf die Bühne.

Satsuma zauberte mit erstaunlichem Geschick Enten, Goldfische, Tauben und sogar einige Japanerinnen hervor, und der jämmerliche Mr Barber schlug vor Begeisterung seine dicken Hände zusammen, während der alte Lobbett weit weg auf der anderen Seite des Raums ebenfalls sichtlich entzückt war.

Schließlich trat der Zauberer an den Rand der kleinen Bühne und machte die Ansage, die immer sein berühmtestes Kunststück einleitete.

»Meine Damen und Herren«, begann er, »es ist nur der freundlichen Unterstützung der Bordelektriker zu verdanken, dass ich jetzt in der Lage bin, Ihnen mein bei weitem bedeutendstes Zauberkunststück vorzuführen – das größte, das ich jemals zeigen konnte.«

Er trat ein oder zwei Schritte zurück und klopfte leicht gegen das riesige Illusionskabinett, das während seines ganzen Auftritts den größten Teil der Bühne eingenommen hatte. Er berührte einen versteckten Knopf, und schon fing das Kabinett zu leuchten an, bis es mit seinen diagonal verlaufenden Lichterketten in vollem Glanz erstrahlte.

Der Japaner verbeugte sich vor seinen Zuschauern und

sprach: »Mit Hilfe dieses Illusionskabinetts kann ich nicht nur einen meiner Assistenten verschwinden lassen, sondern jeden von Ihnen, der auf die Bühne kommen und mich unterstützen will.« Er machte eine Pause, um seinen Zuschauern Gelegenheit zu geben, die volle Bedeutung seiner Worte zu erfassen. »Ich lasse Sie verschwinden und wieder erscheinen«, fuhr er fort. »Und wenn irgendjemand nach dem Ereignis erklären kann, wie das Wunder vollbracht wurde, dann« – es folgte eine bedeutende ernste Geste – »stürze ich mich ins Meer.«

Er wartete, bis sich das höfliche Lachen legte, und fuhr dann energisch fort: »Wer ist der Erste? Sie, mein Herr, Sie?«, fügte er hinzu und zeigte auf Mr Barber, der die bei weitem auffallendste Person im Publikum vor ihm war.

Der Türke schüttelte den Kopf und lachte.

»O nein, mein Lieber. Nein. Ich bin zu alt für solche Abenteuer.«

Der Japaner lächelte und ging weiter. Aber der blasse junge Mann mit der Brille sprang auf.

»Ich will verschwinden«, sagte er mit seiner etwas dümmlichen Stimme. »Und ich glaube, Haig auch«, raunte er dem Orientalen erklärend zu.

Er ging erwartungsfroh nach vorne, hielt aber inne, als im Raum eine gewisse Unruhe entstand. Richter Lobbett hatte schon fast die Stufen zur Bühne erklommen, obwohl sein Sohn offensichtlich dagegen war. Er hielt auch inne, als der junge Mann erschien, und die beiden Männer standen unschlüssig da, bis der Zauberer nach vorne kam und sie beide auf die Bühne winkte.

»Einer nach dem andern«, sagte er verbindlich. »Wer zuerst kommt, mahlt zuerst.«

Während er sprach, half er dem Richter auf die Bühne, und der blasse junge Mann sprang zu ihnen hinauf.

»Hören Sie, würde es Ihnen was ausmachen, wenn mein Tierchen den Anfang macht?«, fragte er aufgeregt und hielt die weiße Maus hoch.

Die Zuschauer kicherten dankbar, in der Annahme, es handele sich um eine beabsichtigte komische Einlage.

Satsuma lächelte auch, aber da sein Englisch für diese Situation nicht ausreichte, ignorierte er den jungen Mann und führte Richter Lobbett zum Illusionskabinett hinüber.

»Haig wird mehr als enttäuscht sein, wenn er nicht als Erster darf«, rief der einfältig dreinschauende junge Mann. »Er hat heute Geburtstag, und man hat ihm versprochen, dass er heute immer und überall die Nummer Eins sein darf. Mein Herr«, fuhr er fort und wandte sich an den alten Mann, »sicherlich möchten Sie meinen kleinen Freund nicht um seinen Geburtstagsspaß bringen.«

Richter Lobbett begnügte sich damit, den jungen Mann ein paar Sekunden lang mit einem langsamen kalten Lächeln zu bedenken, aber der schien sich nicht im Geringsten aus der Fassung bringen zu lassen.

Inzwischen hatte Satsuma unter einem Tusch des Orchesters das Illusionskabinett mit seinem Zauberstab berührt, die Türen sprangen auf, und man sah einen safeartigen metallischen Innenraum, dessen vergitterte Seiten im strahlenden Licht glänzten.

»Jetzt, meine Damen und Herren«, sagte der Zauberer und wandte sich den Zuschauern zu, »jetzt werde ich diesen Herrn bitten« – er zeigte auf den älteren Mann – »hier hineinzusteigen. Dann werde ich diese Türen schließen. Wenn ich sie wieder öffne, wird er verschwunden sein. Sie können im ganzen Schiff suchen, meine Damen und Herren, auf der Bühne, unter der Bühne – Sie werden ihn nicht finden können. Dann werde ich die Türen erneut schließen. Dann werden die Türen auffliegen, und dieser Herr wird wieder genauso da sein, wie Sie ihn jetzt hier sehen. Und mehr noch, er wird nicht in der Lage sein, Ihnen zu erzählen, wo er versteckt war. Also, mein Herr, darf ich bitten?«

»Was?«, rief der hartnäckige junge Mann und schoss nach vorne, Bestürzung in den blassen Augen. »Kann Haig nicht zuerst rein? Wollen Sie ihn wirklich enttäuschen?«

Die Zuschauer wurden langsam unruhig, und Lobbett wandte sich leicht verärgert an den aufdringlichen Burschen.

»Ich weiß nicht, wer Sie sind, Sir«, sagte er leise, »aber Sie werden langsam ganz schön lästig. Ich bin ernsthaft an diesem Experiment interessiert, und ich glaube, alle andern hier auch. Verschwinden Sie und spielen Sie an Deck mit Ihrer Maus, Sir!«

Mit den letzten Worten drehte er sich um und ging auf das Illusionskabinett zu, dessen Türen einladend offen standen. Der Mann, dessen Verhalten in diesem Moment alle im Raum als Zumutung empfanden, schien plötzlich jeden Sinn für Anstand verloren zu haben.

Mit einem ärgerlichen Ausruf stieß er den überraschten alten Mann mit dem Ellbogen beiseite, und bevor der Zauberer ihn zurückhalten konnte, ließ er die kleine weiße Maus absichtlich auf den glänzenden Boden des Illusionskabinetts fallen.

Dann trat er blitzschnell zurück.

Ein winziges Zischen war zu hören, gerade laut genug, dass die Zuschauer es wahrnehmen konnten: ein unerträgliches, Grauen erregendes Geräusch.

Einen Moment lang hielt jeder im Raum den Atem an. Unter krampfartigen Zuckungen krümmte sich die Maus auf dem glänzenden Stahlgitter, wurde langsam schwarz und schrumpfte vor aller Augen zusammen.

Einen Augenblick herrschte allgemeine Fassungslosigkeit.

Die Bedeutung dieses außergewöhnlichen Vorfalls wurde erst nach und nach erfasst. Die Männer auf dem Podium, die das Ganze aus nächster Nähe erlebt hatten, erstarrten vor Entsetzen, als ihnen klar wurde, was da eigentlich passiert war.

Marlowe Lobbett löste sich als Erster aus der Erstarrung. Er sprang auf das Podium neben seinen Vater und sah mit ihm zusammen auf das verkohlte Etwas hinab, das auf dem Boden des Illusionskabinetts lag.

Im selben Moment heulte der blasse junge Mann mit der Brille in einer Mischung aus Kummer und Bestürzung auf; offenbar hatte er erst jetzt die Situation erfasst.

»Oh, mein armer Haig! Was ist mit ihm passiert? Was ist mit ihm passiert?« Er beugte sich nach vorne, um in das Kabinett hineinzusehen.

»Passen Sie auf, Sie Dummkopf!« Die Stimme von Richter Lobbett war nicht wiederzuerkennen, als er den unvorsichtigen jungen Mann am Kragen packte und zurückriss. »Begreifen Sie denn nicht?« Seine Stimme wurde schrill und zitterig. »Das Kabinett steht unter Strom. Ihr Liebling wurde durch einen Stromschlag getötet!«

Alle Anwesenden fuhren bei diesen Worten zusammen. Nach einer Schrecksekunde setzte aufgeregtes Gemurmel ein. Dann fing eine Frau an zu schreien.

Veranstalter und Schiffsoffiziere eilten auf das Podium. Der Lärm wuchs an, und eine durcheinander gebrachte Menge wogte auf die Bühne zu.

Richter Lobbett und sein hoch gewachsener Sohn waren von einer Gruppe aufgeregter Besatzungsmitglieder umringt. Satsuma schnatterte in seiner eigenen Sprache wild drauflos.

Der blasse junge Mann mit der Brille schien vor Entsetzen einer Ohnmacht nahe. Sogar der selbstgefällige Mr Barber wurde in seiner ihm eigenen Unbekümmertheit erschüttert. Seine gewaltige Kinnlade sackte nach unten, und seine öligen Augen blickten ungläubig vor Erstaunen.

Die ganze Zeit über glühte das Illusionskabinett weiter. Sein Strahlen wirkte jetzt böse, bizarr und schrecklich; aus einem Spielzeug war etwas Furcht einflößendes geworden.

Mit der Ankunft des Ersten Ingenieurs löste sich die allgemeine Erstarrung. Er war ein hagerer Ire aus Belfast, blond, hohlwangig und stocktaub. Mit der hohlen Stimme eines Tauben bellte er seine Befehle und spielte die ganze Sache in Kürze zu einer fast alltäglichen Angelegenheit herunter.

»McPherson, räumen Sie mal den Salon! Ich will hier keinen sehen außer den unmittelbar Betroffenen. Es hat einen kleinen Unfall gegeben mit diesen provisorischen Installationen hier«, besänftigte er die verwirrte Menge, die von einem energischen jungen Schotten und seinen Helfern sanft aber bestimmt aus dem Salon hinauskomplimentiert wurde.

»Da stimmt was ganz und gar nicht mit der Isolierung Ihres Schranks«, warf er dann in strengem Ton dem Japaner vor. »Das Ding ist offensichtlich äußerst gefährlich. Haben Sie denn noch nie Ärger damit gehabt?«

Satsuma protestierte heftig, aber sein vogelähnliches zwitscherndes Englisch wäre dem Ingenieur selbst dann unverständlich geblieben, wenn er es hätte hören können.

Inzwischen war eine kleine Armee von Mechanikern ans Werk gegangen. Der *Chief* trat in eine unverständliche technische Diskussion mit ihnen ein, und ihre zunehmende Verblüffung und Bestürzung machten mehr als alles andere deutlich, welch furchtbare Tragödie durch die rechtzeitige Opferung des bedauernswerten Haig gerade noch abgewendet worden war.

Der Japaner musste einem unwillkürlich Leid tun. An der Echtheit seiner Zerknirschung konnte kein Zweifel bestehen. Er strich um die Elektriker herum, halb in Angst vor den Konsequenzen des Geschehenen und halb in Sorge um die Sicherheit seiner kostbaren Ausrüstung.

Marlowe Lobbett, der langsam die Geduld verlor, ging auf den Ersten Ingenieur zu und schrie ihm ins Ohr.

»Ich weiß nicht, ob Sie davon gehört haben«, begann er, »aber in New York hat es einige erfolglose Anschläge auf das Leben meines Vaters gegeben. Das hier sieht mir ganz nach einem weiteren Anschlag aus. Ich wäre Ihnen sehr dankbar, wenn Sie herausfinden könnten, wo die Verantwortung liegt.«

Der *Chief* drehte sich zu ihm um.

»Mein verehrter Herr«, sagte er, »von Verantwortung kann hier keine Rede sein. Die ganze Sache ist durch einen unglaublichen Zufall passiert. Sehen Sie das Kabel da auf dem Boden?« Er zeigte auf eine blanke Stelle des Kabels, das auf dem Parkettboden des Podiums lag. »Wenn das Illusionskabinett beim Verrücken des Klaviers nicht gerade so verschoben worden wäre, dass die Stelle, wo die Isolierung am Kabel fehlte, mit dem Kabinett in Kontakt kam, hätte die ganze Sache nicht passieren können. Und ohne den zweiten, rein zufälligen Kurzschluss hätte der andere Kontakt nicht hergestellt werden können.« Er deutete auf den dunklen Fleck auf dem glänzenden Gitter des Illusionskabinetts. »Aber«, fuhr er fort und fixierte den jungen Amerikaner mit seinen leuchtend blauen Augen, »Sie glauben doch nicht etwa, dass jemand die ganze Geschichte arrangiert hat, im Hinblick auf die äußerst geringe Chance, dass Ihr Vater hier reinsteigen könnte, oder?« Der *Chief* war um einiges mehr verwirrt, als er zugeben wollte. Da aber niemand zu Schaden gekommen war, lag ihm – im Interesse des allgemeinen Schiffsfriedens – nichts daran, der Sache allzu sehr auf den Grund zu gehen.

Der alte Richter Lobbett legte seinem Sohn die Hand auf den Arm.

»Jetzt ist nicht der richtige Moment, um das zu diskutieren, mein Junge«, sagte er. »Irgendjemand muss gewusst haben, dass ich keinem Zauberer widerstehen kann. Aber ich bin nicht dafür, dass wir das jetzt diskutieren.«

Während er sprach, sah er sich um, und als der Erste Ingenieur seinem Blick folgte, bemerkte er den blassen jungen Mann mit der Hornbrille, der, immer noch einfältig dreinblickend, neben dem defekten Illusionskabinett stand. Der *Chief* runzelte die Stirn.

»Ich dachte, ich hatte Anweisung gegeben, den Salon zu räumen!«, sagte er. »Darf ich fragen, was Sie mit der Angelegenheit zu tun haben, Sir?«

Der junge Mann fuhr zusammen und errötete verlegen.

»Na ja, es war meine Maus«, sagte er.

Es dauerte einige Zeit, bis man dem *Chief* verständlich machen konnte, was er gesagt hatte, doch als das endlich geglückt war, reagierte er nicht eben mitfühlend.

»Ich glaube, wir kommen trotzdem ganz gut ohne Sie zurecht«, sagte er unverblümt.

Die Entlassung war unmissverständlich, und der blasse junge Mann lächelte nervös und entschuldigte sich leicht verwirrt. Dann trippelte er wie seine eigene Maus vom Podium und hatte sich schon fast bis zur Tür geschlichen, als der junge Marlowe ihn einholte.

Der junge Amerikaner hatte seinen Vater und seine Schwester auf dem Podium zurückgelassen und näherte sich entschlossen. Sein dunkelhäutiges Gesicht und seine funkelnden Augen verliehen ihm ein ziemlich düsteres Aussehen, und auf den blassen jungen Mann mit der Brille wirkte er energiegeladen, und das nicht nur in physischer Hinsicht.

»Ich möchte Ihnen danken«, sagte er und streckte ihm seine Hand hin. »Und ich möchte mich mit Ihnen unterhalten«, fügte er unvermittelt hinzu. »Ich stehe gewaltig in Ihrer Schuld, aber ich verstehe nicht recht, wie Sie in diese ganze Sache hineingeraten sind. Was für ein Spiel spielen Sie? Wer sind Sie?«

Der blasse junge Mann sah noch törichter aus als zuvor, falls das überhaupt möglich war.

»Was ich spiele?«, fragte er. »Ich verstehe nicht ganz, was Sie meinen. Speerwerfen kann ich ganz gut, und gelegentlich spiele ich auch Flohhüpfen, und im Tricktrack bin ich auch nicht schlecht.«

Er hielt inne.

Marlowe Lobbett sah ihn unverwandt an.

»Für mich ist das alles sehr viel ernster als für Sie«, sagte er langsam.

Der blasse junge Mann wurde plötzlich ganz rot und verlegen.

»Ich muss hier irgendwo eine Karte haben.« Er förderte aus seiner Manteltasche allerlei Krimskrams zu Tage, fischte eine Visitenkarte daraus hervor und überreichte sie Marlowe würdevoll.

»Meine Geschäftskarte«, sagte er, »wenn ich etwas für Sie tun kann, rufen Sie mich an. Ich glaube kaum, dass wir uns an Bord nochmal begegnen werden. Als Busschaffner fühlt man sich hier doch ganz schön fehl am Platze.«

Dann verbeugte er sich mit einem einfältigen Grinsen und verschwand durch die Tür. Der andere starrte ihm nach.

Die ganze Unterhaltung hatte weniger als zehn Sekunden gedauert.

Unschlüssig darüber, was er von dem Fremden zu halten hatte, warf der junge Lobbett einen Blick auf die Karte in seiner Hand. Sie war makellos und wunderschön gedruckt:

MR ALBERT CAMPION
Aufträge werden gewissenhaft ausgeführt
Nichts Anstößiges, Vulgäres, Pöbelhaftes
Verdienstvolle Fälle bevorzugt
Polizei kein Hindernis

PUFFINS CLUB
THE JUNIOR GREYS

Auf der Rückseite war eine Telefonnummer aufgeschrieben: Regent 01300.

2
Die Simister-Legende

Nachdem er sich eine halbe Stunde lang mit den seltsamen Launen des Londoner Telefonsystems herumgeplagt hatte, konnte Marlowe Lobbett endlich eine Verbindung herstellen. Irgendwo in dieser riesigen Stadt, die sein Hotel von allen Seiten zu bedrängen schien, als wollte sie sämtliches Leben aus ihm herausquetschen, klingelte das Telefon.

Und dann war am andern Ende der Leitung ein Klicken zu hören, jemand nahm ab und eine raue, völlig unerwartete Stimme sagte heiser: »Aphrodite Kleisterwerke.«

Marlowe Lobbett seufzte. »Ich wollte Regent 01300«, sagte er.

»Da sind Sie richtig«, sagte die Stimme. »Wen woll'n Sie sprechen?«

Der junge Mann warf einen Blick auf die Visitenkarte vor sich, und ein Gefühl der Enttäuschung überkam ihn. Er hatte sich an den Gedanken geklammert, dass er sich auf den Mann verlassen konnte, der seinem Vater an Bord der *Elephantine* so erfolgreich zu Hilfe gekommen war.

»Danke, es hat sich erübrigt«, sagte er, »eigentlich wollte ich Mr Albert Campion sprechen.«

»Oh?« Die Stimme wurde umgehend vertraulich. »Können Sie mir bitte Ihren Namen sagen, Sir?«

Völlig verwirrt nannte Marlowe Lobbett seinen Namen. Die Stimme wurde jetzt respektvoller als zuvor. »Hören Sie gut zu, Sir«, flüsterte sie poltrig. »Zur Polizeiwache in der Bottle Street müssen Sie. Sie wissen doch, wo das ist? Gleich bei Piccadilly. Sie nehmen den Nebeneingang auf der linken Seite, dann die Treppe rauf. Den Namen sehen Sie dann schon. Nein. Hat nichts mit der Polizeiwache zu tun – die Wohnung ist nur oben drin im Gebäude. Bis gleich dann. Wiedersehn, Sir.«

Wieder war das Klicken zu hören, und die Verbindung war unterbrochen.

Die junge Frau, die neben dem Apparat auf der Ecke des Tisches saß, sah ihren Bruder neugierig an. Sie war ein dunkler Typ, aber während er eine große und kräftige Statur hatte, mit Schultern wie ein Berufsboxer, war sie zierlich, schmal und zart gebaut.

»Hast du ihn erreicht?«, fragte sie besorgt. »Ich habe Angst, Marlowe. Größere Angst als zu Hause.«

Der junge Mann legte seinen Arm um sie. »Es wird schon alles gut werden, Kleines«, sagte er. »Die Sturheit des alten Herrn macht es uns nicht gerade leichter, auf ihn aufzupassen. Ich habe einige Hoffnungen in diesen Campion gesetzt, aber jetzt bin ich ganz unsicher geworden. Trotzdem werde ich versuchen, ihn aufzuspüren.«

Das Mädchen klammerte sich an ihn. »Sei vorsichtig. Du kennst hier niemanden. Vielleicht sollst du in eine Falle gelockt werden.«

Der junge Mann schüttelte den Kopf. »Das glaube ich kaum«, erwiderte er.

Sie ließ sich nicht beruhigen. »Ich komme mit.«

Marlowe schüttelte den Kopf. »Das würde ich nicht machen an deiner Stelle«, meinte er. »Vielleicht ist ja alles vergebliche Mühe. Bleib hier und pass auf Vater auf. Lass ihn nicht weggehen, bevor ich zurück bin.«

Isopel Lobbett nickte. »Na gut«, sagte sie, »aber beeil dich.«

Mit dem Taxi dauerte es nicht lang von Strand bis Piccadilly, und schneller als er erwartet hatte, befand sich Marlowe bereits in der engen Sackgasse vor dem Polizeigebäude. Er kam zu dem Schluss, dass das gelbe Tor der bewusste »Eingang auf der linken Seite« sein musste. Es stand offen, so dass man eine blankgescheuerte Holztreppe sehen konnte, die in die Dunkelheit hinaufführte. Nach dem ersten Absatz war die Treppe mit Teppich belegt, beim dritten hingen Bilder an der Wand, und zunehmend hatte Marlowe das Gefühl, in eine Privatwohnung geraten zu sein, als er plötzlich vor einer reizvoll geschnitzten Eichentür stand. Hübsch eingraviert auf einem kleinen Messingschild stand schlicht und einfach:

MR ALBERT CAMPION, KAUFMANN
WARENLAGER

Bei diesem Anblick wurde ihm schlagartig bewusst, wie sehr er damit gerechnet hatte, dass sein Gang zwecklos war. Er klopfte heftiger an die Tür, als er es vorgehabt hatte.

Umgehend wurde geöffnet, von dem jungen Mann mit der Hornbrille höchstpersönlich. Er war in eine Art Bademantel gehüllt, ein üppiges Gebilde aus buntem türkischem Frottee-Stoff.

»Hallo!«, sagte er. »Sie schauen sich also London an. Ich bin übrigens die wichtigste Sehenswürdigkeit gleich nach dem Tower. Treten Sie ein.« Er zerrte seinen Besucher durch einen winzigen Flur in ein Zimmer und verfrachtete ihn in einen tiefen bequemen Lehnstuhl am Kamin. Während er ihm einen Drink mixte, redete er wild drauf los und ließ den andern nicht zu Wort kommen.

»Ich muss wegen meiner Freunde über einer Polizeiwache wohnen. Das bietet mir erheblichen Schutz vor meinen etwas zweifelhafteren Bekannten.«

Trotz seiner inneren Unruhe und der großen Dringlichkeit seines Anliegens fiel Marlowe der ungewöhnliche Charakter des Zimmers auf. Es war geschmackvoll, fast luxuriös eingerichtet. Da gab es herrliche alte Stücke, einen Kupferstich von Rembrandt über dem Schreibtisch, eine Steinlen Katze, ein paar Original-Karikaturen und einen reizenden kleinen Gritin. Neben diesen Kostbarkeiten sah man hier und da Teile einer höchst bemerkenswerten Trophäensammlung. Eine kleine Gruppierung auf dem Kaminsims bestand aus zwei gekreuzten Brecheisen, gekrönt von einem Paar Handschellen, darüber eine Sträflingskappe. Auf einem Beistelltischchen lag ein wunderschöner italienischer Dolch, der offenbar als Papiermesser diente. Seine Klinge hatte eine merkwürdig blaugrüne Tönung und der Griff war mit alten ungeschliffenen Edelsteinen bedeckt.

Campion nahm ihn hoch. »Das ist der *Black Dudley* Dolch«, sagte er. »Ein alter Knabe, der mir über den Weg lief, wurde damit hinterrücks erstochen, und alle dachten, ich sei der Stecher gewesen. Nicht sehr witzig. Ich nehme an, Sie haben inzwischen die meisten Sehenswürdigkeiten von London gesehen«, fuhr er fort. »Da wäre vielleicht nur noch meine Großtante Emily. Ich habe schon lange vor, eine gute billige Bus-Tour zu ihrer Besichtigung einzurichten.«

Marlowe Lobbett lächelte nicht. »Verzeihen Sie bitte«, sagte er, »aber könnten wir vielleicht mit diesen Späßchen aufhören? Ich bin zu Ihnen gekommen, weil Sie meine letzte Rettung sind, Mr Campion.«

Der Ernst des jungen Mannes war ernüchternd, aber sein unbeirrbarer Gastgeber legte wieder los, nachdem kurz ein Anflug von Reue über sein Gesicht gehuscht war. »Gewiss – ich stehe Ihnen zu Diensten«, sagte er verbindlich. »Ich übernehme heutzutage wirklich fast alles. Nur nichts Anstößiges. Ich werde auf keinen Fall diese gewisse kolorierte Fotografie von mir als Lord Fauntleroy verkaufen. Ausgeschlossen. Da kann mich auch Ihr ganzes Gold nicht in Versuchung führen. Die vermache ich der Nation. Vaterlandsliebe und dieser ganze Quatsch«, schwatzte er weiter und bot seinem Gast dabei einen ausgesprochen gefährlich aussehenden Cocktail an. »Meine höchstpersönliche Kreation. Enthält ungefähr alles bis auf Tee. Also, junger Mann, was kann ich für Sie tun?«

Marlowe nahm den Drink an. »Sagen Sie mal«, wollte er wissen, »reden Sie immer so?«

Mr Campion sah verlegen drein. »Fast immer«, sagte er. »Die Leute gewöhnen sich daran, mit der Zeit. Ich kann nichts dagegen machen, es ist eine Art Gebrechen, wie Stottern oder ein Hammerzeh. Meine Freunde tun so, als ob sie es nicht bemerken. Was hat die Polizei Ihnen heute Morgen gesagt?«

Diese Frage kam so plötzlich, dass Marlowe Lobbett keine Zeit hatte, seine Überraschung zu verbergen. »Was wissen Sie davon?«, fragte er. »Wie können Sie wissen, dass ich heute Morgen Ihr Polizeihauptquartier aufgesucht habe?«

Campion trat würdevoll auf ihn zu und entfernte behutsam mit Daumen und Zeigefinger einen Fussel vom Mantel seines Besuchers. »Ein Polizistenhaar, lieber Watson«, sagte er. »Ich bemerkte es sofort, als Sie eintraten. Seither arbeitet mein Gehirn. Ich nehme an, man hat gekniffen?«, fuhr er mit plötzlicher Direktheit fort.

Marlowe sah kurz auf. »Sie wollten nicht für seine Sicherheit garantieren«, sagte er.

Mr Campion schüttelte den Kopf. »Das kann ich ihnen ganz und gar nicht verdenken«, meinte er nüchtern. »Ihre Polizei in New York hat ihm doch auch keine Versicherungspolice ausgestellt?«

»Nein«, sagte Marlowe. »Das ist ja der Hauptgrund, warum ich den alten Knaben dazu gebracht habe, hierher zu kommen. Unser Polizeichef drüben hat mir klar gemacht, dass sie seiner Meinung nach mit Vater Katz und Maus spielen, und dass sie ihn jederzeit erwischen könnten, wenn sie Lust haben. Eigentlich ist der alte Herr selbst dran schuld«, sprudelte es aus ihm hervor. »Er lehnt es rundweg ab, sich auf irgendwelche zumutbaren Einschränkungen einzulassen. Er will sich von der Polizei nicht so überwachen lassen, wie die sich das vorstellt. Er hatte nämlich nie Angst vor –« Er zögerte und fügte dann das Wort ›ihnen‹ in einem ganz eigenartigen Tonfall hinzu. »Und bis heute hat sich da nichts geändert. Er ist nicht verrückt. Das ist einfach seine Art. Sie sehen, womit ich zu kämpfen habe.«

»Nicht ganz«, sagte Mr Campion nachdenklich. »Um was geht's eigentlich, mein Junge?«

Marlowe starrte ihn verwundert an. »Sie wollen doch nicht etwa sagen, dass Sie es nicht wissen?«, sagte er. »Ich verstehe sie überhaupt nicht, Mr Campion. Als Sie meinen Vater auf der *Elephantine* gerettet haben, wussten Sie doch sicher annähernd, worum es ging.«

»Na ja, natürlich«, sagte der Wohnungsinhaber großspurig. »Aber nicht vollständig. Ich habe einen alten Einbrecher-Freund an Bord getroffen, und der hat mich auf einen Kumpel hingewiesen, einer von gleichem Rang sozusagen, und dieser wiederum hatte sich plötzlich dick mit dem alten Schlitzohr von Zauberer angefreundet. Wie es sich für Profis gehört, haben wir uns natürlich nachdrücklich für seine Technik interessiert. Und, na ja, da habe ich mir eben Haig ausgeliehen, für den Notfall. Können Sie sich das vorstellen?« plapperte er weiter, »ich glaube, diese Maus mochte mich. Ich bin froh, dass es ein schneller Tod war. Übrigens, was ich fragen wollte, sind Sie heute aufgrund meines albernen Auftritts auf der Bühne zu mir gekommen?«

Marlowe Lobbett zögerte. »Eigentlich nicht«, gab er zu. »Ich habe nämlich heute früh in Scotland Yard mit Chefinspektor Deadwood gesprochen und dabei erfahren, dass sie eine Überwachung des alten Herrn nur mit ordentlichem Polizeischutz gewährleisten können, was Vater niemals zulassen würde. Und da bat ich ihn dringend – von Mann zu Mann – mir jemanden zu nennen, an den ich mich wenden könnte.«

Mr Campion kicherte. »Da kann ich ihn nur beglückwünschen«, sagte er. »Der große Albert Campion, K. O. B. – sprich: Knast ohne Bewährung«, erklärte er bedauernd. »Aber so weit ist es noch nicht gekommen. Sie wissen natürlich, wer ›sie‹ sind?«, fragte er unvermittelt.

Marlowe Lobbett gewöhnte sich zunehmend an diese blitzartigen Stimmungswechsel. Er nickte und heftete seine klugen dunklen Augen auf die Brillengläser, die Mr Campions Ernsthaftigkeit vor ihm verbargen. »Simister.« Er sprach das Wort so zaghaft aus, dass es wie ein Flüstern klang. Mr Campion sagte zunächst einmal gar nichts, und Marlowe Lobbett beugte sich plötzlich in seinem Sessel vor.

»Mr Campion«, sagte er, »können Sie mir etwas über diesen Simister erzählen? Was ist er? Ein Gangster? Ein Obergauner? Handelt es sich überhaupt um nur eine Person? In New York sagt man, dass man sein Strafregister über hundert Jahre zurückverfolgen kann, und dass es so eine Person gar nicht gibt. Eine mächtige Bande soll angeblich den Namen als eine Art Firmennamen benutzen. Sagen Sie mir«, drängte er, »gibt es ihn?«

Mr Campion lachte auf. »Mein lieber Mann«, sagte er, »irgendwo auf dieser Erde gibt es einen Mann namens Simister. Er mag ein Teufel sein – ein Schreckgespenst – was immer Sie wollen, aber er ist auf jeden Fall genauso eine Macht des Bösen wie Rauschgift. Ich sage das nicht, um Ihre jugendliche Glut abzukühlen«, fuhr er fort, »aber nichts ist gefährlicher, als einen Feind zu unterschätzen. Das ist alles, was ich über ihn weiß. Ich habe mit Gaunern gesprochen, ich habe mit Polizisten gesprochen – ich habe sogar mit Mitgliedern seiner eigenen Bande gesprochen –, aber ich habe bisher noch niemanden getroffen, der ihn mit eigenen Augen gesehen hat. Wie es scheint, ist er eine Stimme am Telefon, ein Schatten auf der Straße, die behandschuhte Hand, die das Licht ausknipst im Kriminalstück, aber eins unterscheidet ihn von allen andern: er wird nie gefasst. Man erzählt sich Tausende von erstaunlichen, abenteuerlichen Geschichten über ihn, aber in keiner einzigen erscheint auch nur der kleinste Hinweis auf sein Gesicht. Man sagt, dass ihm keiner entkommen kann.«

Marlowe wand sich unbehaglich in seinem Sessel. »Ich habe davon gehört«, sagte er, »und deswegen bin ich zu ihnen gekommen – Sie sind meine letzte Rettung, wenn ich das so sagen darf. Können Sie irgendetwas für mich tun?«

Mr Campion starrte ihn eulenhaft an, gab aber keine direkte Antwort. »Eine Sache verstehe ich nicht. Warum ausgerechnet Ihr Vater?«

Marlowe Lobbett stand auf und ging im Zimmer auf und ab. »Genau die Frage macht mir so zu schaffen«, sagte er. »Ich kann da gar nichts machen. Geld kann da nichts bewirken. Es handelt sich um eine Art Rache.«

Campion nickte. »Verstehe«, sagte er ernst. »Sonst noch was?«

»Ich bin nicht sicher«, Marlowe klang verzweifelt. Dann sprach er mit plötzlicher Zuversicht weiter: »Ich habe all das unter Schwierigkeiten herausgefunden. Das Ganze hat vor langer Zeit angefangen. Als ich noch ein Kind war, hatte ich natürlich keine Vorstellung davon, was Vater so trieb. Erst vor kurzem habe ich die Wahrheit aus ihm herausgekriegt, und er wollte nicht viel herausrücken, nicht einmal mir gegenüber. Offenbar hat der alte Knabe sein ganzes Leben lang die Simister-Bande bekämpft. Er war die einzige Waffe, die die Polizei effektiv einsetzen konnte. Wenn sie einen Gangster gefasst haben, hat Dad ihm ganz schön eingeheizt. Er war nicht ungerecht, er war nur hart, wenn es um sie ging. Aber sie ließen sich eigentlich nicht nachhaltig von ihm beeindrucken. Und dann, ganz plötzlich – das war nach dem Steinway-Prozess (er hat den Fall nicht verhandelt, wissen Sie, er war nur Berater, das war nach seiner Pensionierung) – waren sie hinter ihm her. Sechs Monate lang haben wir in ständiger Angst um ihn gelebt«, schloss er mit ruhiger Stimme.

»Kein Sonntagsspaziergang«, sagte Mr Campion teilnahmsvoll und fügte ernsthafter hinzu: »Ist das alles?«

Marlowe Lobbett zögerte. »Na ja, alles andere sind nur Vermutungen«, sagte er.

»Und die wären?«, wollte Mr Campion wissen.

Marlowe setzte sich wieder und zündete sich eine Zigarette an, rauchte aber nicht.

»Ich muss Ihnen gleich sagen«, begann er zögernd, »mein Vater hat nichts geäußert, was mich auf diese Idee bringen konnte. Sicher bin ich nicht, aber da ist in letzter Zeit einiges passiert, was mich zu der Vermutung veranlasst hat, dass er irgendwas ganz Eindeutiges gegen die Simister-Bande in der Hand hat. Sie wissen ja«, fuhr er hastig fort, »Beratertätigkeit ist eine ziemlich unklare Bezeichnung. Ich habe allerdings das dumpfe Gefühl, es könnte bedeuten, dass er sich darauf eingelassen hat, selbst Nachforschungen über diese Simister-Leute anzustellen. Wahrscheinlich würde er das nie zugeben, um uns keine Angst zu machen. Ich glaube, dass der alte Knabe über etwas gestolpert ist. Ich habe versucht herauszufinden, was es sein könnte, und mir ist der Gedanke gekommen, dass er auf etwas gestoßen sein muss, was die wahre Identität dieses Simister-Kerls enthüllen wird.«

Mr Campion nahm seine Brille ab und richtete seine blassen Augen voller Staunen auf seinen Besucher. »Ich kann Ihnen nur wünschen, dass Sie sich diesbezüglich irren. Wenn die Simister-Bande, wie Sie zuerst gesagt haben, aus bloßer Wut, sprich Rache, hinter Ihrem Vater her ist, ist das *eine* Sache. Dann gibt's Hoffnung für ihn. Aber wenn er ihnen, wie Sie jetzt vermuten, auf der Spur ist, fürchte ich, dass die ungeheure Summe, die Sie ausgeben müssen, um Mr Campions Unterstützung zu bekommen, nichts als Geldverschwendung ist. Überlegen Sie mal«, fuhr er fort, »was können Sie von mir erwarten? Ich sage es Ihnen ganz offen, Ihre einzige Chance besteht darin, den alten Knaben ins Brixton Gefängnis zu schaffen, und das wird nicht sehr spaßig für ihn sein.«

Marlowe Lobbett stand auf. »Ich verstehe«, sagte er, »ich habe Ihnen gesagt, dass Sie meine letzte Hoffnung sind.«

Mr Campion zögerte. »Zu gern würde ich es mit Simister aufnehmen«, sagte er.

Der junge Amerikaner wandte sich schnell zu ihm um. »Worauf warten Sie noch? Das ist *die* Chance für Sie«, sagte er. »Vielleicht ist es ein aussichtsloses Unternehmen, aber fest steht, dass bislang noch kein Unheil angerichtet wurde.«

»Mein lieber junger Optimist«, sagte Mr Campion warnend, »in Wirklichkeit sagen Sie ›Hier ist ein hübscher Krieg, kommen Sie und machen Sie mit.‹«

Er wurde durch ein Klopfen an der Eingangstür von weiteren Bemerkungen abgehalten.

»Die Mittagsausgabe«, sagte Mr Campion. »Entschuldigen Sie mich einen Moment.«

Er ging aus dem Zimmer und kam gleich wieder mit dem Rennblatt des *Evening Standard* in der Hand. Er lächelte. »Jetzt kann ich mich anziehen«, erklärte er fröhlich. »Ich hatte mein letztes Hemd auf *Archdeacon* gesetzt.«

Er überflog schnell die Spalte mit den neusten Meldungen. Plötzlich veränderte sich sein Gesichtsausdruck, und er reichte die Zeitung seinem Besucher. Er las: *»Bekannter Amerikaner knapp davongekommen.* Richter Crowdy Lobbett, der prominente Besucher aus Amerika, ist mit knapper Not einem schweren Unfall entgangen, als heute Mittag um zwölf Uhr ein Taxi vor seinem Hotel in Strand auf den Bürgersteig geriet und in ein Schaufenster raste. Niemand wurde verletzt.«

»Um Gottes willen!« Marlowe Lobbett ging zur Tür. »Sie wissen nicht, wo ich bin – ich habe Ihre Adresse nicht hinterlassen. Isopel wird außer sich sein. Ich muss sofort zu ihnen gehen.«

Mr Campion war in seinem Schlafzimmer verschwunden, das von dem Zimmer abging, in dem sie sich unterhalten hatten.

»Warten Sie auf mich«, rief er. »Ich bin gleich so weit.«

Marlowe Lobbett trat in die Tür. »Ich verstehe Sie nicht ganz.«

»Ich bin dabei«, sagte Mr Campion.

3
Mystery Mile

An der grauen sumpfigen Küste von Suffolk, fünfundzwanzig Kilometer von der nächsten Bahnstation entfernt und mit dem Festland nur durch einen schmalen Damm, den Stroud, verbunden, lag das Dörfchen Mystery Mile, umgeben von unpassierbarem Watt und grauweißer Salzmarsch.

Seinen Namen verdankte es dem Bodennebel, der sommers wie winters in den flachen Senken rund um den kleinen Hügel hing, auf dem das Dorf lag. Wie viele Dörfer in Suffolk war der Ort eigentlich eher ein Gut als ein Dorf. Das halbe Dutzend Häuschen, die Post und das Pfarrhaus waren mehr oder weniger Nebengebäude des Herrschaftshauses, in dem der Besitzer von Mystery Mile seinen Wohnsitz hatte.

In alten Zeiten, als das Land noch mehr eingebracht hatte, war es dem Gutsherrn nicht schwer gefallen, die große Familie der Lehnsleute zu ernähren, und einmal abgesehen von den Hexenverbrennungen zurzeit James I., als nahezu ein Drittel der Bevölkerung hingerichtet wurde, wegen eher schrulliger als nekromantischer ›Vergehen‹, hatten in diesem Örtchen lange Zeit friedvolle, wenn auch nach und nach schlechter werdende Zeiten geherrscht.

Die Familien hatten untereinander geheiratet, und inzwischen konnte man sie fast ebenso als *ein* Geschlecht ansehen, wie die Pagets selbst.

Nach seinem Tode hatte Giles Paget, der Vater des derzeitigen Gutsherrn, seinem jungen Sohn und seiner Tochter das Haus und wertlose Ländereien hinterlassen, aber wenig oder kein Geld zur Bewirtschaftung, dafür etwa zwanzig bis dreißig Dorfbewohner, die in ihnen ihre natürlichen Ernährer sahen.

Das Herrschaftshaus, das hinter Ulmen versteckt lag, war nur von einer Lampe erleuchtet, die am großen Flügelfenster hing. Es war ein lang gestrecktes, niedriges Gebäude mit vielen Giebeln, wahrscheinlich so um 1500 erbaut und seither stets gut in Stand gehalten. An der vorgebauten Stirnseite wuchsen im Schutz des Dachvorsprungs Rosenbäumchen. Die schwarzen Fensterstürze waren heruntergezogen und hoben die Schönheit des sie umgebenden Putzwerks hervor.

In der Bibliothek am Kamin mit seinen tiefen Kaminsesseln bewirteten der Gutsherr und seine Schwester den Pfarrer.

Der Gutsherr war dreiundzwanzig Jahre alt. Giles Paget und seine Schwester Biddy waren Zwillinge. Wie sie da so nebeneinander saßen, wirkten sie auffällig modern vor dem Hintergrund des dunklen, mit Eichenmöbeln ausgestatteten Zimmers, an dem sich äußerlich seit Jahrhunderten nichts verändert hatte.

Giles war ein kräftig gebauter, blonder junger Mann, wenn auch kleiner, als seine Stämmigkeit vermuten ließ. Er hatte ein quadratisches, nicht besonders hübsches Gesicht, aber ein reizendes Lächeln.

Biddy strahlte eine Lebhaftigkeit aus, die für ein Mädchen vom Land ungewöhnlich war. Sie war so groß wie ihr Bruder, hatte eine knabenhafte Figur und mehr Sinn fürs Praktische als alle anderen Mitglieder der Paget-Familie vergangener Zeiten zusammen.

Ihr Besucher, Reverend Swithin Cush, der Pfarrer von Mystery Mile, saß ihnen gegenüber und strahlte sie an. Er war ein hagerer alter Mann mit einer Hakennase und tief liegenden glänzenden schwarzen Augen, die von zahllosen kleinen Fältchen umgeben waren. Biddy schnitt ihm höchstpersönlich seine seidigen weißen Haare, wenn sie ihm über den Kragen wuchsen. Seine Kleidung bestand aus einem ehrwürdigen Anzug mit Knickerbockern, an Knien und Ellbogen mit verschiedenster Wolle gestopft, dazu trug er einen strahlend weißen, steifen Kragen, die einzige Konzession an ›die Geistlichkeit‹, zu der er bereit war. Sein persönlicher Luxus war ein Hämatit-Siegelring, der an seinem knorrigen Zeigefinger matt glänzte. Fast fünfzig Jahre lang hatte er jetzt schon die Leute des Landstrichs getauft, getraut und beerdigt. Das Dorf war konservativ, vielleicht sogar mittelalterlich in seinen religiösen Anschauungen, und die alte, angekettete Bibel in der kleinen spätnormannischen Kirche war das einzige Gesetzbuch, das die Leute anerkannten.

In der Diskussion, die am Kaminfeuer in der Bibliothek geführt wurde, ging es um das Stück Papier, das Giles Paget in der Hand hielt.

»St. Swithin kann das Telegramm jetzt sehen«, sagte Biddy. »Es ist das erste in Mystery Mile seit Giles den großen Fünfhundert-Meter-Lauf gewonnen hat. Ich kann mir nicht vorstellen, wie Albert hierhergelangen will, Giles. Die Taxifahrer aus Ipswich mögen den Stroud in der Nacht nicht besonders.«

Der Pfarrer nahm das Telegramm, senkte das Papier zum Feuer, um es durch den Schein der Flammen zu beleuchten, und las laut:

»ACHTUNG KINDER ONKEL HAT HAUS VERMIETET STOPP LASST GLOCKEN LÄUTEN STOPP KEINE BLUMEN STOPP ANKOMME HALB ZEHN STOPP ERWARTE ESSEN UND EDLEN JAHRGANG STOPP STETS EURE EVA BOOTH.«

»Wie ich Albert kenne«, sagte der Pfarrer, »wird er auf einem Hexenbesen ankommen.«

Biddy seufzte. »Glaubt ihr wirklich, dass er das Haus vermietet hat?«, fragte sie. »Ich hätte nie gedacht, dass er uns ernst nimmt. Ich hoffe sehr, dass wir ordentlich was dafür bekommen. Cuddys dritte Tochter wird im September wieder ein Baby kriegen. Da ist wieder eine großzügige Gabe fällig. Die alten Sitten und Gebräuche belasten das Budget ganz schön.«

»›Der Herr wird's geben‹ steht nicht in der Vulgata«, meinte der Pfarrer mit Bedauern. »Aber ich setze großes Vertrauen in Albert.«

Biddy kicherte. »St. Swithin«, sagte sie, »Albert ist ein zweifelhafter Typ und kein geeigneter Umgang für einen kirchlichen Würdenträger.«

Der alte Mann lächelte sie an, und seine kleinen schwarzen Augen funkelten und tanzten im Feuerschein.

»Meine Tochter«, sagte er, »aus dem Bösen erwachset das Gute. Warum sollen wir nicht im Schatten des Lorbeerbaums sitzen, solange er gedeiht? Obgleich unser guter Freund Albert ein wahrer Christ ist«, fügte er ernsthaft hinzu. »Zu Richelieus Zeit wäre er zweifelsohne Kardinal geworden. Er verkehrt nicht ausschließlich mit Kriminellen. Schau uns an, beispielsweise.«

Giles unterbrach ihn. »Oh nein«, sagte er, »er ist kein Gauner. Jedenfalls nicht direkt«, fügte er noch schnell hinzu.

»Aber er ist auch kein Detektiv«, sagte Biddy. »Wenn man es richtig bedenkt, ist er doch eine Art Mädchen für alles. ›Übernehme Ihr Risiko gegen geringe Entlohnung.‹ Oh, ich mag Albert.«

Giles grinste.

»Das weiß ich«, sagte er. »Sie hat nebenan ein kleines Festmahl für ihn vorbereitet, St. Swithin. Eines schönen

Tages wird sie uns in ein Heim stecken und mit ihm abhauen.«

Biddy lachte und beobachtete sie verschmitzt aus den Augenwinkeln.

»Wer weiß«, sagte sie, »aber er verhält sich sonderbar gegenüber Frauen.« Sie seufzte.

»Er ist überhaupt ein sonderbarer Typ«, meinte Giles. »St. Swithin, habe ich Ihnen erzählt, wie wir das letzte Mal zusammen die Regent Street entlanggegangen sind? Da sind wir zwischen Ecke Conduit Street und Piccadilly fünf Leuten begegnet, die er kannte, darunter eine Vicomtesse und zwei Bischöfe. Jeder von ihnen blieb stehen und begrüßte ihn wie einen alten Kumpel. Und jeder einzelne redete ihn mit einem anderen Namen an. Weiß der Himmel, wie er das anstellt.«

»Addlepate wird sich freuen, ihn mal wiederzusehen«, sagte Biddy, während sie das geschmeidige Fell des kastanienbraunen Hundes streichelte, der gerade seinen Kopf in ihren Schoß gelegt hatte. Der Hund merkte auf, als er seinen Namen hörte, und wedelte in hektischer Begeisterung mit seinem Stummelschwanz.

Giles wandte sich dem Pfarrer zu. »Albert hat erzählt, dass er versucht hat, den Hund zur Verbrechensbekämpfung abzurichten. Aber er war wohl ein hoffnungsloser Fall, und Albert hat ihn dann bei uns abgeliefert. Er meinte, das Fleisch war willig, aber der Geist war schwach. Ich werde auch nie vergessen«, erzählte er weiter und zog an seiner Pfeife, »wie wir damals in Cambridge waren und ich mit anhörte, wie Albert dem Gepäckträger nach Mitternacht erklärte, dass er ein Werwolf sei, der auf seinem nächtlichen Spaziergang unterwegs war und sich unvermutet in seine eigene Gestalt zurückverwandelt hatte, bevor er Zeit hatte, übers Geländer zu springen. Er hielt alte ...«

Der Klang einer Autohupe draußen unter den Ulmen unterbrach ihn. Biddy sprang auf. »Da ist er«, sagte sie und rannte hinaus, um ihm selbst die Tür zu öffnen. Die anderen beiden folgten ihr.

Durch die raschelnde Finsternis konnten sie gerade eben den Umriss eines kleinen Zweisitzers erkennen, aus dem sich die dünne Gestalt erhob, die sie erwartet hatten. Aufrecht stehend, die Hand an der Stirn, posierte er im Auto, um sie zu begrüßen.

»Die Sonne geht auf!«, sagte er und stand im nächsten Moment auf den Stufen neben ihnen. »Hallo meine lieben Kleinen, wie seid ihr doch gewachsen. Es kommt mir vor, als sei es erst gestern gewesen, dass du, St. Swithin, auf meinen Knien deine Kindergebetchen gebrabbelt hast.«

Sie brachten ihn ins Haus, und als er im Speisezimmer mit der niedrigen Decke beim Essen saß, scharten sie sich um ihn wie Kinder. Als Addlepate endlich begriffen hatte, um wen es sich handelte, bekam er in der Vorhalle erst mal einen leichten Anfall von Hundehysterie, bevor er sich zu ihnen gesellte.

In stillem Einvernehmen überließen sie es Mr Campion, die Frage der Vermietung des Hauses zur Sprache zu bringen, und als er das Thema nicht anschnitt, sondern munter drauflosschwatzte über Gott und die Welt, wurde es mit keinem Wort erwähnt, bis sie erneut am Kaminfeuer in der Bibliothek saßen.

Mr Campion saß zwischen Giles und Biddy. Der Schein des Feuers glänzte auf seinen Brillengläsern, so dass seine Augen nicht zu sehen waren. Giles lehnte sich zufrieden zurück und rauchte seine Pfeife. Das Mädchen saß dicht neben dem neuen Gast, Addlepate auf ihrem Schoß, und der alte Pfarrer war wieder in seiner Ecke. Wie er da so saß, zeichnete der Feuerschein ein filigranes Muster auf sein

Gesicht, so dass er wie ein Kupferstich von Rembrandt aussah.

»Nun also zu diesem Maklergeschäft«, begann Mr Campion. »Ich habe einen Anschlag auf euch vor, Kinder.« Sein Tonfall war ungewöhnlich ernst.

»Ich weiß, was ihr denkt«, sagte er. »Ihr fragt euch, wo der Hase im Pfeffer liegt. Es geht um Folgendes. Zufällig benötigte ich ein entlegenes Landhaus für einen äußerst brisanten Job, mit dem ich gerade zugange bin. Da fiel mir wieder eure Ankündigung ein, dass ihr das Ahnenhaus vermieten müsst, und ich dachte, dass sich so zwei Fliegen mit einer Klappe schlagen ließen. Giles, alter Knabe, ich werde deine Hilfe benötigen. Biddy, könntest du dich vielleicht verziehen und eine Zeit lang bei einer Tante oder so was ähnlichem bleiben? Vierzehn Tage ungefähr, hab ich gedacht – bis ich weiß, wie die Dinge liegen.«

Das Mädchen sah ihn an mit leichtem Erstaunen in den Augen. »Meinst du das ernst?«, fragte sie.

Er nickte. »Ernster als alles andere in der Welt.«

Biddy lehnte sich in ihrem Sessel zurück. »Das musst du erklären«, sagte sie. »Ich will nichts verpassen.«

Mr Campion ergriff Biddys Hand mit feierlicher Miene. »Frau«, sagte er, »das ist Männersache. Du wirst dein kleines Stubsnäschen da raushalten. Da gibt's kein Wenn und Aber«, fuhr er fort, »das ist nichts für dich, meine Gute.«

»Quatsch nicht so viel«, sagte Giles, »sag uns lieber, worum's geht. Du wirkst so verdammt ernst, dass du direkt mal interessant bist.«

Mr Campion stand auf und ging im Zimmer auf und ab. Seine Schritte klangen hart auf dem polierten Eichenfußboden.

»Jetzt, wo ich hier bin«, sagte er plötzlich, »und euch liebe alte Vögel in diesem Ahnennest zusammenhocken sehe, bekomme ich ein schlechtes Gewissen. Ich hätte es nicht tun sollen. Aber wo ich es nun mal getan habe, sollte ich lieber die Karten auf den Tisch legen.«

Die andern drehten sich, überrascht von diesem plötzlichen Gefühlsausbruch, um und starrten ihn an.

»Also hört her«, fuhr er fort und ließ sich wieder in seinem Sessel nieder, »ich werd's euch erklären. Ihr lest doch Zeitung? Gut! Also, habt ihr schon von Richter Lobbett gehört?«

»Der alte Knabe, den sie ermorden wollen?«, sagte Giles. »Ja. Das habe ich Ihnen doch heute Morgen gezeigt, St. Swithin. Steckst du da mit drin, Albert?«

Mr Campion nickte ernst. »Bis zum Hals«, sagte er. »Auf der richtigen Seite natürlich«, fügte er hastig hinzu. »Ihr wisst also in groben Zügen über die Angelegenheit Bescheid. Der alte Lobbett hat in Amerika in ein Hornissennest gestochen, und es ist ziemlich klar, dass man ihm hierher gefolgt ist.« Er warf einen Blick auf Giles. »Sie haben nicht vor, ihn zu töten – noch nicht. Sie versuchen, ihn in Furcht und Schrecken zu versetzen, und sie haben eine teuflisch harte Nuss erwischt. Wenn er nicht so eine harte Nuss wäre«, fuhr er bedauernd fort, »hätten wir nicht so viel Mühe. Ich arbeite für den Sohn, Marlowe Lobbett – ein anständiger Kerl; er wird dir gefallen, Giles.« Er hielt inne und sah sie an. »Habt ihr das so weit kapiert?«

Sie nickten, und er redete weiter: »Der alte Knabe will nichts von einem ordentlichen Polizeischutz wissen. Er selbst stellt unsere Hauptschwierigkeit dar. Zuerst habe ich gedacht, dass wir nicht mit ihm fertig werden, aber dann bin ich ganz zufällig auf einen höchst nützlichen Seitenzug seines Charakters gestoßen. Der alte Knabe hat einen Fimmel für Folklore – altertümliche englische Sitten und Gebräuche – dieser ganze Kram. Marlowe hat mich ihm als eine Art Führer durch das ländliche England vorgestellt. Hat gesagt, dass er mich auf dem Schiff kennen gelernt hat, stimmt ja auch. Kurz und gut, ich habe ihm das Haus vermietet. Da gehört doch der Titel ›Lord of the Manor‹, Gutsherr, dazu?«

Giles sah auf. »War da nicht so was, St. Swithin?«

Der alte Mann nickte und lächelte. »In der Kirche liegt irgendwo ein entsprechendes Dokument«, bestätigte er. »Ich kann mir allerdings nicht vorstellen, wer da heutzutage etwas davon haben sollte.«

»Dem alten Richter Lobbett gefiel es jedenfalls«, sagte Mr Campion. »Es verleiht dem Ort einen Hauch von Mittelalter. Aber dazu später mehr. Im Moment ist nur wichtig, dass der alte Vogel euch für das Anwesen hier vierzehn Pfund Miete pro Woche bezahlen wird. Und wenn er sich so gut auskennt wie ich, wird er bemerkt haben, dass das billig ist.«

Giles setzte sich aufrecht. »Du erwartest Ärger?«

Mr Campion nickte. »Ich sehe keine Möglichkeit, dem zu entrinnen«, sagte er. »Du musst wissen«, fuhr er hastig fort, »ich musste den alten Knaben unbedingt von der Stadt weg hierher bringen, weil wir an so einem Ort wie diesem hier sofort Bescheid wissen, wenn sich irgendwelche Fremden herumtreiben. Giles, ich brauche unbedingt deine Hilfe.«

Giles grinste. »Ich bin dabei«, sagte er. »Es wird Zeit, dass hier unten endlich mal was passiert.«

»Ich mache auch mit«, sagte Biddy, und in ihren Mundwinkeln erschien der entschlossene Ausdruck, den die andern sehr gut kannten.

Mr Campion schüttelte den Kopf. »Tut mir Leid, Biddy«, sagte er, »das geht nicht. Du weißt nicht, auf was du dich da einlassen würdest. Ich selbst bin nur in einem Anfall von Übermut da hineingeraten.«

Biddy schniefte. »Ich bleibe«, widersprach sie. »Richter Lobbett hat doch eine Tochter? Wenn die dabei ist, bin ich auch dabei. Und nebenbei bemerkt, was könntet ihr drei armen Tröpfe schon ohne mich anfangen. Wir werden ins Verwalterhaus ziehen.«

Mr Campion wandte sich an den Pfarrer. »Machen Sie Ihren Einfluss geltend, St. Swithin. Sagen Sie ihr, dass das Männersache ist, keine Angelegenheit für das schwache Geschlecht.«

Der alte Mann schüttelte den Kopf. »Um es dichterisch auszudrücken: ›Da sind die Hände mir gebunden.‹ Ich persönlich gehorche ihr immer.«

Mr Campion sah betreten drein. »Sie machen es mir ganz schön schwer«, sagte er. »Ich hätte mich nie darauf eingelassen, wenn ich geahnt hätte, dass ich dich da mit hineinziehen könnte, Biddy.«

Das Mädchen legte eine Hand auf sein Knie. »Sei nicht albern«, sagte sie. »Du lieber alter Spinner, ich bleibe an deiner Seite bis in den Tod. Das weißt du ganz genau.«

Mr Campion errötete fast und schwieg eine beträchtliche Weile. Der Pfarrer brachte ihn wieder auf das anstehende Thema. »Kommen wir zur Sache«, sagte er. »Zweifellos hast du deine undurchsichtigen Geheimnisse, Albert, aber was sollen wir tun?«

Mr Campion stürzte sich in die Einzelheiten seines Vorhabens. »Das wichtigste ist, dass wir den alten Knaben hier festhalten«, sagte er. »Das bedeutet, dass wir ihn ständig bei Laune halten müssen. St. Swithin, ich verlasse mich auf Sie, was Archäologie und diesen Kram betrifft. Zeigen Sie ihm die Dorf-Trophäen. Graben Sie die Überreste der Hexenverbrennung aus und polieren Sie die Bestände etwas auf. Machen Sie's ihm schön gemütlich. Dann hängt da doch dieser zweifelhafte Romney im Wohnzimmer. Finden Sie heraus, was er davon hält. Er ist ein reizender alter Kerl, aber stur wie die Sünde.«

Er zögerte und fuhr dann nach einer Pause fort: »Ganz besonders interessiert er sich für echte Volksbräuche und Aberglauben. Es gibt hier doch sicher irgendeinen prämierten Bauerntrottel, der ein paar altertümliche Scherze kennt? – alte Volkslieder und so was in der Art.«

Giles sah auf. »Jede Menge«, sagte er. »Biddy, ich habe dir doch erzählt, dass ich George heute Morgen beauftragt habe, hinten auf der Hauskoppel das vertrocknete Dorngestrüpp zurückzuschneiden. Als ich um die Mittagszeit vorbeikam, grinste er mich an und freute sich wie ein Schneekönig – den ganzen Morgen war er da schon zugange. ›Wie kommst du voran, George?‹, fragte ich ihn. ›Prima, Master Giles‹, sagte er, ›ich kann das schneller niederschneiden, als das wachsen tut.‹ Und als ich sagte ›das hoffe ich doch‹, schien ihn das tatsächlich zu kränken. Wir könnten ihm George als Alten Druiden andrehen.«

»Genau so was brauchen wir«, stimmte Mr Campion zu. »Ich rate dir aber, geschickt vorzugehen. Der alte Knabe ist kein Dummkopf. Diese Sachen sind sein Hobby. Du würdest dich wundern, wie viel mehr der Durchschnittsamerikaner über England weiß als wir selbst.«

Reverend Swithin hustete trocken. »Hier gibt's genug, um einen ernsthaften Antiquitätensammler eine Zeit lang zu fesseln«, sagte er. »Wie lang soll er sich denn hier aufhalten? Ist die Dauer seines Besuchs unbegrenzt?«

Mr Campion wurde plötzlich ganz ausweichend. »Ich weiß nicht«, sagte er. »Ich habe den Ort hier über den grünen Klee gelobt, aber es ist durchaus möglich, dass er kurz vorbeischaut und wieder nach Hause geht, und dann ›bumms‹ ist es um Alberts vier Pence pro Stunde geschehen und höchstwahrscheinlich auch um das süße junge Leben des alten Lobbett. Ach, das habe ich ganz vergessen. Er wird übermorgen hier ankommen. Kannst du bis dahin alles vorbereiten, Biddy?«

Das Mädchen seufzte. »Mit knapper Not«, sagte sie. »Es wird etwas provisorisch werden im Verwalterhaus.«

Bis nach Mitternacht saßen sie zusammen und diskutierten ihre Pläne. Dann erhob sich der alte Pfarrer steif aus seinem Sessel.

»Biddy, ich brauche meine Sturmlaterne«, sagte er. »Ihr solltet längst im Bett sein, wenn ihr morgen umziehen wollt.«

Biddy holte die Laterne, und sie sahen ihm nach, bis er in der Dunkelheit verschwand – eine hagere einsame Gestalt, seine weißen Haare waren unbedeckt, und die Laterne wippte an seiner Seite wie ein Irrlicht.

Als sie in die dunkle Eingangshalle zurückkamen, grinste Mr Campion. »Der gute alte St. Swithin«, sagte er. »Ihr kennt ihn doch schon, seit ihr auf Cuddys Armen geplärrt und gesabbert habt?«

Biddy antwortete ihm. »Ja«, sagte sie, »aber er wird langsam alt. Alice – das ist seine Haushälterin – sagt, dass er in letzter Zeit schwermütig geworden ist. ›Wie ein melancholisches Huhn‹, sagt sie.«

»Er muss uralt sein«, sagte Albert. »Dabei fällt mir was ein. Wir könnten ihn vielleicht als den echten St. Swithin ausgeben. Sozusagen aus den Wolken gefallen.«

»Geh zu Bett«, sagte Biddy. »Dein Gehirn muss ausruhen.«

Der Eichenfußboden oben im Schlafzimmer mit den Chintz-Vorhängen war krumm und schief, und die kühle Luft war erfüllt vom Duft von Lavendel, Toilettenseife und Bohnerwachs. Mr Campion begab sich nicht unverzüglich ins Himmelbett, sondern blieb noch eine Weile stehen und spähte in die Dunkelheit hinaus. Schließlich zog er ein kleines abgegriffenes Notizbuch aus seiner Innentasche und kritzelte die Buchstaben ›St S‹. Er ließ seinen Blick eine Zeit lang darauf ruhen und fügte dann bedächtig ein Fragezeichen hinzu.

4
Der neue Gutsherr

»Wenn Sie auch ein Ausländer sind, wo man nichts dran ändern kann, und dass Sie unsre Sitten kennen, kann man auch nicht erwarten, aber das macht gar nichts, wir tun Sie trotzdem herzlich willkommen heißen. Wir wollen auch sehr hoffen, dass Sie die alten Sitten und Gebräuche Folge leisten mögen und alles machen, was Sie machen tun können für uns.«

Der Sprecher machte eine Pause und fuhr mit einem bunten Taschentuch unter seine Seemannskrause. »Lasset uns jetzund ein Choral singen«, fügte er dann noch hinzu.

Er stand ganz allein hinten in seinem Garten, das Gesicht zu den Wiesen gewandt, die sanft zur grauen Salzmarsch hin abfielen. Nach einiger Zeit wiederholte er seine Ansprache Wort für Wort und beendete sie überraschend mit einem »Morgen, Sir«, als ein dünner bleicher junger Mann mit Hornbrille jenseits der Hecke erschien.

»Morgen, George«, sagte Mr Campion.

George Willsmore betrachtete den Neuankömmling nachdenklich. Er war ein knorriger alter Mann, braun gebrannt und knubbelig wie eine gestutzte Weide. Sein Gesicht war von tiefen Falten durchfurcht und von einem dichten Kaminbesen-Bart eingerahmt.

Weil er das älteste vollwertige Mitglied der Familie war, aus der sich das Dorf hauptsächlich zusammensetzte, hielt er sich für eine Art Bürgermeister, und seine ländliche Würde wurde durch seine seltsam geschwollene Ausdrucksweise unterstrichen.

»Sie überrascheten mich gar überraschend«, sagte er. »Ich hab ein paar Worte eingeübt, die wo ich heute Nachmittag zum Vortrage bringen tu.«

»Tatsächlich?« Mr Campion wirkte interessiert. »Du hast vor, eine Willkommensrede zu halten, George?«

»Was in der Art«, gab der alte Mann huldvoll zu. »Ich und der Pfarrer, wir haben uns nämlich unterhalten. Der hat Gesang gewollt. Und ich, wo ich doch der Gemeindevorsteher bin, find ich das ganz richtig, find ich das, dass ich die Begrüßung mach, wo der doch Ausländer ist, ist das doch leicht möglich, dass der die andern nicht versteht.«

»Da ist natürlich was dran«, sagte Mr Campion, der den Ausführungen des alten Mannes nur mit Mühe folgen konnte. George fuhr fort:

»Ich hab neue Kleidung angetan. Fein aussehn kann nie nicht schaden, denk ich mir immer. Bin ein wunderbar feiner alter Mann, finden Sie das auch?«

Er drehte und wendete sich, damit Mr Campion ihn begutachten konnte. Er hatte ein paar enge Kordhosen an, die einmal braun gewesen waren, aber inzwischen waren sie zu einem cremigen Weiß verwaschen. Dazu trug er ein leuchtend blaues Baumwollhemd und eine weiße Weste seines früheren Herrn, die lose um seinen mageren Bauch hing. Sein Strohhut, Marke Panama, war mit einem schwarzen Band verziert, und ein Strauß Eichelhäherfedern steckte in der Schleife.

»Wie finden Sie's?«, wollte er mit schlecht verborgenem Stolz wissen.

»Sehr hübsch«, bestätigte der junge Mann. »Dennoch würde ich an deiner Stelle die Ansprache nicht halten, George. Ich bin zu dir runtergekommen, um mit dir über diese Angelegenheit zu sprechen. Gibt es vielleicht einige

Bräuche, Maibaum-Feiern oder so was in der Art, die für heute Nachmittag passen würden?«

Der alte Mann schob seinen Strohhut zurück und entblößte dabei einen überraschend kahlen Schädel. Nachdenklich rieb er mit dem Hutrand seine Glatze.

»Nicht die Rede halten?«, sagte er enttäuscht. »Na gut, Sir, ich nehm an, Sie wissens am besten. Aber ich hätt das gut gekonnt, sag ich Ihnen. Ich bin wirklich ein mächtig gesprächiger alter Mann, bin ich. Aber die Zeit für Maibäume, die ist vorüber«, fuhr er fort, »und der Pharisäer-Tag, der ist noch nicht dran.«

Der junge Mann seufzte. »Vielleicht ist eins von diesen – ähm – Festen beweglich?«, gab er hoffnungsvoll zu überlegen. George schüttelte den Kopf. »Nein, geht nicht. Diese Tage sind nicht verschieblich. Nicht für niemand«, fügte er entschieden hinzu.

Mr Campion betrachtete den alten Mann mit großem Ernst. »George«, sagte er, »hör auf meinen Rat und streng dich an. Es wäre wirklich nicht schlecht, wenn dir irgendeine Rüben-Segnungs-Feierlichkeit einfiele. Du bist ein feiner Mann, George.«

»Jojo«, sagte der alte Mann eifrig und versank eine Zeit lang in tiefes Nachdenken. »Nichts als wie vielleicht die Sieben Pfeifer.«

»Sieben Pfeifer?«, sagte Mr Campion interessiert. »Was ist das? Wer ist das?«

Der alte Mann betrachtete längere Zeit intensiv seinen Hut, bevor er antwortete. »Sieben Pfeifer, Sir«, sagte er schließlich. »Keiner weiß nicht, ob das Geister sind oder Pharisäer – das sind Feen, sind das, wenn Sie mich fragen. Man hört sie über einem in der Luft droben vorüberschweben um diese Jahreszeit. Pfeifend. Also sechs davon jedenfalls. Der siebte hat so ein Heulen, so schaurig auf und ab wie eine Schleiereule. Grausig tönt's, und wenn man's hört, ist das der Untergang der Welt. Nur hör'n können hat das bis heut noch niemand.«

»Das hört sich gut an«, sagte Mr Campion. »Aber es bringt uns auch nicht weiter, stimmt's George?«

Ein unerwartet listiger Ausdruck erschien auf dem ehrwürdigen Gesicht des alten Mannes. »Es hat Zeiten gegeben«, sagte er, »wo der alte Gutsherr für die Sieben Pfeifer ein Fass Bier spendiert hat. Das war grad um die Jahreszeit drum rum, war das. Jetzt fällt mir das wieder ein.« Er hielt inne und sah Mr Campion erwartungsvoll an.

»Für die Sieben Pfeifer«, sagte der junge Mann zweifelnd.

Aus dem alten Mann sprudelten hastige Erklärungen.

»So war's gewesen. Nur gekommen sind die Sieben Pfeifer gar niemals zum Trinken, drum haben die Armen das trinken müssen, weil die hatten nämlich Angst, dass das sauer wird.«

»Verstehe«, sagte Mr Campion, dem ein Licht aufging. »Die Armen waren die Dorfbewohner, nehme ich an?«

»Jo!« George zögerte und bemerkte nach kurzem Nachdenken: »Master Giles und Miss Biddy, die werden höchstwahrscheinlich davon nichts wissen, werden die nicht, wenn Sie die fragen tun. Ganz sicher wissen die was von die Sieben Pfeifer, aber nichts von dem Bier. Verstehn Sie, Sir?«

»Absolut«, sagte Mr Campion. »Es sieht mir ganz so aus, als ob wir beide uns bestens verstehen werden. Du hast das gewisse Etwas, wenn ich das so sagen darf. Du hast doch auch einen Bruder?«

»Ach, Olly«, sagte Mr Willsmore geringschätzig. »Ich bin der Schlaue von uns zwei. Nicht der Olly. Ich bin der richtige Mann für Sie, Sir.«

Mr Campion betrachtete ihn ernst. »Das glaube ich auch«, sagte er.

Sie blieben noch geraume Zeit ins Gespräch vertieft. Als der junge Mann über die holprige Wiese zurückging, war ihm erheblich leichter ums Herz als zuvor. Als er sich dem Haus näherte, war er überrascht, vor der Eichentür einen großen schwarzen Daimler zu sehen. Er beschleunigte seine Schritte. In der Vorhalle stieß er auf Biddy.

»Albert, er ist ganz reizend«, sagte sie. »Sie sind jetzt mit Giles in der Bibliothek. Ich habe dich überall gesucht. Sie sind schon fast eine Stunde hier. Wir haben ihnen das ganze Haus gezeigt, und sie sind richtiggehend entzückt. Der junge Mann sieht verdammt gut aus. Findest du nicht?«

»Quatsch«, sagte Mr Campion. »Du solltest mich mit meinem neuen Schnurrbart sehen. Der letzte Schrei, meine Süße. Hat nur einen Zehner gekostet. Die perfekte Täuschung. Man reißt sich darum. Mutter braucht es nicht zu erfahren.«

»Eifersüchtig?«, sagte Biddy. »Komm sie begrüßen!«

Er folgte ihr über den mit Steinfließen ausgelegten Flur bis zur Bibliothek. Die Tür war offen, und Richter Lobbett stand am Fenster und sah auf den Rasen hinaus. Die Sonne glitzerte auf seinem Gesicht, auf den Bildern, die in die Wandtäfelung eingelassen waren, und auf den Sherrygläsern auf dem Tisch.

»Es ist wunderbar hier«, sagte er und drehte sich um, als Albert und Biddy eintraten. »Guten Tag, Mr Campion. Ich gratuliere Ihnen zu der Wahl, die Sie für uns getroffen haben.« Er wandte sich an die jungen Leute. Biddy war zu ihrem Bruder hinübergegangen, und sie standen jetzt nebeneinander mit dem Rücken zum Kamin. Ihre Ähnlichkeit war verblüffend.

»Offensichtlich vertreibe ich Sie aus Ihrem Heim«, sagte er unverblümt. »Sind Sie sicher, dass Sie vermieten wollen?«

Biddy lächelte ihn dankbar an, ihre braunen Augen begegneten den seinen.

»Es ist ganz reizend von Ihnen, dass Sie das sagen, aber wir müssen vermieten. Hat Albert Sie gewarnt? Sie müssen die Hälfte unsrer Verantwortung mit übernehmen, was das Dorf betrifft. Wir konnten einfach nicht so weitermachen, wie Vater vor dem Krieg. Das Geld reichte nicht aus. Wer in Mystery Mile Gutsherr ist, ist fast so was wie der Vater des Dorfs.«

Der alte Mann lächelte sie an. »Mir wird das Spaß machen«, sagte er.

Biddy seufzte. »Sie ahnen ja nicht, was für eine Erleichterung es ist, zu wissen, dass jemand das Haus bekommt, der es wirklich mag.«

Richter Lobbett wandte sich an seine Tochter, eine schlanke kleine Person, in einen Pelz gehüllt. »Wenn du nicht findest, dass es hier zu ruhig ist –«

Isopel warf ihm einen Blick zu, und ein schwaches ängstliches Lächeln huschte über ihr Gesicht. »Zu ruhig?«, sagte sie bedeutungsvoll, und ihr entfuhr ein Seufzer.

Inzwischen war Marlowe Lobbett zu Mr Campion getreten, und die zwei jungen Männer unterhielten sich.

»Sie wurden doch nicht verfolgt?« Mr Campion sprach leise.

Marlowe schüttelte den Kopf. »Ich nehme an, dass sie hinter uns her waren«, sagte er. »Ihr Polizist hielt direkt hinter uns ein Auto an. Der Chauffeur, den Sie uns besorgt haben, ist ein Genie. Wir waren in nullkommanichts aus der Stadt draußen. Wenn uns einer folgen wollte, hätte der sich gewaltig anstrengen müssen.«

Biddys Stimme unterbrach ihre Unterhaltung. »Wir überlassen Ihnen jetzt das Haus. Mrs Whybrow hat alles für Sie vorbereitet. Sie ist eine prima Haushälterin. Sie kommen doch alle heute Abend zu uns zum Abendessen, wie abgemacht?«, fuhr sie fort und wandte sich an Isopel. »Das Verwalterhaus ist gleich auf der andern Seite des Parkes. Der alte Mr Cush, der Pfarrer, wird auch da sein. In seinem Sonntagsstaat, hoffe ich. Sie müssen ihn unbedingt kennen lernen.«

Isopel hielt ihre Hand fest, als sie Auf Wiedersehen sagte. Nach den schrecklichen Erlebnissen der letzten paar Monate wirkte dieses angenehme, verträumte alte Haus mit seinen sorglosen jungen Besitzern äußerst wohl tuend auf sie. »Ich bin so froh, dass Sie hier sind«, sagte sie impulsiv. Das andere Mädchen warf ihr einen kurzen verstehenden Blick zu.

»Machen Sie sich keine Sorgen«, murmelte sie. »Sie kennen Albert nicht.«

Mr Campion und die Pagets gingen die Kiesauffahrt runter und dann quer über die Dorfwiese, wo die Pumpe stand, zum Verwalterhaus. Eine hohe Eibenhecke schirmte es von der Wiese ab, und alle Hauptfenster gingen zur anderen Seite des Hauses raus, zu einem alten, mit einer Mauer umgebenen Garten.

Mr Campion sah außerordentlich erleichtert aus. »Gott sei Dank, das Haus hat's dem alten Vogel angetan!«, sagte er. »Natürlich konnte ich ihn nicht dazu bringen, das Haus für einen festgesetzten Zeitraum zu übernehmen, bevor er es gesehen hatte. Aber wir konnten nicht zulassen, dass er zwischen hier und der Stadt hin- und herfuhr und damit alsbald unsern gemeingefährlichen Kumpel auf seine Spur brachte. Was hältst du von ihnen, Giles?«

»Netter alter Junge«, sagte Giles. »Erinnert mich an den Alten, nur dass er Amerikaner ist. Diese gewisse Art, wie er einen direkt anschaut und genau das sagt, was ihm in den Sinn kommt. Mit dem jungen Lobbett habe ich mich kaum unterhalten, aber der scheint in Ordnung zu sein. Aber Mannometer! Was für ein Mädchen!«

Biddy und Mr Campion tauschten Blicke aus. »Hört, hört!«, sagte sie. »Ich mag sie. Sie muss eine nervenaufreibende Zeit hinter sich haben.«

Giles nickte. »Das hab ich auch gedacht. Es wird Zeit, dass jemand sich um sie kümmert.«

»Richtig so«, sagte Mr Campion und fügte dann mit plötzlichem Ernst hinzu: »Biddy, ich wünschte, du würdest dich verziehen. Die gute alte Cuddy lebt schon so lange im Verwalterhaus, sie wird bestimmt in der Lage sein, uns ohne Mühe zu versorgen.«

Biddy schüttelte den Kopf. »Du rechnest immer noch mit Aufregung?«

Mr Campion nickte. »Wir können dem nicht entkommen«, sagte er. »Kannst du nicht bitte gehen und das Ganze uns überlassen, meine Gute?«

Biddy blieb hart. »Such dir was anderes aus zum Rumspinnen«, sagte sie. »Wie ich schon gesagt habe, ich bleibe an deiner Seite bis in den Tod.«

Mr Campion lächelte nicht. »Sag doch so was nicht«, sagte er. »Da krieg ich Schiss – immer diese Anspielungen auf die Sterblichkeit. Immer wenn ich heutzutage eine weiße Blume sehe, muss ich denken. ›Albert, die könnte für dich bestimmt sein‹.«

»Sind ihre Augen blau oder braun oder gesprenkelt, was meinst du?« sagte Giles.

5
Die Sieben Pfeifer

Im Verwalterhaus war an diesem Abend das kleine gemütliche Wohnzimmer mit der weißen Holztäfelung nur von Kerzen erhellt. Ihr flackernder Schein schmeichelte der Rosentapete und dem indischen Teppich, der einstmals der Stolz von Biddys Ur-Urgroßmutter gewesen war. Im altmodischen Kamin brannte ein Feuer, und das ganze Zimmer sah überaus einladend aus, als sie nach dem Abendessen eintraten.

Swithin Cush und Richter Lobbett unterhielten sich angeregt, als sie hinter den jungen Leuten das Zimmer betraten. Sie hatten sich das ganze Abendessen über gegenseitig in Begeisterung versetzt, indem sie abwechselnd mit ihren archäologischen Kenntnissen brillierten, und waren auch jetzt noch in ihr Thema vertieft.

Der Pfarrer war – Biddys dringendem Wunsch folgend – in seinem Sonntagsstaat erschienen, und sein ehrwürdiges grünschwarzes kirchliches Gewand im altertümlichen Schnitt unterstrich seine patriarchalische Ausstrahlung.

Sie hatten über das königliche Schriftstück diskutiert, das den Inhaber des Guts dazu berechtigte, sich mit dem Titel ›Lord of the Manor‹ zu schmücken. Der alte Lobbett war ausgesprochen interessiert, und die zwei alten Männer beugten sich über das verblichene Dokument, beide gleichermaßen begeistert von diesem Relikt.

Biddy und Isopel saßen nebeneinander auf dem Sofa mit der hohen Rückenlehne, während die drei jungen Männer auf der anderen Seite des Kamins miteinander sprachen.

»Wir hatten heute Nachmittag übrigens Besuch von einer Abordnung«, sagte Marlowe. »Zwei alte Burschen wollten uns begrüßen, offenbar als Vertreter der Dorfbevölkerung, und tischten uns eine absonderliche Geschichte auf von wegen Freibier, das offenbar immer zu dieser Jahreszeit ausgeschenkt wurde. So was Ähnliches wie ›Eulen-Freitag‹, soweit wir uns das zusammenreimen konnten.«

Biddy und Giles tauschten Blicke aus. »Ich wette, das war George«, sagte Giles. »Widerlicher alter Schnorrer!«

»Stimmt«, sagte Marlowe. »George und ein Mann namens Olly. Aber George war der Anführer.«

Biddy fing an, sich zu entschuldigen. »Sie sind schrecklich«, sagte sie hilflos. »Unverbesserliche Bettler! Ich hoffe, Sie haben sie weggeschickt.«

Marlowe schüttelte den Kopf. »Dem alten Knaben gefielen sie ganz gut«, sagte er. »Und es war offensichtlich, dass sie uns freundlich gesinnt waren. Sie haben fast den ganzen Nachmittag über alte Sitten und Gebräuche geredet. Zumindest George, Ollys Kommentare waren unverständlich.«

»Olly ist ein Deppel«, sagte Biddy. »Das Wort hat Vater erfunden. Es ist eine Kombination aus Depp und Trottel.« Nach einiger Zeit ebbte das Gespräch ab, und die kleine Gesellschaft saß in der wohl tuenden Stille, die aus Behaglichkeit und Wärme erwächst. Und dann war plötzlich aus der Ferne von der Marsch her ein Laut zu hören, ganz verloren und verwischt – ein schwaches lang gezogenes Pfeifen.

Niemand schien es zu hören, aber Mr Campions blasse Augen flackerten hinter seinen Brillengläsern, und er bewegte sich leicht in seinem Sessel, das Ohr zum Fenster gedreht.

Nach zehn Sekunden wiederholte sich der Ton, etwas

näher, deutlicher zu hören. Immer noch sprach niemand in dem warmen friedlichen Zimmer, aber die Atmosphäre der Geborgenheit war zumindest für einen der Gesellschaft dahin. Wieder ertönte das Pfeifen, immer noch weit weg, aber doch erkennbar näher.

Plötzlich sah Isopel auf. »Eine Eule«, sagte sie. »Habt ihr sie gehört?«

Giles spitzte die Ohren. »Ja, da ist sie wieder«, sagte er. »Sie fliegt in unsre Richtung«, fügte er hinzu, als der Ton sich wiederholte, diesmal schon vom Park her.

Mr Campion erhob sich und ging zum Fenster rüber, und es entging Biddy nicht, dass er sich seitlich neben das Schiebefenster stellte, so dass er von außen nicht leicht gesehen werden konnte. Zum sechsten Mal wiederholte sich der überirdische Ton.

Und plötzlich, als sie alle lauschten, jeder Einzelne von ihnen von einem seltsamen Gefühl düsterer Vorahnung befallen, wurde irgendwo im Garten ein durch Mark und Bein gehender Heuler ausgestoßen, lang gezogen wie die vorhergehenden, aber mit einem deutlichen Zittern in der Mitte.

»Du lieber Gott im Himmel!«, sagte Swithin Cush und setzte sich ruckartig auf. »Was war das?«

Mr Campion wandte sich vom Fenster weg. »Wenn mich nicht alles täuscht, ist das ein Besucher«, sagte er.

Er hatte die Worte kaum ausgesprochen, als ein loser Draht irgendwo über ihren Köpfen schepprig rasselte, und dann ertönte auch schon das hohle Läuten einer Glocke und hallte im ganzen Haus wider.

Niemand sprach oder rührte sich. Draußen in der Vorhalle hörten sie das Geräusch von Schritten und das Klicken des Schlosses, als jemand die Tür öffnete. Dann war ein Gemurmel zu hören, ein sanfter, schleimiger Tonfall, vermischt mit dem durchdringenden Akzent von Suffolk. Dann öffnete sich die Tür des Zimmers, in dem sie saßen, und die alte Cuddy erschien ganz durcheinander und aufgeregt auf der Schwelle.

Sie war eine magere, durch und durch ordentliche Frau mit einem runden roten Gesicht und vielen Kämmen in ihrem spärlichen Haar. Sie trug eine schwarze Schürze über einem knallroten Wollkleid.

Sie trat ein, durchquerte das Zimmer mit großen Schritten und überreichte Biddy auf einem kleinen Messingtablett eine Visitenkarte. Das Mädchen nahm sie erstaunt auf, Mr Campion stellte sich hinter sie.

Sie las vor: »Mr Anthony Datchett, Handleser.«

6
Der Mann im Frack

»Anthony Datchett?«, sagte Mr Campion über Biddys Schulter hinweglesend. »Hoffentlich kein ungeladener Gast. Ich habe alle Einladungen überwacht. Er kann doch nicht zu dieser späten Stunde zum Handlesen kommen.«

Giles sah erleichtert drein. »Ach, das ist dieser Handleser«, sagte er. »Das muss ein ganz uriger Typ sein. Ich habe letzte Woche bei der Prämierung der Hütehunde Guffy Randall getroffen, der hat mir was über ihn erzählt.«

»Ein Wahrsager?«, mischte sich Richter Lobbett ein. »Das ist interessant. Ein Zigeuner?«

»Aber nein, Sir!« Die alte Cuddy erwachte schlagartig aus ihrem Schweigen. »Er ist ein feiner Herr, mit einem Auto, so groß wie Ihr eigenes, Sir.«

»Genau, das stimmt«, bestätigte Giles. »Er muss ein ganz außergewöhnlicher Bursche sein. Offenbar erscheint er immer nach dem Abendessen in den Landhäusern und enthüllt die Vergangenheit und die Zukunft für fünf Schilling pro ›Lesung‹. Ihr versteht schon, worum's geht. Ganz schön witzig war: er prophezeite Guffy Randall, dass ein wunderschönes Geschöpf ihn sitzen lassen wird und dass ihn das ganz schön hart treffen wird. Guffy war richtiggehend schockiert. Er hat vierzehn Tage lang nicht mit der Meute gejagt, und erst als Rosemary Waterhouse ihre Verlobung löste, begriff er, was der Bursche gemeint hatte. Er war unglaublich erleichtert.«

Marlowe Lobbett lachte. »Soll er doch reinkommen«, sagte er mit einem fragenden Blick auf Campion.

Der junge Mann mit der Hornbrille stand gegen die Rückseite des Sofas gelehnt, auf dem die beiden Mädchen saßen.

»Da der Eulen-Freitag ohnehin auf einen Mittwoch fällt dieses Jahr«, meinte er, »was, wie mir scheint, auf jeden Fall Unglück bedeutet, können wir ihn unbesorgt empfangen und das Schlimmste hören.«

Cuddy eilte geschäftig hinaus, und kurz darauf öffnete sich die Tür mit dem verblichenen Türvorhang mit einem leisen Rascheln. Instinktiv reckten sie alle ihre Hälse, und ein plötzlicher kalter Luftzug von der geöffneten Eingangstür strich durch das Zimmer.

Auf der Schwelle stand ein Mann und lächelte sie an. Bei seinem Anblick wurde die unbestimmte dunkle Ahnung Wirklichkeit, die sie beschlichen hatte, als sie den Warnruf über der Marsch gehört hatten. Allerdings war nichts in der Erscheinung des Fremden unmittelbar Furcht erregend,

Er war klein und schmächtig und trug einen tadellos geschneiderten Frack. Sein Alter war undefinierbar. Sein Gesicht war mit einem rötlich-braunen lockigen Bart bedeckt; schütter und seidig lief er an der Spitze seines Kinns in zwei Ziegenbart-Löckchen aus, seine Lippen schlossen sich schmal und wohl geformt über ebenmäßigen Zähnen.

Das Gesicht hätte attraktiv sein können, wären nicht die Augen gewesen. Sie waren klein, etwas schräg stehend und von einer matten unbestimmten Farbe, mit außergewöhnlich kleinen Pupillen.

Der Fremde trat näher. »Ich bin sehr froh, dass Sie sich entschlossen haben, mich zu empfangen«, sagte er, und zum ersten Mal konnten sie die Stimme deutlich hören, die draußen nur ein Murmeln gewesen war. Sie war tief und weich und auf seltsame Art geschwollen, und trotzdem nicht ganz und gar unsympathisch.

Mr Campion betrachtete ihn grüblerisch.

»Vielleicht sollte ich mich lieber richtig vorstellen«, fuhr der Fremde fort. »Mein Name ist Anthony Datchett. Ich bin ein wandernder Handleser. Ich pflege gegen ein geringes Entgelt wahrzusagen –« Er hielt inne und ließ seinen Blick durch das Zimmer schweifen. Seine neugierigen Augen blieben schließlich auf Giles ruhen. »Ich wäre erfreut, wenn ein oder zwei von Ihnen gestatten würden, dass ich ihnen die Hand lese. Wenn ich es tue, kann ich Ihnen eins versprechen: die Wahrheit.«

Als er ausgeredet hatte, ruhte sein Blick immer noch auf Giles, und zur allgemeinen Überraschung stand der Junge unverzüglich auf und trat zu ihm hinüber. Er war nicht hypnotisiert; keinerlei Anzeichen von Trance oder Koma waren zu bemerken, trotzdem schien er dem Fremden völlig zu Willen zu sein.

Giles streckte seine Hände aus. »Weissagen Sie mir«, bat er.

Der Fremde warf einen Blick auf die tiefe Fensterbank am anderen Ende des Zimmers. »Gewiss«, sagte er. »Wollen wir da rübergehen? Ich mag kein Publikum bei meiner Arbeit«, erklärte er und lächelte die andern an. »Es hält einen davon ab, offen zu sein.«

»Der einzige Mensch, der mir je die Zukunft geweissagt hat, war ein Steuereinnehmer«, sagte Mr Campion.

Der Fremde wandte sich um. »Hat er Ihnen von den Sieben Pfeifern erzählt?« fragte er.

Nicht das geringste Anzeichen von Überraschung erschien auf Mr Campions ziemlich dümmlichem Gesicht, und der Fremde sah schnell in die Runde, aber bei keinem hatte der Seitenhieb getroffen. Er ging mit Giles an seiner Seite zur Fensterbank hinüber und vertiefte sich alsbald in die Hände des jungen Mannes.

Mr Campion platzierte sich neben Biddy auf die Armlehne des Sofas, genau in die Linie zwischen dem Wahrsager und Richter Lobbett.

»Die Zeit ist gekommen«, hub er an, wieder mit dem törichten Ausdruck auf seinem Gesicht, »dass unsere hochverehrten Gäste in den Genuss gelangen sollten, meine preisgekrönte Sammlung alter Spruchweisheiten, Bauernscherze und Schollenwahrheiten zu hören. Nach jahrelanger Forschung bin ich in der Lage, Ihnen, meine Damen und Herren, ein paar kleine Verschen vorzutragen. Zuerst dieser:

Trägt der Pfarr' der Mäntel zwei
Gibt's im Jahr viel Haferbrei.

Ist das nicht wunderbar klar und einfach!«, fuhr er tiefernst fort. »Die kleine Moral hübsch dargeboten, die bäuerliche Gabe der Prophezeiung nimmt Gestalt an in einem einzigen Satz. Und dann natürlich:

Heult die Eul' mal unterm Dach
Folgt gleich noch ein Heulen nach.

Das bedarf wirklich keinerlei Kommentars.«

Sie lachten, nur allzu bereit, die Spannung der letzten paar Minuten loszuwerden. Am anderen Ende des Zimmers war ununterbrochen das Gemurmel des Wahrsagers zu hören.

Mr Campion redete weiter. Er schwatzte hemmungslos drauflos, völlig weltvergessen, wie es schien.

»Ich kannte mal einen Mann«, sagte er, »der schaffte es durch List, einem Käfer-Sabbat auf der Ackerkrume beizuwohnen. Er war darauf vorbereitet, Zeuge beängstigender

Riten zu werden, aber als er hinkam, musste er feststellen, dass es nicht das Wahre war, nichts weiter als der jährliche Betriebsausflug der Heiligen Nebukadnezars der Letzten Drei Tage, die berühmte Grasfresser-Gesellschaft. Er hat keinen einzigen Käfer gesehen.«

Er hätte weitergeredet, wenn Giles nicht plötzlich zu der Gruppe zurückgekehrt wäre. Ein Ausdruck ungläubigen Erstaunens lag auf seinem Gesicht.

»Das ist verblüffend«, sagte er. »Der Bursche scheint alles über mich zu wissen – Dinge, die ich niemandem erzählt habe. Biddy, du musst ihn dazu bringen, dir wahrzusagen.«

Etwas von der Beklemmung, die die Insassen des Zimmers bei der Ankunft des fremden Besuchers verspürt hatten, fing an zu schwinden, aber trotz allem war keiner besonders begierig darauf, zu der fremden schmächtigen Gestalt auf der Fensterbank hinüberzugehen, deren Augen sie alle leidenschaftslos zu betrachten schienen.

Genau in diesem Moment konzentrierte sich die Aufmerksamkeit der Gesellschaft auf den Pfarrer. Er hatte weder gesprochen noch sich gerührt, aber mit seiner Erscheinung war eine Verwandlung vorgegangen. Als Biddy zufällig einen Blick auf ihn warf, war sie entsetzt darüber, wie uralt er plötzlich aussah. Seine Wangen schienen eingefallen, seine Augenlider waren grau und durchscheinend.

Zu ihrer Überraschung stand er auf und ging etwas unsicher quer durch das Zimmer zu dem Wahrsager, der allem Anschein nach auf ihn gewartet hatte.

Als das sanfte Murmeln wieder begann, fing Giles an, begeistert von seinem Erlebnis zu berichten. »Er ist ein erstaunlicher Bursche«, sagte er leise.

»Was hat er dir erzählt?«, fragte Campion.

Giles wirkte direkt kindlich in seiner Verzauberung.

»Eins hat mich wirklich total verblüfft: Er hat gesagt, dass ich vorhabe, ein Pferd zur Monewdon Show im nächsten Monat anzumelden. Ich weiß natürlich, dass das ziemlich nahe liegend ist. Aber er sagte mir, dass ich nicht, wie ursprünglich beabsichtigt, meine Lieblingsstute schicken werde, sondern ein Jagdpferd: Das ist wirklich absolut unglaublich, weil ich nämlich direkt vor dem Abendessen runtergegangen bin, um nach Lilac Lady zu sehen, und da ist mir klar geworden, dass ich es nicht schaffen kann, sie in absolute Hochform zu bringen. Ich hab mir überlegt, entweder St. Chris anzumelden oder es diesmal ganz zu lassen. Ich habe das keiner Seele gegenüber erwähnt.« Er lachte. »Das ist doch wirklich verrückt. Er hat mir dann auch noch den üblichen Schwachsinn erzählt – sich vor falschen Gerüchten hüten usw. Ich glaube, er wollte auf irgendeinen Skandal anspielen. Ich hab's nicht ganz kapiert. Ich bin neugierig, was er dem alten Swithin erzählt.«

Er warf einen Blick über seine Schulter dorthin, wo der Wahrsager aufrecht auf der Fensterbank saß; das Kerzenlicht warf irre Schatten auf sein ungewöhnliches Gesicht. Er sprach immer noch in demselben verhaltenen, eintönigen Tonfall, sehr deutlich vernehmbar, und doch waren sie nicht in der Lage, einzelne Worte zu unterscheiden.

Das Gesicht des Pfarrers konnten sie nicht sehen. Er saß vorgebeugt und präsentierte dem Fremden seine Handflächen.

»Er scheint ganz schön interessiert«, sagte Marlowe.

Biddy lachte. »Das kann man wohl sagen«, meinte sie. »Ich hoffe inständig, dass er ihm viele Abenteuer verspricht. Er hat ein so gutes, ruhiges Leben geführt.«

»Ich glaube kaum, dass ihm das gefallen würde«, erwiderte Giles. »Ruhe war immer St. Swithins persönliche Note.«

»Ruhe scheint die persönliche Note des ganzen Orts hier zu sein«, sagte Richter Lobbett und seufzte.

»He, sie sind fertig«, sagte Marlowe, als der Pfarrer und der Fremde zusammen durch das Zimmer auf sie zugingen. Der Wahrsager lächelte liebenswürdig und völlig entspannt. Swithin Cush wirkte nachdenklich.

Biddy wandte sich lächelnd an ihn. »Was für eine Zukunft hat er Ihnen prophezeit, St. Swithin?«, wollte sie wissen.

Der alte Mann legte eine Hand auf ihre Schulter. »Meine Gute, ich bin für jedwede Zukunft viel zu alt«, sagte er. Er zog seine alte ›Zwiebeluhr‹ aus der Hosentasche. »Ich muss ins Bett«, stellte er fest. »Ich weiß, dass Sie es mir nicht übel nehmen.« Er wandte sich an Richter Lobbett. »Wir sind früh dran auf dem Land.«

Er sprach die Worte abwesend aus, als ob er keinerlei Antwort erwarten würde, und während die anderen sich um den Wahrsager scharten, wandte er sich erneut an das Mädchen. »Gute Nacht, meine Liebe«, sagte er. »Grüß Giles nochmal herzlich von mir.«

Sie sah ohne Überraschung auf. Er sagte oft unerwartete Dinge; aber als sie ihn ansah, konnte sie einen Blick in seine Augen werfen, bevor er Zeit hatte, sie zu senken, und einen Moment lang war sie erschrocken.

Der alte Mann ging raus und ließ sich von Cuddy die Sturmlaterne geben, obwohl es eine schöne, mondhelle Nacht war.

Immer noch drehte sich im Zimmer alles um den Wahrsager, und es fiel nicht weiter auf, dass der alte Mann gegangen war. Die ruhige, gleichmäßige Stimme des Fremden hob sich etwas:

»Ich habe gar nicht bemerkt, dass es schon so spät ist«, sagte er. »Die Fahrt hierher hat länger gedauert, als ich erwartet hatte. Ich kann nur noch *ein* Schicksal weissagen. Ich werde diesmal die Hand laut lesen, dass alle es hören können. Es muss einer sein, dem ich nur Glückliches versprechen kann.« Er wandte sich an Isopel. »Erlauben Sie mir, Ihnen wahrzusagen?«

Das Mädchen sah ihn zweifelnd an, aber da Giles an ihrer Seite war und Marlowe und Mr Campion sich hinter ihr über das Sofa beugten, schien es albern, sich zu fürchten.

Der Fremde legte ihre Hand in die seine, und als er seine Handfläche nach oben drehte, sahen sie zu ihrer Überraschung, dass die natürlichen Falten seiner Hand keine bleibenden Linien hinterließen. Die Haut war glatt und linienlos.

»Ich hatte Recht«, sagte er und bog die kleine Hand des Mädchens zur Begutachtung zurecht. »Sie haben Sorgen gehabt, doch die werden ein Ende haben, wenn auch auf andere Weise, als Sie erwarten. Sie werden lieben, Sie werden geliebt werden. Ich kann Sie mindestens zweimal in Ihrem Leben in seltsamer Gesellschaft sehen. Was Sie aber am eindringlichsten im Gedächtnis haben, ist Folgendes«, sagte er mit plötzlichem Nachdruck. »Sie liegen auf einem Bett aus dichtem Fell und der Kopf eines Tiers blickt auf Sie herab. Stimmt das?«

Richter Lobbett und seine Tochter tauschten erstaunte Blicke aus, und Marlowe entfuhr ein unterdrückter Ausruf. Giles und Biddy sahen ihre Besucher fragend an, und nach einigem Zögern erklärte Isopel: »Als ich ein Kind war, machten wir Ferien in den Rocky Mountains. Ich hatte mich verlaufen. Ein Trapper hatte mich gefunden, und ich blieb ein paar Stunden in seiner Hütte, bis Vater mich dann fand. Der Trapper forderte mich auf, mich hinzulegen, und ich ruhte mich auf einem Fellhaufen beim Feuer aus. An der Wand hing ein Bärenfell mit einem großen ausgestopften Kopf. Ich konnte nicht anders, ich musste dauernd hinsehen. Das Ding war schrecklich, grotesk und unförmig. Es kehrt immer wieder in meinen Albträumen. Wie konnten Sie das nur wissen?«, schloss sie und starrte auf den Wahrsager, ihre dunklen Augen weiteten sich, als sie sich des Wunders bewusst wurde.

Der Fremde lächelte und sprach weiter. Seine Stimme wirkte besänftigend.

»Sie werden eine dunkle Stunde erleben«, sagte er, »aber sie wird vorübergehen. Heiteres erwartet Sie. Nehmen Sie sich vor Fremden in Acht; Sie werden allerdings niemanden aus Ihren Kreisen heiraten. Sie werden große Ländereien besitzen und um den Frieden wissen, der im Muhen der Kühe auf den kleinen Wiesen liegt. Das ist Ihr Schicksal. Es ist schade, dass ich nicht jedem von Ihnen so viel versprechen kann.«

Er sprach die letzten Worte ganz leise, und obwohl sein Tonfall unverändert war, war die beruhigende Wirkung von Isopels Handlesung völlig dahin, und ein unerfreulicher Nachgeschmack blieb übrig.

Er verabschiedete sich gleich danach, und Giles und Marlowe rechneten mit ihm ab und zahlten leicht überrascht die geringfügige Summe, die er forderte.

Der Wagen fuhr über die schmale Straße davon. Als er vorbeifuhr, ertönte noch einmal das Pfeifen aus dem Garten, das seine Ankunft verkündet hatte. Die sieben Heuler wurden einer nach dem andern wiederholt, jeder schwächer und entfernter als der davor. Mr Campion und Giles standen bei Marlowe.

»Sieben«, sagte Giles. »Die Sieben Pfeifer. Das bedeutet den Untergang der Welt, sagt man hier.«

»Das bedeutet, dass er weg ist«, sagte Mr Campion erleichtert. »Meine geschätzten Freunde George und Olly und ihre fünf Söhne haben ihren Auftritt als Wachposten mit großem Erfolg absolviert. In Zukunft kommt niemand nachts über den Stroud, ohne dass wir es umgehend wissen. Die gesegneten Kerle haben alle fünfhundert Meter an der Straße entlang Posten bezogen. In dem Moment, wo ein Fremder an einem von ihnen vorüberkommt – na ja, dann ist eben Eulen-Freitag. Unbefugte werden strafrechtlich verfolgt.«

Sie gingen lachend zur Tür zurück. Biddy begegnete ihnen auf der Schwelle. Richter Lobbett und seine Tochter standen hinter ihr, und eine füllige, verwirrt aussehende alte Frau, die offenbar durch die Hintertür hereingekommen war, wich nicht von ihrer Seite.

Biddy war bleich, und aus ihren Augen sprach das blanke Entsetzen. Sie hatte etwas in der Hand, was sie ihrem Bruder hinstreckte.

»Giles«, sagte sie, »sieh dir das an. Alice hat es gerade rübergebracht.«

Der junge Mann nahm das zerknitterte Stück Papier und den großen altmodischen Ring. Er lag glänzend in seiner Hand.

»Giles und Albert, kommt allein rüber«, las er langsam. Plötzlich erschien ein Ausdruck panischen Schreckens auf seinem Gesicht.

»St. Swithin!«, sagte er atemlos. »Sein Ring! Er würde sich nie von ihm trennen, es sei denn –«

Die Worte wurden von einem Geräusch abgeschnitten, das deutlich durch das offene Fenster zu ihnen hereindrang, knallhart und unmissverständlich. Ein Schuss in der Nachtluft.

7
Im Lichte der Sturmlaterne

Die alte Frau stieß einen schrillen Schrei aus, der in ihrer Kehle erstickte. Für einen flüchtigen Augenblick erstarrte ihr Gesicht in Entsetzen, wie aus rotem Sandstein gemeißelt, die kleinen schwarzen Augen vor Schreck geweitet. Plötzlich ging sie in Richtung Tür.

Mr Campion legte eine Hand auf ihren Arm. Er bewegte sich unnatürlich langsam, und sein Gesicht war ausdruckslos.

»Warte, Alice«, sagte er. »Giles und ich gehen vor.«

»Loslassen, ich geh«, sagte die alte Frau und machte ihren Arm mit einem Ruck frei. »Loslassen, ich geh, sag ich.«

Biddy trat vor. »Bleib hier, Alice«, sagte sie sanft. »Bleib hier. Er hat gesagt, sie sollen allein gehen.«

Alice gab nach und ließ sich ins Zimmer zurückführen. Richter Lobbett stand mit undurchdringlicher Miene zwischen seinen beiden Kindern. Isopel klammerte sich an ihn. Marlowe blickte ernst um sich, bereit zu helfen, falls es nötig werden sollte.

Mr Campion berührte Giles an der Schulter. »Komm mit«, sagte er. Sie eilten zusammen aus dem Haus.

Das Pfarrhaus lag jenseits der Dorfwiese von der Straße zurückversetzt am Ende einer langen schlecht gepflegten Kiesauffahrt, die von dichtem Gebüsch und hohen Bäumen gesäumt war. Dunkel stand das Haus vor ihnen, als sie näher kamen, aber die Eingangstür stand offen.

Mr Campion drehte sich zu Giles um. »Lass mich vorgehen«, sagte er leise. »Man kann nie wissen.«

Giles blieb widerwillig zurück, machte aber keinen Versuch zu widersprechen. Campion ging allein weiter und trat in das dunkle Haus ein.

Er sah direkt auf eine offene Tür, aber das Zimmer dahinter war kaum zu erkennen.

Er trat ein.

Kurze Zeit später erschien er wieder am Eingang. Giles konnte im Mondlicht einen Blick auf sein Gesicht werfen.

»Komm jetzt rein, mein Freund«, sagte er ruhig, und die Frage, die Giles auf der Zunge gelegen hatte, hatte sich erübrigt.

Die beiden Männer gingen schweigend ins Haus. Das Arbeitszimmer des alten Pfarrers war der einzige Raum, der überhaupt erleuchtet war. Das Licht kam von der Sturmlaterne, die er gerade vor kurzem vom Verwalterhaus mitgenommen hatte. Sie stand auf dem schweren Schreibtisch und verströmte ein diffuses Licht, das den düsteren Raum nur teilweise erhellte. Es war ein großes rechteckiges Zimmer mit einem Kamin an der einen Seite und einem Erkerfenster an der anderen. An den Wänden entlang standen Bücherregale.

Der Tisch stand parallel zum Kamin, und der alte Lehnstuhl des Pfarrers mit dem abgenutzten Ledersitz war zurückgeschoben, als ob er sich gerade daraus erhoben hätte. Das Feuer glühte schwach im Kamin.

Giles sah sich besorgt um.

»Wo?«, setzte er an, und Campion zeigte wortlos auf eine Tür auf der andern Seite des Kamins, die jener glich, durch die sie eingetreten waren. Giles wusste, dass sie zu dem kleinen Ankleideraum führte, den ein umsichtiger Vorfahre an das Arbeitszimmer angebaut hatte. Unter der geschlossenen Tür sickerte auf dem abgetretenen Linoleum ein schmales dunkles Blutrinnsal hervor.

Giles stieg darüber hinweg und öffnete die Tür. Er zündete ein Streichholz an und hielt es hoch. Die flackernde Flamme erhellte den winzigen Raum für einen kurzen Moment und erlosch. Seine Hand sank herab. Dann schloss er zögernd die Tür und wandte sich Campion zu. Sein Gesicht war sehr blass, und er benetzte sich nervös die Lippen.

»Seine alte Schrotflinte«, sagte er.

Campion nickte.

»In den Mund – hat eine Schnur am Abzug befestigt. Das ist die übliche Methode.« Der Junge sank auf den Stuhl. »Selbstmord?«, sagte er. »Mein Gott – der alte St. Swithin!«

Campion starrte auf die geschlossene Tür. »Warum?«, sagte er. »Das ist wirklich ganz und gar absonderlich, warum bloß?«

Ein Schritt in der Eingangshalle erschreckte sie. Alice Broom, die Haushälterin, erschien auf der Schwelle. Sie richtete ihre schwarzen Augen fragend auf sie.

»Hat sich erschossen«, platzte sie los. »Ich hab gesehn, dass die alte Flinte weg war, aber niemals nicht hab ich so was gedacht. O Gott, erbarme Dich seiner Seele!« Sie fiel, wo sie stand, auf die Knie und schlug die Hände vors Gesicht.

Dieser Anblick der Hilflosigkeit brachte Giles wieder zu sich. Er und Campion halfen ihr hoch, und zusammen führten sie sie zum Lehnstuhl beim Tisch. Sie wich davor zurück wie ein erschrecktes Schaf.

»Nicht in seinen Stuhl. Ich werd mich nicht in seinen Stuhl setzen«, sagte sie hysterisch. »Der Stuhl der Toten!«

Dieser Aberglaube, der plötzlich durch ihren Kummer brach, berührte sie seltsam. Sie brachten sie zum Sessel am Kamin, und da saß sie nun und weinte leise in ihre hohlen Hände.

Campion nahm die Sache in die Hand.

»Hör mal, Giles«, sagte er, »wir werden einen Arzt und die Polizei benötigen. Es gibt hier im Dorf ja wohl beides nicht?«

Giles schüttelte den Kopf. »Nein, es bleibt uns nichts anderes übrig, als den alten Wheeler von Heronhoe kommen zu lassen. Der nächste Polizist ist auch dort. Campion, das ist grauenhaft. Warum hat er das getan? Warum hat er das getan?«

Der andere wies auf einen Brief, der am Tintenfass auf dem Tisch aufgestellt war, gleich neben der Laterne. Darauf war in Swithin Cushs krakeliger altmodischer Schrift zu lesen:

AN MR. HENRY TOPLISS

»Wer ist das? Der Coroner?«, wollte er wissen. Giles nickte, und wieder erschien der ungläubige Ausdruck auf seinem Gesicht.

»Er muss in voller Absicht gehandelt haben«, sagte er. »Ich begreife es wirklich nicht. Hältst du es für möglich, dass dieser Wahrsager –«

Campion erhob warnend seine Hand. In der Eingangshalle waren Schritte zu hören.

Biddy erschien als Erste, die andern hinter ihr. Ihr Gesicht war weiß und verzerrt vor Beängstigung: Sie sah sich im Zimmer um, und fast sofort fiel ihr Blick auf die geschlossene Tür. Mit einem kleinen Schrei ging sie darauf zu. Campion schoss vor und zog sie zurück.

»Nein, meine Liebe, geh da nicht rein«, sagte er sanft. »Du kannst nichts mehr machen.« Die Hand, die er hielt, wurde kalt, und die schmalen Finger gruben sich in sein Fleisch.

Campion legte seinen Arm um sie, bis Isopel Lobbett zu ihnen trat, ihre Hand in Biddys schob und sie zu einem Stuhl am Kamin führte.

Richter Lobbett und Marlowe traten näher, und Giles erklärte ihnen die Lage, so gut er konnte.

Der alte Mann war schockiert.

»Das ist entsetzlich«, sagte er. »Entsetzlich! Ich –« Die Worte schienen ihm zu fehlen, und er stand einen Moment lang schweigend da, wie gelähmt durch den Schock. Langsam gewann der ihm eigene Sinn fürs Praktische dann wieder die Oberhand. »Isopel«, sagte er ruhig, »bring Miss Paget zum Verwalterhaus zurück und bleib dort bei ihr, Liebes, während wir sehen, was hier zu tun ist.«

Campion trat zu den zwei jungen Männern. »Giles«, sagte er, »könntest du mit Marlowe zusammen ein Auto nehmen und nach Heronhoe fahren und von dort einen Arzt und die Polizei holen? Mehr können wir nicht tun. Ich werde Alice auf ihr Zimmer bringen. Und dann werden wir hier warten, wenn es Ihnen recht ist, Sir«, fügte er, an den alten Lobbett gewandt, hinzu.

Die zwei jungen Männer ergriffen die Gelegenheit, etwas zu tun, und eilten davon.

Isopel und Biddy gingen zum Verwalterhaus zurück. Biddy weinte nicht, aber auf ihrem Gesicht lag noch immer der angespannte, verzerrte Ausdruck, der bei ihrem Eintritt ins Pfarrhaus schon zu sehen gewesen war.

Campion sah ihr durch die Tür nach und wandte dann Alice seine Aufmerksamkeit zu. Es wäre sicherlich sehr schwierig geworden, sie aus dem Wege zu schaffen, wenn dieses Problem nicht plötzlich durch das unerwartete Erscheinen von George gelöst worden wäre. Der alte Mann hatte den Schuss gehört, während er im Verwaltergarten Wache gehalten hatte, und war Richter Lobbett gefolgt.

Den Hut in der Hand, die Augen weit aufgerissen, hörte er sich Campions knappe Erklärung an.

»Pfarrer tot«, sagte er und sprach die Worte wieder und

wieder vor sich hin; der Schreck und das Entsetzen, das ihn befiel, wurde langsam auf seinem Gesicht sichtbar.

»Ich nehm Alice mit«, sagte er schließlich. »Sie ist meine Schwester. Meine Frau wird sich schon um sie kümmern. Wo sie ihn so lang versorgt hat, muss das da ja ein Schock sein für sie. Ein Schock!«

Er half der alten Frau hoch und führte sie mit unbeholfener Umständlichkeit aus dem Zimmer.

»Gute Nacht. Gute Nacht«, sagte er.

Campion eilte ihm nach. »George«, bat er, »mach bloß nicht das ganze Dorf verrückt!«

Der alte Mann drehte sich zu ihm um.

»Nein, Sir. Wenn so was passieren tut, ist immer besser, Mund halten, bis die Polizei wieder weg ist.«

Mit dieser unerwarteten Bemerkung stapfte er davon. Campion ging ins Arbeitszimmer zu Richter Lobbett zurück.

Der alte Mann stand beim Kamin, eine Hand auf der wuchtigen Eichenumrandung. Campion zündete die Kerzen an, die in den eisernen Haltern auf dem Sims steckten, dann setzte er sich leise an der anderen Seite des Kamins nieder und zog eine Zigarette hervor.

»Das ist eine üble Geschichte«, sagte der alte Mann plötzlich, »eine schrecklich üble Geschichte. Der Tod scheint mir zu folgen, wie die Möwen dem Schiff.«

Campion sagte nichts. Er hatte ein Holzscheit auf das Feuer geworfen, und das leichte Knacken, als die Rinde Feuer fing, war das einzige Geräusch in dem großen, schwach erleuchteten Zimmer. Auf dem braunen Linoleum hinter ihm trocknete das dünne Blutrinnsal langsam an.

Richter Lobbett räusperte sich.

»Sie wissen ja, dass ich kein Dummkopf bin«, fing er an. »Ich weiß, dass Marlowe Sie veranlasst hat, mich hierher zu bringen. Ich habe nichts gesagt, weil ich so ein Leben mag. Aber wenn ich geahnt hätte, dass ich so eine Tragödie in das Leben derartig freundlicher, gemütlicher Leute hineintragen würde, hätte nichts mich dazu bringen können, hierher zu kommen. Ich spüre, dass das kein Zufall sein kann«, fügte er unvermittelt hinzu, »und trotzdem sieht es zweifellos nach Selbstmord aus.«

Campion sprach ruhig.

»Es war Selbstmord. Ich glaube, daran besteht kein Zweifel. Er hat einen Brief für den Coroner hinterlassen.«

»Tatsächlich?« Der alte Mann sah abrupt auf. »Dann hat er also vorsätzlich gehandelt. Haben Sie eine Ahnung, warum er das getan hat?«

»Nicht die geringste.« Campion sprach ernst. »Das ist die erstaunlichste Sache, die ich je erlebt habe. Wenn ich nicht den Brief gesehen hätte, würde ich sagen, es war eine Kurzschlusshandlung.«

Crowdy Lobbett setzte sich dem jungen Mann gegenüber auf einen Stuhl und stützte seine Ellbogen auf die Knie.

»Ich schätze, wir zwei müssen einiges untereinander klären, ehe wir den nächsten Schritt tun«, sagte er. »Selbstverständlich sind Sie mir vom Schiff her in Erinnerung. Das war eine hübsche Leistung von Ihnen, und ich bin Ihnen mehr als dankbar. Aber ich habe das Gefühl, dass ich Ihren Anweisungen lange genug gefolgt bin, ohne zu wissen, wo es langgeht. Ich hatte ohnehin vor, mich heute Abend mit Ihnen zu unterhalten; auch wenn diese schreckliche Geschichte es nicht unbedingt erforderlich gemacht hätte. Marlowe hat Sie beauftragt, auf mich aufzupassen. So viel weiß ich immerhin. Ein Polizist sind Sie jedenfalls nicht, stimmt's?«

»Kaum«, sagte Mr Campion. »Ich glaube aber, Scotland Yard hat mich Ihrem Sohn empfohlen«, fügte er mit einem schwachen Lächeln hinzu. »Ein richtiger Privatdetektiv bin ich allerdings auch nicht. Ich war dafür, Sie hierher zu bringen, weil ich annahm, dass Sie hier sicherer sind als irgendwo sonst, und weil Ihre Familie hier weniger in Gefahr ist.«

Richter Lobbett sah ihn prüfend an.

»Sie können nicht verstehen, dass ich Isopel da mit hineinziehe«, sagte er. »Ist sie nicht da am sichersten, wo ich auf sie aufpassen kann?«

Mr Campion sagte nichts dazu.

»Wie viel wissen Sie überhaupt?« fragte Richter Lobbett.

Der junge Mann sah noch nachdenklicher drein. »Ich weiß genug, um zu begreifen, dass es nicht schlicht und einfach Rache ist, weswegen sie hinter Ihnen her sind«, sagte er schließlich. »Das ließ sich nach Sherlock Holmes' Feld-Wald-und-Wiesen-Rezept herausfinden. In New York haben sie versucht, Ihnen Angst zu machen. Das deutet darauf hin, dass Sie ihnen auf der Spur waren.« Er hielt inne und sah sein Gegenüber fragend an. Lobbett bedeutete ihm fortzufahren, und er sprach weiter: »Dann sind sie wahrscheinlich zu der Erkenntnis gekommen, dass Sie, wenn Sie eine heiße Spur hätten, diese sicherlich bereits genutzt hätten«, sagte er. »Sie beschlossen, Sie zu töten. Sie entkamen. Eins der ersten Dinge, die Sie taten, als Sie nach London kamen, war MacNab, den Geheimschriftexperten, zu konsultieren. Das hat ihnen wieder Angst gemacht. Zuerst wollen sie wissen, was Sie in der Hand haben, dann wollen sie Ihr Blut. Ich für mein Teil glaube«, fügte er hinzu, »dass Sie einen Hinweis von einem Mitglied der Simister-Bande erhalten haben, den Sie aber noch nicht dechiffrieren können. Habe ich Recht?«

Lobbett starrte ihn erstaunt an.

»Ich muss Ihnen gestehen, Mr Campion«, sagte er, »als ich Sie das erste Mal sah, habe ich Sie für den größten Idioten aller Zeiten gehalten; aber jetzt beginne ich mich zu fragen, ob Sie nicht vielleicht eine Art Gedankenleser sind.« Er lehnte sich vor. »Sie haben tatsächlich Recht, und ich kann Ihnen auch gleich erzählen, dass MacNab mir in keiner Weise helfen konnte. Aber er war der Erste, bei dem ich das Gefühl hatte, dass ich ihm zeigen konnte, was ich in der Hand habe. Ich habe das eine Ende des Seils erwischt, aber falls einer von den Typen Wind davon kriegt, um was es sich handelt, werden sie es mir höher hängen, und damit wird die eine Chance, die ich hatte, die Sache ein für alle Mal zu beenden, für immer dahin sein. So wie die Dinge jetzt liegen, ist dieser Hinweis für mich nutzlos wie alter Schrott. Und es käme mir nie in den Sinn, einem von euch jungen Leuten mein Vertrauen zu schenken.«

Der entschlossene Ausdruck auf dem Gesicht des Richters und die harten Linien um seinen Mund brachten den jüngeren unverzüglich zu der Überzeugung, dass Lobbett in diesem Punkt auf jeden Fall stur wie ein Esel bleiben würde.

»Sie haben die Absicht hier zu bleiben«, sagte er, »bis Sie die Lösung Ihres Kreuzworträtsels gefunden haben?«

Richter Lobbett nickte. »Genau das hatte ich vor«, bestätigte er. »Aber nach diesem schrecklichen Ereignis heute Abend weiß ich nicht, was tun.« Er warf Campion einen Blick zu. »Sagen Sie mir, habe ich Ihrer Meinung nach überhaupt eine Chance, meinen Mann zu erwischen, wenn ich hier bleibe?«

Der junge Mann erhob sich. »Sie haben eine« sagte er in einem ungewöhnlich überzeugenden Tonfall. »Sie sind in England, und ich glaube, es wird für Ihren Freund Simister nicht gerade leicht sein, irgendetwas im großen Stil zu unternehmen. Er wird zum Beispiel kaum die Hälfte seiner besten Leute aus Ihrem Land rausgebracht haben, so dass die Chancen eins zu hundert stehen, dass er den Job selbst ausführen wird. Einmal mag der Berg zu Mohammed kommen; und wenn das der Fall ist, wird niemand außer Ihnen selbst in Gefahr sein. Daran zweifle ich nicht.«

Richter Lobbett wies mit dem Kopf auf die geschlossene Tür hinter dem jungen Mann. »Schon möglich«, sagte er, »aber was ist damit?«

Campion schwieg eine geraume Weile, die Hände tief in den Taschen vergraben.

»Mir kommt es so vor«, sagte er schließlich zögernd, als würde er jedes einzelne Wort abwägen, »als ob hier etwas ganz und gar nicht mit rechten Dingen zugeht. Armer alter Knabe.«

8
Der Briefumschlag

Das Wohnzimmer im Verwalterhaus war nicht wieder zu erkennen. Von der Behaglichkeit und dem Frieden war nichts mehr zu spüren. Im Kamin waren nur noch ein paar rotgraue Kohlenreste übrig, die Kerzen waren in ihren Haltern runtergebrannt, und der Raum erschien kalt und trostlos.

Die zwei Mädchen saßen aneinander gekauert auf der Bank unter dem Fenster. Biddy weinte nicht, aufrecht und steif saß sie da, den Rücken gegen den zusammengeklappten hölzernen Fensterladen gelehnt. Ihr Gesicht war sehr bleich, und immer noch war die gequälte Leidensmiene darin eingegraben.

Das andere Mädchen saß dicht neben ihr, ihre kleine Hand lag auf Biddys Knie.

»Ich kann dir gar nicht sagen, wie unglaublich das alles ist«, brach es plötzlich aus Biddy hervor. Instinktiv sprach sie mit verhaltener Stimme, als fürchtete sie, belauscht zu werden. »Es sieht ihm überhaupt nicht ähnlich. Ich habe nie gedacht, dass er irgendwelche Sorgen hatte. Er hat sich allenfalls darum gesorgt, wie gut seine Sonntagsschule besucht war. Was könnte ihn veranlasst haben, diese schreckliche, schreckliche Tat zu begehen?«

Isopel konnte ihr darauf keine Antwort geben.

»Wenn ich nur daran denke! Er muss es gewusst haben, als er mir Gute Nacht sagte. Er muss bereits mit der Absicht im Kopf hinübergegangen sein, dann hat er den Brief an Mr Topliss geschrieben, dann Alice mit der Nachricht hierher geschickt, und dann ist er ganz allein in diese kleine Kammer gegangen und – oh –«

Sie lehnte sich an den Laden zurück und schloss die Augen.

Isopel nickte. »Ich verstehe das«, sagte sie. Sie senkte die Wimpern über ihre dunklen Augen, und ein düsterer Ausdruck legte sich auf ihr junges Gesicht. »Ich habe die letzten sechs Wochen in einer derartigen Atmosphäre gelebt. Ich glaube, ich werde langsam gefühllos. Zuerst Schuyler, Vaters Sekretär. Ich kannte ihn seit meiner Kindheit. Sie haben ihn in Vaters Lehnstuhl gefunden, Kopfschuss.« Sie schauderte. »Sie müssen ihn von einem gegenüberliegenden Haus durch das Fenster erschossen haben. Und seitdem ist einer nach dem andern gefolgt. Wills – der Butler, dann unser neuer Chauffeur, und dann Doc Wetherby, der mit Vater zusammen die Straße entlangging. Ich hatte Angst damals. Aber hinterher, auf dem Schiff und in unserm Hotel in London, hatte ich so wahnsinnige Angst, dass ich dachte, ich werde verrückt. Als wir dann hierher kamen, schien es mir so, als seien wir entkommen.« Sie seufzte. »Euer Haus da hinterm Park und dieses Haus hier – beide so ruhig und jahrhundertelang unberührt; es schien, als könnte nichts Schreckliches darin passieren. Aber nun haben wir euch dieses Grauen gebracht. Manchmal habe ich das Gefühl« – ihre Stimme senkte sich zu einem Flüstern –, »dass wir den Teufel erweckt haben. Eine entsetzliche böse Macht verfolgt uns; irgendetwas, dem wir nicht entkommen können.«

Sie sprach sehr ernst, und ihr düsterer Tonfall, verbunden mit dem Unglück, das sie überwältigt hatte, bewirkte, dass sich etwas von der Angst auch auf das andere Mädchen übertrug.

»Aber St. Swithin hat sich selbst getötet«, sagte Biddy

und bemühte sich mit aller Kraft, ihren gesunden Menschenverstand wiederzugewinnen. »Sie sagen, dass es daran keinen Zweifel gibt. Wenn es ein Mord gewesen wäre, wäre es nicht so fürchterlich. Ach«, sagte sie plötzlich unvermittelt, »ich wünschte, Giles würde zurückkommen.«

Ein leichtes Klopfen an der Tür erschreckte sie beide. Die alte Cuddy erschien mit einem Tablett. Der alten Frau zitterten die Hände. Man hatte ihr von der Tragödie berichtet, und sie hatte in der ihr eigenen praktischen Art reagiert.

»Ich hab für Sie beide eine Tasse Kakao, Miss Biddy«, sagte sie.

Sie stellte das Tablett neben ihnen ab. Ohne weitere Worte zu verlieren, machte sie dann Feuer und steckte neue Kerzen in die leeren Kerzenhalter. Dankbar tranken sie den Kakao. Das kräftige Getränk beruhigte ihre Nerven, und sie saßen still da, bis ganz in der Ferne über dem silhouettenhaften Heckenrand am Himmel der schwache Widerschein von Scheinwerfern sichtbar wurde. Das Licht kam näher, bis sie das Auto hinter dem Haus tuckern hören konnten. Dann war wieder alles schwarz.

»Wen sie wohl geholt haben? Den Arzt und den Sheriff?«, fragte Isopel nervös.

Biddy schüttelte den Kopf. »Dr. Wheeler und Peck, den Polizisten von Heronhoe, nehme ich an«, sagte sie, und ganz plötzlich drehte sie ihr Gesicht zum Fensterladen und weinte.

Auf der anderen Seite des Dorfplatzes stellte Dr. Wheeler im Arbeitszimmer seine Tasche auf den Tisch und zog seinen Mantel aus. Er war ein kleiner, untersetzter, ältlicher Mann und strahlte eine natürliche Autorität aus.

Peck, der Wachtmeister von Heronhoe, mit rotem Gesicht und schwitzend vor ungewohnter Verantwortung, umklammerte unglücklich sein Notizbuch.

Giles und Marlowe waren ihnen gefolgt und standen jetzt ernst in der Tür. Giles stellte Richter Lobbett und Albert Campion vor.

Der Arzt nickte ihnen kurz zu.

»Das ist übel«, sagte er. »Schrecklich. Sieht dem Alten nicht ähnlich. Ich habe ihn grade vor kurzem gesehen. Er wirkte ganz vergnügt. Wo befindet sich bitte die Leiche?« Er sprach forsch.

Giles zeigte auf die Tür zur Kleiderkammer: »Wir haben ihn genauso liegen lassen, wie er gefallen ist. Da war nichts mehr zu machen. Er – er hat sich praktisch den Kopf weggeblasen.«

Der kleine Doktor nickte. »Verstehe«, sagte er und nahm die Angelegenheit völlig in seine fähigen Hände. »Ich denke, wir werden etwas Licht benötigen. Peck, bringen Sie bitte die Laterne.«

Es entging den Anwesenden nicht, dass er sich bemühte, taktvoll zu sein, und sie waren ihm dankbar.

Die Tür sprang auf, und der Arzt ging mit vorsichtigen Schritten um die Blutlache herum und trat in die Kammer. Dicht hinter ihm folgte der Polizist mit erhobener Laterne.

Etwas von dem grauenhaften Anblick, der sich ihnen bot, wurde den vieren vermittelt, die jetzt wartend auf dem Kaminvorleger standen. Dr. Wheeler erschien nach ein paar Minuten wieder, Peck folgte ihm, phlegmatisch und ungerührt.

Der Arzt schüttelte seinen Kopf. »Sehr hässlich«, sagte er leise. »Aber der Tod muss sofort eingetreten sein. Wir müssen ihn da rausholen. Wir benötigen eine Schuppentür, und vielleicht könntest du ein Laken auftreiben, Giles. – Wie geht's Biddy?« fragte er, das Thema wechselnd. »Gut? Drüben im Verwalterhaus? Ich werde dort vorbeischauen, bevor ich gehe.«

Giles erklärte ihm, dass Isopel bei ihr sei, und der alte Mann, der die Geschwister seit ihrer Kindheit kannte, schien beträchtlich erleichtert.

Campion und Marlowe gingen durch die dunkle Steinküche des Pfarrhauses. Sie begaben sich in den gepflasterten Hof, hoben dort eine Schuppentür aus den Angeln und brachten sie vorsichtig ins Haus. Giles suchte derweil im oberen Stockwerk nach einem Laken, sie konnten ihn auf dem unebenen Fußboden umherstolpern hören.

Der Polizist hielt das Licht, und sie halfen dem Doktor, das schauerliche verhüllte Ding auf die behelfsmäßige Bahre zu heben. Der Arzt hatte ein Chorhemd, das an der Wand gehangen hatte, über das geworfen, was von dem alten Mann übrig geblieben war, bevor Giles mit dem Laken zurückkam. Sie setzten die Bahre am andern Ende des Zimmers auf einem eilig aufgebauten Gestell aus Stühlen ab. Campion schlug die großen Fensterläden vor die Fenster, und dann zogen sie wortlos ab in die Spülküche, um sich zu waschen. Peck bemühte sich ängstlich darum, die Pagets und ihre Freunde nicht mehr als unbedingt notwendig zu belästigen, und als er erneut sein Notizbuch zückte, tat er das mit einem Ausdruck der Entschuldigung.

»Es gibt da nur ein oder zwei Dinge, die ich mir notieren müsste«, begann er und räusperte sich nervös. »Würden Sie sagen, dass das Gewehr von dem Verblichenen selbst abgefeuert wurde?«

»Gewiss, darüber besteht kein Zweifel.« Der Arzt bemühte sich, in den Mantel hineinzukommen, den Giles ihm hielt. »Sie werden doch Mr Topliss aufsuchen, Peck? Sagen Sie ihm, dass ich ihn morgen Vormittag anrufen werde.«

»Mr Cush hat einen Brief für Mr Topliss hinterlassen«, sagte Campion und zeigte auf den großen gelben Umschlag auf dem Tisch. Der Polizist trat unbeholfen vor, um ihn aufzunehmen, und der Arzt seufzte erleichtert.

»Ich nehme an, dass das alles erheblich vereinfachen wird«, sagte er. »So wie es aussah, hatte ich befürchtet, dass Ihnen eine außerordentlich lästige Fragerei bevorstehen würde. Aber nun wird es wohl nur eine formelle gerichtliche Untersuchung geben.«

Der Polizist steckte den Brief in seine Tasche. »Ich werde als Erstes zu Mr Topliss fahren«, sagte er. »Da gäb's, wenn's recht wäre, noch eine Sache. Wo warn Sie alle, als der Schuss fiel?«

»Wir waren alle zusammen im Wohnzimmer im Verwalterhaus gleich drüben hinter der Dorfwiese«, sagte Giles.

»Aha«, sagte Peck und schrieb umständlich. »Und die Haushälterin, Mrs Broom, wo war die?«

»Sie war bei uns«, sagte Giles. »Sie brachte eine Botschaft von St. Swithin – Mr Cush, meine ich.«

»Aha?«, merkte der Polizist auf. »Was war das?«

Giles übergab ihm das Stück Papier, und der brave Mann hielt es ins Licht. *»Giles und Albert, kommt allein rüber«*, las er. »Albert – das sind wohl Sie, Sir?« sagte er an Campion gewandt.

»Ja«, bestätigte der junge Mann. »Genau in dem Moment, als wir die Botschaft erhielten, hörten wir den Schuss.«

»Aha. Und das war, als Sie alle im Verwalterhaus gewesen waren? Sieht ganz so aus, als ob's in voller Absicht passiert ist, stimmt's, Sir?«, sagte Peck an den Arzt gewandt.

»Daran besteht kein Zweifel, dass es in voller Absicht geschah.« Der Doktor sprach mit Nachdruck.

»Und Sie beide haben die Leiche gefunden, nehm ich an?«, sagte Peck, erleichtert darüber, seine Eintragungen abschließen zu können. »Keine Ahnung von wegen Grund oder Ursache, nehm ich an?«, fügte er, an Giles gewandt, hinzu.

»Nicht im Mindesten«, sagte Giles.

»Der Brief an Mr Topliss wird alles aufklären, da können Sie sicher sein«, meinte Dr. Wheeler und streifte sich die Handschuhe über. Was ihn betraf, war die Sache abgeschlossen. »Ich gehe jetzt zu deiner Schwester rüber, Giles.«

Zu diesem Zeitpunkt drängte sich die Frage auf, wer bei der Leiche des alten Pfarrers zurückbleiben sollte. Giles und Campion setzten sich rechts und links vom Kamin nieder und bereiteten sich auf die Totenwache vor. Sie wären alleine dageblieben, trotz Marlowes großzügigen Angebots, bei ihnen zu bleiben, wenn nicht Alice, die alte Haushälterin, in der Tür erschienen wäre.

Sie war über den ersten Kummer hinweg. Der ergebene Gleichmut der Frau vom Lande, die Geburt und Tod in der gleichen Weise hinnimmt wie Frühling und Winter, war ihr zu Hilfe gekommen. ihr rotes Gesicht war gefasst und unbewegt.

»Sie gehen in Ihr Bett, Master Giles«, sagte sie. »Ich bleibe.« Sie wischte seinen Protest beiseite. »Ich hab in seinem Leben für ihn gesorgt. Ich tu auch im Tod für ihn sorgen«, sagte sie. »Er ist alt«, erklärte sie eigenwillig. »Er würde niemand nicht haben woll'n als wie mich. Gute Nacht.«

Sie akzeptierten die Entlassung.

Campion ging als Letzter, und weil er sich plötzlich vorstellen musste, wie die alte Frau mit dem Grauen allein sein würde, wandte er sich ihr zu und flüsterte ein paar warnende Worte.

Sie sah ihn mit leichter Verwunderung in ihren kleinen Augen an. »Ich werd vor ihm keine Angst nicht haben«, sagte sie. »Und wenn da Blut ist? Ist doch ihm seins, wohl? Ich hab auf ihn aufgepasst, seit ich eine junge Frau gewesen war. Aber war gut gemeint von Ihnen. Gute Nacht!«

Er folgte den andern nach draußen auf die Auffahrt. Schweigend gingen sie zum Verwalterhaus hinüber, wo der Arzt die beiden Mädchen auf seine forsche professionelle Art und Weise beruhigte.

Der alte Lobbett trat ruhig zu Campion. »Ich werde mein Mädel zum Gutshaus mitnehmen«, sagte er. »Ich denke, wir sollten Sie nicht länger belästigen. Bringen Sie Miss Paget dazu, ins Bett zu gehen. Schlaf wirkt Wunder. Wir können uns auch morgen weiter unterhalten.«

Mit dem Weggang der Lobbetts erschien ihnen die Geschichte in einem persönlicheren Licht. Giles hatte den Arm um Biddy gelegt. Campion stand auf dem Kaminvorleger, einen Ellbogen auf den Sims gestützt.

Der Arzt und Peck verabschiedeten sich mit der Versicherung, dass alles Notwendige veranlasst werde.

»Also, in aller Herrgotts Namen«, sagte Giles aufbrausend, »was soll das alles bloß bedeuten?«

Biddy wandte sich flehentlich an Campion. »Was soll das alles bedeuten, Albert? Wie konnte das passieren? Du kennst ihn fast so gut wie wir. Warum hat er das getan?«

Campion schob seine Hand in die Manteltasche und zog einen unförmigen gelben Umschlag hervor, den er ihnen überreichte.

Darauf stand: *Für Giles, Biddy und Albert Campion,* und in der Ecke der Hinweis *Vertraulich.*

»Der lag auf dem Tisch neben der Nachricht für den Coroner«, sagte er. »Ich hielt es für das Beste, ihn zu behalten, bis wir allein sind. Öffne ihn, Giles.«

Der junge Mann riss den Umschlag mit unsicheren Fingern auf und zog den Inhalt heraus. Da war ein zweiter

Umschlag, mit *Giles* beschriftet, ein gefaltetes Papier für Biddy und etwas Hartes, in Papier eingewickeltes, für Campion. Giles überreichte die Dinge ernst.

Biddy warf einen Blick auf ihre Botschaft. Da standen nur zwei Zeilen. Die Handschrift des alten Mannes war zittrig und fast unleserlich.

Erzähl Albert von unserm längsten Spaziergang. Gott segne dich, mein Kind.

Sie überreichte Campion den Zettel, auf ihrem Gesicht lag ein Ausdruck völliger Verwirrung. »Er muss plötzlich verrückt geworden sein«, sagte sie. »Wie schrecklich – da drüben in der Dunkelheit.«

Campion nahm ihr die Botschaft ab und starrte darauf. Dann schüttelte er den Kopf.

»Er war nicht verrückt, Biddy. Er hat versucht, uns etwas mitzuteilen. Etwas, was keiner außer uns wissen sollte. Vielleicht hilft uns *das* weiter.« Er begann, das kleine Päckchen auszuwickeln, das seinen Namen trug. Er zog das Papier ab, und ein leiser Ausruf der Überraschung entfuhr ihm. Auf der vorgestreckten Hand zeigte er ihnen den kleinen Gegenstand. Es war eine Schachfigur, der rote Turm.

9
»Falls Schwierigkeiten auftreten ...«

»Was soll das bedeuten?« Biddy lehnte sich in ihrem Stuhl zurück, die Augen auf die kleine Elfenbeinfigur in Campions Hand gerichtet.

Giles war auch verwundert. »Ich erkenne sie natürlich wieder«, sagte er. »Es ist eine aus seinem wertvollsten Satz – damit haben wir ganz selten gespielt. Was hältst du davon, Albert?«

Campion steckte die Schachfigur in seine Manteltasche. »Lies doch mal deinen Brief!«, schlug er vor.

Giles riss den dicken Umschlag auf, den er in der Hand hielt. »Natürlich«, sagte er.

Zum allseitigen Erstaunen zog er zwei dicht mit schwarzer Tinte beschriebene Briefbogen hervor. Offensichtlich war der Brief schon vor längerer Zeit geschrieben worden. Giles las ihn vor, seine junge Stimme klang heiser in dem kühlen Raum.

»Mein lieber Junge
Falls Du je diesen Brief lesen wirst, werde ich ein Verbrechen begangen haben, dessen Schwere ich mir voll und ganz bewusst bin. Wenn es nun also so weit kommt, bitte ich Dich, mir zu glauben, dass es geschah, weil ich lieber im Vollbesitz meiner körperlichen und geistigen Kräfte sterben wollte, als dahinzusiechen, was für Euch eine Last und für mich eine Qual bedeutet hätte.
Seit langem wusste ich schon, dass ich Opfer eines bösartigen und unheilbaren Leidens bin, und zunehmend

musste ich fürchten, dass es nicht nur meinen Körper, sondern auch meinen Geist zerrütten würde. Ich bitte Dich und Biddy, mir zu vergeben. Ich werde eine Nachricht für den Coroner hinterlassen, damit Euch jedwede unangenehme Prozedur vor Gericht erspart bleibt …«

»Was jetzt kommt, ist unterstrichen«, sagte Giles.

»Falls trotzdem ernsthafte Schwierigkeiten auftreten unmittelbar nach meinem Tod, schick Albert Campion zu meinem alten Freund Alaric Watts, dem Pfarrer von Kepesake in Suffolk. Er wird wissen, was in dieser Lage zu tun ist …

… hier ist etwas durchgestrichen«, sagte Giles und hielt das Papier gegen das Licht. »Das ›dieser‹ ist nachträglich eingefügt worden. Soweit ich das erkennen kann, hat er da wohl zuerst geschrieben ›in so einer schrecklichen Lage‹. Dann geht's weiter, gegen Ende wird es sehr wackelig …

… Auf jeden Fall möchte ich Euch inständig um Vergebung bitten. Betet für mich. Die Versuchung war groß. Ich bin ihr erlegen. Ich liebe Euch, meine Kinder.

St. Swithin

PS *Mein Testament, in dem ich meine wenigen Habseligkeiten vermache, befindet sich in meinem Schreibtisch …*

… Das ist alles«, sagte Giles.

Biddy durchbrach das Schweigen. Sie hatte Tränen in den Augen, aber ihre Stimme war fest. »Albert, das Ganze ist ein Irrtum. Es ist nicht wahr.«

Campion sah sie nachdenklich an. »Wie meinst du das?«, wollte er wissen.

»Ich meine« – Biddys Stimme hob sich etwas – »St. Swithin war nicht kränker als du oder ich. Er verbirgt etwas oder deckt jemanden, oder –« Ihre Stimme erstarb.

Campion nahm Giles den Brief ab und breitete ihn vor sich auf dem Tisch aus. »Das ist vor längerer Zeit geschrieben worden«, sagte er, »bevor wir von den Lobbetts gehört haben. Kurz nach dem Tod eures Vaters, würde ich sagen.«

Biddy saß kerzengerade, ihre Augen glänzten feucht. »Das ändert nichts«, sagte sie. »St. Swithin war nie in seinem Leben krank. Nicht einmal über Kopfschmerzen habe ich ihn klagen hören. In letzter Zeit war er launisch, ein bisschen seltsam, aber nicht krank. Außerdem, warum hat er so einen merkwürdigen Zeitpunkt für seinen Selbstmord gewählt? Direkt nachdem dieser – dieser Mann hier war.«

Die Geschwister sahen Campion an. Er saß da und beobachtete sie, und seine blassen Augen hinter den Brillengläsern blickten ernst.

»Meine lieben alten Vögel«, sagte er, »ich kenne ihn nicht. Du hast doch von ihm gehört, Giles.«

Der junge Mann nickte. »In der ganzen Grafschaft spricht man von ihm. Ich habe euch von Guffy erzählt, und ein Mann, der in der Nähe von Hadleigh wohnt, hat ihn erwähnt. Er ist in den letzten Jahren immer wieder mal aufgetaucht. Soviel ich weiß, war er Weihnachten in Maplestone Hall und hatte dort großen Erfolg. Dort hat Guffy ihn gesehen.«

»Maplestone Hall?«, merkte Campion auf. »Gab's da nicht etwas Ärger, ungefähr vor einem Monat? Da habe ich doch was drüber gelesen.«

Giles nickte. »Es ging um Verleumdung oder so was«, sagte er. »Irgendeine faule Geschichte jedenfalls. Guffy hat sich lang und breit darüber ausgelassen.«

Biddy lehnte sich über den Tisch und legte ihre Hand

auf Campions Arm. »Albert«, sagte sie, »dieser Mann hat St. Swithin umgebracht.«

»Aber mein liebes Mädel«, protestierte er sanft. »Die ganze Straße entlang standen unsre Wachposten, und die sieben Pfiffe waren deutlich zu hören. Außerdem war es ganz offensichtlich Selbstmord. Da lässt sich nicht dran rütteln.«

»Oh, ich weiß.« Biddy sprach ungeduldig. »Ich weiß. Ich behaupte ja auch nicht, dass der alte St. Swithin sich dort drüben in der Dunkelheit nicht selbst erschossen hat, aber der wahre Täter war der Mann. Dieser schreckliche Mann mit dem kleinen roten Bart. Er hat ihm irgendwas erzählt. Während wir hier lachend am Kamin saßen, hat er irgendwas gesagt, was St. Swithin veranlasst hat, sich geradewegs umzubringen. Ich weiß das, ich bin mir da ganz sicher.«

Campion zögerte. »Das ist an den Haaren herbeigezogen«, sagte er.

»Glaubst du etwa, dass er ein ganz normaler Wahrsager ist?« Biddys Tonfall verriet, was sie von dieser Theorie hielt.

Campion schüttelte den Kopf. »Aber nein, das habe ich keinen Moment lang geglaubt. Dieser Vogel, wer immer er auch sei, hat ein ganz krummes Ding vor. O nein«, fuhr er nachdenklich fort, »das war keine gewöhnliche Zigeunerprophezeiung. Diese hübsche kleine Lektion in Telepathie war eine stramme Leistung. So ein Bursche könnte ein Vermögen verdienen. Und trotzdem, was hat er in Maplestone Hall letzte Weihnachten schon bekommen? Bestimmt keine fünfzig Pfund. Und was hat er heute Abend bekommen? O nein, der hat ein ganz übles Doppelspiel getrieben. Mir kommt es so vor, als wäre er gekommen, um die Lage zu peilen.« Er legte seine Hand auf Biddys und lächelte sie durch seine Brillengläser hindurch ironisch an. »Ich glaube, der liebe alte St. Swithin war viel zu unbedeutend für ihn, Biddy.«

»Du glaubst also, das da stimmt?« Biddy tippte auf den Brief, der auf dem Tisch lag.

Campion schwieg eine ganze Weile. »Nicht hundertprozentig«, sagte er schließlich. »Wo liegt Kepesake, Giles?«

»Ungefähr dreißig Kilometer von hier über Land. Nicht weit von Bury. Es ist ein winziges Dorf, gehört zu Larksleys Besitztum. Man erzählt sich, dass ein Vorfahre der Larksleys es seiner Mätresse vermacht hat, als er in irgendeinen Krieg zog. Ich erinnere mich an den alten Watts. Er ist früher manchmal zum Predigen hierher gekommen. Er ist eine Autorität in Sachen Kirchengeschichte, glaube ich. Ein ganz netter alter Knabe.«

»Ich denke, dass ein Besuch bei ihm angezeigt ist«, sagte Campion. *»Falls ernsthafte Schwierigkeiten auftreten* hört sich ominös an, hilft uns aber auch nicht weiter.«

»Und der rote Turm?«, fragte Giles.

Albert Campion zog die Elfenbeinfigur aus seiner Tasche und stellte sie auf den Tisch. Sie war klein, wunderhübsch geschnitzt und etwas ungewöhnlich gestaltet. Sie war in einem leuchtenden Scharlachrot gebeizt und stand glänzend und entzückend anzusehen auf dem polierten Nussbaumtisch. Giles nahm sie auf, drehte und wendete sie und wog sie in seiner Hand.

»Zu leicht, als dass etwas darinstecken könnte«, sagte er. »Außerdem wäre das zu abwegig. Ich fürchte, es stimmt doch, Biddy. Der alte Knabe hatte irgendein Leiden, das sein Gehirn angegriffen hat, und dann ist er plötzlich vollkommen verrückt geworden.«

»Das kauft dir keiner ab.« Biddy sprach mit Leidenschaft. »Wenn St. Swithin wirklich gedacht hätte, dass er krank war, wäre er umgehend zu Dr. Wheeler gegangen. Er hat an die Ärzte geglaubt. Als er die Schwellung am Fuß hatte und fürchtete, dass es Gicht sei, war er binnen einer Stunde in Heronhoe. ›Schrein des Äskulap‹ hat er doch immer gesagt.«

»Woher weißt du, dass er nicht bei Dr. Wheeler war?«, erwiderte Giles.

Biddy warf ihm einen vernichtenden Blick zu. »Wie konnte er, ohne dass wir davon wussten? Ich hätte ihn in dem Fall ja wohl fahren müssen, und wenn Dr. Wheeler sich im Umkreis des Pfarrhauses gezeigt hätte, hätte sich das im ganzen Dorf wie ein Lauffeuer herumgesprochen. Dieser Mann – dieser Mann mit dem schrecklichen roten Bart – ich bin sicher, er ist der Schlüssel zu dem Ganzen. Diese Schachfigur hat irgendetwas zu bedeuten. Allein die Tatsache, dass er sie Albert zukommen ließ, beweist irgendetwas.«

Giles blickte Campion an. »Du glaubst, dass der Wahrsager-Kerl wegen Richter Lobbett hierher kam?«, fragte er.

Campion nickte. »Das ist durchaus denkbar.«

»Und trotzdem«, beharrte Giles, »hast du selbst gesagt, dass er ein Könner war. Sollte er etwa ein ganz normaler Spion sein? Ich habe nichts davon gehört, dass Guffy Randalls Wahrsager einen roten Bart hatte. Sei ehrlich, Campion, besteht die Möglichkeit, dass es Simister persönlich war?«

Campion hob den Kopf, und seine blassen Augen zuckten nicht.

»Die Möglichkeit besteht immer«, sagte er.

Er erhob sich, ging zum Kamin und trat gegen ein schwelendes Holzscheit auf dem Rost. »Das wär's dann wohl für heute«, sagte er. »Soweit ich sehen kann, gibt's nichts weiter zu tun. Bis auf –« er fuhr herum und runzelte die Stirn – »das hätte ich fast vergessen. Vielleicht das Wichtigste von allem. Die Nachricht für dich, Biddy. Was hat die zu bedeuten?«

Einen Moment lang sah sie ihn verständnislos an, sie hatte das letzte der drei seltsamen Erbstücke vergessen. Sie nahm den Zettel auf, der in ihrem Schoß gelegen hatte.

Erzähl Albert von unserm längsten Spaziergang. Gott segne dich, mein Kind.

»Euer längster Spaziergang? Wo war das? Wohin seid ihr gegangen?«

Campion sprach voller Ungeduld, während er durchs Zimmer auf sie zuging und in ihr Gesicht hinabblickte.

Biddy bemühte sich, ihre Gedanken zu sammeln. »Wir haben so viele Spaziergänge gemacht«, begann sie verzweifelt. »Wir sind in der ganzen Gegend spazieren gegangen. Wir haben uns eines Nachts in der Salzmarsch verirrt. Alice ist uns mit der Sturmlaterne entgegen gekommen. Das muss es gewesen sein«, fuhr sie plötzlich fort. »Wir schätzten, dass wir über zwanzig Kilometer gelaufen waren.«

Campion schüttelte den Kopf. »Das hilft uns nicht gerade weiter. Was ist noch passiert? Wohin seid ihr gegangen?«

Das Mädchen versuchte angestrengt, sich zu erinnern. »Wir haben den Stroud überquert und sind über die dahinterliegende Marsch gegangen«, sagte sie langsam. »Wir sind kilometerweit gelaufen, bis wir plötzlich vor einer Schlickbank standen. Dann sind wir umgekehrt. Jetzt erinnere ich mich. Der Himmel war grau, und das Wasser hatte die gleiche Farbe, der trübe Schlick, daneben die braune Marsch und dagegen die roten Deiche. Dann war da das große Schlickloch. Das war's.«

Campion sah sie durchdringend an. »Denk nach, Biddy«,

sagte er. »Denk nach, meine Liebe. War das alles? Woher wusstet ihr zum Beispiel, dass ihr beim Schlickloch angekommen wart?«

»Ach weißt du, da stand ein Schild. Wie üblich.« Sie sprach unbekümmert, aber dann erschien ein Ausdruck des Entsetzens auf ihrem Gesicht. »Oh, jetzt begreife ich«, sagte sie atemlos. »Auf dem Schild stand *Gefahr*, Albert.«

10
Der Wahn des Swithin Cush

Giles und Richter Lobbett verließen rechts und links von Dr. Wheeler den länglichen Schankraum des strohgedeckten Wirtshauses *Zum Fasan* und gingen dann die Pflasterstraße hinunter in Richtung Dorfwiese und Verwalterhaus.

Es war immer noch früh am Tag. Die gerichtliche Untersuchung der Todesursache hatte kaum eine halbe Stunde gedauert, und das Dorf diskutierte den Vorfall in der Schankstube weiter. Der Morgen war sehr sonnig, wenn es auch für Ende Mai eigentlich zu kalt war, und die letzten Maiblüten zitterten im kühlen Wind.

Dr. Wheeler war ausgesprochen gesprächig. Er hatte in Richter Lobbett den denkbar besten Zuhörer gefunden. Der Amerikaner hatte die schöne Gabe, sich für alles zu interessieren, womit er in Berührung kam, und der Arzt war nur zu begierig, seine Ansichten darzulegen.

»Ein außergewöhnlicher Fall«, sagte er gerade. »Im Prinzip mag ich Pfarrer nicht. Zu engstirnig. Aber Swithin Cush war da eine große Ausnahme, müssen Sie wissen. Ich kannte ihn, seit ich vor dreißig Jahren in diese Gegend gekommen bin. Soweit ich mich erinnern kann, habe ich ihn nur einmal behandelt. Eine Sehnenzerrung am Fuß. Ich habe niemals einen gesünderen, muntereren alten Mann gesehen. Trotzdem hat er sich irgendwas eingeredet, hat sich alles Mögliche eingebildet und sich dann einfach den Kopf weggepustet.«

Richter Lobbett warf ihm aus den Augenwinkeln einen funkelnden Blick zu.

»Es gab also keinerlei Anzeichen irgendeines Leidens?«

»Ganz und gar nicht, Sir.« Der Arzt sprach mit Nachdruck. »Genau wie ich es Topliss dort im Gericht erklärt habe. Alles sprach dafür, dass er noch gute zwanzig Jahre völlig gesund und munter hätte weiterleben können. Aber ich kann durchaus sagen, dass derartige Wahnvorstellungen weit verbreitet sind«, fuhr er fort. »Ich persönlich pflege das immer damit zu erklären, dass Angstgefühle sich weit stärker auf den Verdauungsapparat auswirken als auf alles andere. Wenn jemand fürchtet, dass er ein bösartiges Geschwür hat, wird er sehr viele Symptome haben, die ihm das bestätigen. Zu dumm! Er hätte mich nur aufsuchen müssen, und ich hätte ihn beruhigen können. Arme Biddy!«, sagte er dann. »Sie wird das nicht leicht verkraften, fürchte ich. Sie und der Alte waren dicke Freunde. Er hat sich bemüht, euch den Vater zu ersetzen, Giles.«

Giles antwortete nicht, und Lobbett nickte.

»Meine Tochter ist bei ihr drüben im Verwalterhaus«, sagte er. »Die beiden verstehen sich ausgezeichnet.« Er blieb stehen und warf Addlepate einen Stein. Der Hund hatte während der gerichtlichen Untersuchung in der Kneipe auf Giles gewartet und tollte jetzt ausgelassen im Staub herum.

»Bemerkenswert, was für ein närrischer Kerl dieser Hund ist«, stellte er fest, als der Köter lossauste, es sich dann anders überlegte und wieder umkehrte, um gemächlich hinter ihnen herzutrotten, die Nase dicht überm Boden. Der Arzt sah sich nach ihm um.

»Das Komischste daran ist«, sagte er, »dass er meiner Meinung nach überhaupt nichts riechen kann.«

Lobbett lachte. »Er ist doch Campions Hund, oder?«, fragte er.

Der Doktor nickte. »›Wie der Hund, so der Herr‹, sagt man«, bemerkte er trocken.

Als sie sich dem Verwalterhaus näherten, sahen sie, dass Mr Campions kleines Auto vor dem Tor stand. Die Motorhaube war geöffnet, und der junge Mann selbst beugte sich schwitzend und mit rotem Gesicht über den Motor. Marlowe und Biddy standen zusammen mit Isopel im Hauseingang und beobachteten ihn.

»He, er ist zurück!«, rief Giles und eilte Addlepate hinterher, der sich bereits vor dem Auto hingeworfen hatte und mit allen Vieren in der Luft strampelte.

Die beiden älteren Herren gingen langsamer auf das Grüppchen zu, und plötzlich trat eine Gestalt aus dem strohgedeckten Krämerladen, der gleichzeitig als Post diente, und eilte auf sie zu. Ein großer weißhäutiger Mann mit blonden Haaren, die so kurz geschoren waren, dass er fast kahlköpfig aussah.

Es war Mr Kettle, der ›Dorfausländer‹, das heißt, dass er nicht aus Suffolk stammte, sondern – so vermutete man – weit weg in Yarmouth geboren war, gute sechzig Kilometer entfernt. Seine übertriebene Höflichkeit und seine Besserwisserei hatten dazu geführt, dass er der unbeliebteste Mann im ganzen Dorf war. Er lebte mit seiner Tochter zusammen, einer sauertöpfischen jungen Frau, genauso käsig und schlaff wie er, und gemeinsam betrieben sie nicht nur die Post, sondern auch den einzigen Laden im Umkreis von zehn Kilometern.

Mr Kettle schritt würdig durch das hohe Gras der Dorfwiese und sprang ein paar Schritte vor dem Richter und dem Arzt auf die Straße.

»Brief, Sir«, sagte er atemlos und verriet dabei seinen Norfolk-Akzent, der nur durch eine gewisse ›Polütur‹ verdeckt war. »Die zweite Post ist eben grade angekommen, und wie ich mit mei'm Kopf aus der Tür rausguck, Sir, da sag ich gleich zu meiner Tochter, sag ich doch: ›Da ist der neue Gutsherr‹.« Das letzte Wort sprach er unangenehm schleimig aus, und seine Bemühung, sich beliebt zu machen, war unerträglich deutlich. Er schnappte erneut nach Luft und fuhr fort: »Und meine Tochter, Sir, die sagt: ›Bring ihm den Brief, Dad‹, und da mach ich das also.«

Als er zu Ende geredet hatte, übergab er dem Richter den quadratischen weißen Umschlag und stand, seine weißen Hände knetend, daneben, ein albernes Grinsen auf dem Gesicht.

»Wir haben hier einen hübschen kleinen Laden, Sir, und wann Sie auch immer was benötigen, Sir, im Gutshaus droben, liefern wir das stets von Herzen gern, Sir.«

Der Richter, der sich diese Huldigung mit einigem Befremden angehört hatte, da die zwei ausgeprägten Dialekte – der eine gekünstelt und der andere natürlich – für seine Ohren ungewohnt waren, griff in seine Tasche, da er, wie viele andere Europa-Besucher ebenfalls, zu dem Schluss gekommen war, dass die sicherste Regel lautet: ›Im Zweifelsfall, Trinkgeld.‹

Mr Kettle, der beschlossen hatte, gefällig zu sein, koste es was es wolle, wies die Münze würdevoll zurück. »Aber nein, Sir«, sagte er. »Ich schätze mich glücklich, alles für Sie tun zu können. Zu jeder Tages- und Nachtzeit, Sir.« Dann drehte er sich um und rannte mit schlenkernden Armen durch das hohe Gras davon.

Der Arzt gesellte sich zu den anderen. Sie hatten sich um Giles versammelt.

»Ja, *Selbstmord in einem Anfall von geistiger Umnachtung*«, sagte er, gerade als der Doktor dazukam. »Topliss hat sich meiner Meinung nach sehr anständig verhalten. Es hat nicht lange gedauert. Alice war auch da, es hat sie schwer getroffen. Georges Frau hat sie zu sich nach Hause mitgenommen. Ich hab den Doktor zum Essen eingeladen, Biddy. Wie lange ist Albert schon zurück?«

»Erst etwa zehn Minuten.« Campion selbst gab die Antwort. »Diesem kümmerlichen Etwas von Sardinenbüchse, das meinen Vergaser davor bewahrt, in den Zünder auszulaufen, ist der Schnürsenkel rausgerutscht. Es dauert nur einen kleinen Moment. Etwas von dem Tauwerk hat sich gelöst.«

Giles ging zu ihm hinüber, und sie beugten sich gemeinsam über das Durcheinander von Haarnadeln und Strippen, die Campions Auto anscheinend zum Laufen brachten.

»Na?«, murmelte er. »Hast du ihn getroffen – Alaric Watts, meine ich?«

»Ja«, sagte Campion, während er eine kleine Benzinfontäne abließ, »aber aus der Ecke können wir nichts Erhellendes erwarten. Er war sehr betrübt über den Tod seines alten Kameraden, aber das ist auch alles. Er weiß nicht mehr als wir.«

»Das bedeutet also, dass Swithin Cush nicht bei Verstand war, als er uns schrieb«, meinte Giles.

»Ja«, sagte Campion nachdenklich, »entweder das, oder aber –«, er warf seinem Freund über den Rand seiner Brille einen Blick zu. »Oder aber die *ernsten Schwierigkeiten* sind noch nicht aufgetreten.«

Giles antwortete nicht. Campion richtete sich auf und sah nach den anderen, die auf Biddys Einladung hin gerade im Haus verschwanden.

»Giles«, sagte er plötzlich, »magst du diesen jungen Amerikaner?«

»Marlowe? Der ist prima. Ich mag ihn außerordentlich. Biddy und ich haben heute Morgen über ihn gesprochen. Sie bewundert Typen wie ihn.«

»Das ist es ja eben«, sagte Campion. »Sag mal, wenn ich mir einen Bart wachsen lassen würde«, fuhr er mit auffälligem Ernst fort, »was für eine Farbe würdest du vorschlagen? Irgendwas Verführerisches, was das alles hier verdeckt?« Er wies mit einer Geste auf sein Gesicht. »Wollen wir nicht reingehen? Ich kann es nicht leiden, wenn ich was verpasse.«

Sie kamen ins Frühstückszimmer, wo alle versammelt waren und Sherry als Aperitif tranken. Richter Lobbett sprach gerade, als sie eintraten.

»Das ist mir wirklich sehr peinlich. Ich habe meinen Brief an diese Firma ganz und gar vergessen. Das Bild hat mich interessiert, und ich habe ihnen auf Biddys Vorschlag hin geschrieben und sie gebeten, einen Experten zu schicken. Das war unmittelbar, bevor wir alle an jenem Abend hierher kamen. Durch all das, was dann passierte, ist es mir völlig entfallen.« Er legte einen mit Schreibmaschine geschriebenen Brief auf den Tisch. »In dem Brief steht, dass der Experte morgen Nachmittag mit dem Auto hier ankommen wird. Ich kann ihm ohne weiteres absagen. Er wäre hier doch zurzeit ziemlich fehl am Platze.«

»Dreht es sich um den angeblichen Romney?« Biddy trat vor. »Wenn das der Fall ist, lassen Sie sich bitte nicht durch diese – diese schreckliche Sache beirren. St. Swithin hat nie in seinem Leben jemandem etwas verwehrt, und ich weiß, dass er das auch jetzt nicht wollte.«

Sie sprach ruhig, aber so überzeugend, dass der alte Mann ihr unmöglich widersprechen konnte.

Giles nickte. »Das ist wahr«, sagte er. »Biddy hat Recht. Ich kann dazu nur sagen: Wir können nichts daran ändern. Wir sollten versuchen, von dem Schrecken loszukommen.«

Marlowe nahm den Brief auf. »Hier steht: *Der berühmte internationale Experte Mr A. Fergusson Barber!*«

»Was?«, sagte Campion.

Biddy wandte sich ihm interessiert zu. »Kennst du ihn?«

Mr Campion seufzte. »Ich hab ihn kennen gelernt«, sagte er. »Er war auf der *Elephantine.* Was Bilder betrifft, mag er ja eine große Leuchte sein, aber als Führer, Philosoph und Freund ist er eine Katastrophe.«

Marlowe grinste. »Er ist wohl eine Nervensäge?«

»Eine Nervensäge?«, sagte Mr Campion. »Er ist schlimmer als die Bekenntnisse eines Filmstars.«

11
Der Irrgarten

Am nächsten Tag tranken sie ihren Nachmittagstee auf dem Rasen beim Gutshaus. Richter Lobbett hatte darauf bestanden, dass seine ›Hauswirte‹, wie er sie nannte, anwesend sein sollten, wenn der Kunstexperte ankam. Der alte Herr bemühte sich, alles zu tun, was in seiner Macht stand, um die gedrückte Stimmung zu vertreiben, die sich auf das Verwalterhaus gelegt hatte. Und nachdem Giles selbst darum gebeten hatte, wie üblich weiterzumachen, war er umso mehr bestrebt zu helfen.

Mr Campion leistete den Zwillingen selbstverständlich Gesellschaft und Addlepate begleitete sie.

Sie hatten lange beim Teetrinken gesessen, und es war fast sechs Uhr, als sie sich erhoben. Die Sonne ging hinter den Haus unter, die letzten gelben Lichtstrahlen fielen in den Garten, vergoldeten die grünen Blätter und erwärmten die blassgrauen Baumstämme. Etwas von der Ruhe und der Friedlichkeit des Abends übertrug sich auf sie.

»Ist es nicht wunderbar?« Isopel war ganz entzückt. Campion folgte ihrem Blick über den großen, von Büschen gesäumten Garten bis hin zu den Bäumen im Park dahinter.

»Ganz reizend«, sagte er. »Ich kannte allerdings mal einen der meinte, ohne Papiertüten sei die Landschaft eigentlich keine Landschaft. Er war zu der Zeit Millionär, hatte all sein Geld im Sülzaal-Geschäft gemacht. Was er an Landschaft kannte, erschöpfte sich in Burnham Beeches und Epping an Feiertagen. Als er dann sein Glück gemacht und ein großes Gut in Surrey gekauft hatte, war er ganz und gar nicht zufrieden damit. Es herrschte schreckliche Aufregung unter der Dienerschaft, bis einer der Sekretäre eine halbe Tonne Orangenschalen, einige Erdnussabfälle und eine Ladung Papiertüten herbeischaffte. Das verwandelte den Ort, und seitdem lebt der alte Knabe dort sehr glücklich und zufrieden. Alles wirklich nur eine Frage der Idealvorstellungen.«

Richter Lobbett erhob sich aus seinem Liegestuhl. »Wie wär's mit einem Spaziergang über das Gut?«, sagte er. »George hat mir erzählt, dass es auf der Ostseite des Parks einen Irrgarten gibt.«

»Das stimmt«, sagte Giles. »Aber ich fürchte, er ist nicht gerade in einem guten Zustand. Er ist seit einem Jahr oder so nicht mehr geschnitten worden.«

»Aber trotzdem ist er noch da«, sagte Biddy. »Gehen wir doch hin und sehen ihn uns mal an.«

Sie zogen los, über den Rasen zu dem schmalen, von Hecken gesäumten Plattenweg, der durch das Parkgelände führte, bis hin zu einem zweiten Obstgarten und dem Gemüsegarten auf der Ostseite. Am anderen Ende einer mit Obstbäumen bestandenen Wiese konnten sie den Irrgarten schon von weitem erkennen – ein großes Quadrat aus Eiben. Die dichten Büsche, die einstmals quadratisch wie Marmorblöcke zurechtgestutzt waren, waren jetzt überwuchert und ungleichmäßig.

»Er ist ganz schön groß«, sagte Biddy. »Er erstreckt sich auf einer Seite das ganze Feld entlang, und am Ende ist die Straße. Als wir klein waren, haben wir hier oft gespielt.«

Als sie sich umdrehte, bemerkte sie, dass sie nur mit Mr Campion sprach. Richter Lobbett war etwas vorgegangen. Giles und Isopel waren zurückgeblieben. Marlowe war nicht mitgekommen.

Als sie Campion sah, änderte sich ihr Gesichtsausdruck. »Du hast nichts herausgefunden – über St. Swithin oder die rote Schachfigur?«

Campion drückte ihren Arm. »Biddy«, sagte er sanft, »versprich mir eins! Sprich nie nie nie mit jemandem über die rote Schachfigur. Nie. Versprichs's mir!«

Sie sah ihn scharf an, eine Spur von Angst in den Augen. Er lächelte ihr aufmunternd zu. »Keine Sorge, meine Liebe. Nichts, wovor man sich fürchten müsste. Aber du musst mir dein Versprechen geben.«

Er versuchte nicht, den Ernst seines Tonfalls zu überspielen.

»Ich verspreche es«, sagte sie, »und Giles –?«

»Da gibt's keine Probleme«, sagte Campion, »er ist schlau. Er würde nicht einmal in unsrer Gegenwart davon anfangen.«

Mr Campion legte für einen Moment seine ausdruckslose Miene ab. »Biddy, kannst du mir je verzeihen, dass ich dich da hineingezogen habe?«

Sie warf ihm einen ihrer scharfen, fragenden Blicke zu. »Du glaubst also, dass St. Swithin irgendetwas mit dieser – dieser anderen Geschichte zu tun hat?«

Mr Campion sah sie nicht an. »Wie sollte er denn?«, sagte er. Aber er sprach kraftlos und ohne Überzeugung.

»Ist das der Eingang?« Richter Lobbetts Ruf ließ sie aufsehen. Der alte Mann stand vor der Eibenhecke, in seinem hellen Flanellanzug hob er sich deutlich vor dem dunklen Hintergrund ab.

»Ja«, rief Biddy zurück. »Ich fürchte, Sie müssen sich hier und da einen Weg bahnen. Wollen Sie den Schlüssel wissen?«

»Nein, ich werde mich schon selbst zurechtfinden.« Mit dem letzten Wort verschwand er in den grünen Wänden.

»Sieht einfach aus«, erschallte seine durch die Hecke nur leicht gedämpfte Stimme.

»Meine Spezial-Führung«, sagte Mr Campion, »die unser stürmischer Freund verpasst hat, wird von der größten lebenden Autorität in Sachen Baratterie, Trigonometrie und Saufaus persönlich geleitet werden. Ich werde einen kleinen Unkostenbeitrag erheben –«

Giles, der zusammen mit Isopel dazukam, rief: »Haben Sie die Mitte gefunden, Mr Lobbett?«

»Ich bin gerade dabei.« Die Antwort kam von der Mitte des Eibenquadrats zurück. »Es ist nicht so stark überwuchert. Sicher gibt es eine Menge Vogelnester hier.«

»Vögel mögen Eiben nicht«, bemerkte Biddy.

»Ich glaube, es gibt gar keine Mitte«, war die Stimme des Richters zu vernehmen. »Kommen Sie?«

»Sofort.« Giles antwortete. »Aber der Schlüssel lautet: wann immer möglich, links abbiegen.«

Mr Campion sah ihn kühl an. »Betrug«, sagte er. »Hast du etwa das alte College vergessen, Bruder? Was würden die Knaben von St. Agatha dazu sagen? Denk an unser stolzes Schulmotto: ›*Floreat Fauna*‹, übersetzt bedeutet das selbstredend: ›Wachset, ihr kleinen Ungeheuer.‹«

Giles wollte gerade eine scharfe Antwort geben, als Biddy, die den Weg, den sie gekommen waren, zurückgeblickt hatte, ihn unterbrach.

»Oh, schaut«, sagte sie. »Er ist angekommen.«

Sie wandten sich um und sahen Marlowe über den Pfad auf sich zukommen, und neben ihm befand sich lächelnd, wichtigtuerisch und heftig redend Mr Fergusson Barber.

Auf Isopels Gesicht zeigte sich ein Ausdruck der Bestürzung. »Ach, jetzt erinnere ich mich an ihn«, sagte sie. »Das war diese Nervensäge an unserm Tisch auf der *Elephantine.* Seht euch Marlowe an!«

Die andern lächelten. Der Widerwille des jungen Amerikaners war nicht zu übersehen. Auf seinem markanten dunklen Gesicht lag ein ungläubiger Ausdruck, und er unternahm keinerlei Versuch, Mr Barbers Redefluss zu unterbrechen. Der Experte trug eine große flache Bildermappe unterm Arm, was sein wildes Gestikulieren aber nicht im Mindesten beeinträchtigte.

»Sieh an«, raunte Campion Giles zu. »Er hat ein paar Bilder zum Verkaufen mitgebracht. Ich wette, er behauptet, dass es *Cotmans* sind. Immer wenn ich so eine Ledermappe sehe, sage ich mir: ›Sieh an. Der Große Verstorbene hat wieder zugeschlagen!‹«

In dem Moment hatten Marlowe und der Experte sie erreicht. Mr Barber verbeugte sich ernst vor den Damen, und als er Campion erkannte, begrüßte er ihn wie einen Bruder.

»Sehen wir uns also wieder, mein Freund«, polterte er los. »Sie glauben, ich erinnere mich nicht an Sie«, dröhnte er genauso stürmisch weiter, »aber ich vergesse nie einen Namen oder ein Gesicht. Mir entkommt nichts und niemand. Nein, nein, helfen Sie nicht nach. Sie haben mir Ihren Namen genannt, als Sie weggingen, ich erinnere mich. Ah ja, ich hab's. Mr Memorial – Albert Memorial.«

Alle sahen Campion vorwurfsvoll an. Der feine Herr schien nicht im Geringsten beschämt.

»Wie dumm von mir«, sagte er. »Ich habe Ihnen versehentlich statt meines Namens meine Adresse genannt. Mein Name ist Campion. Albert Campion. Sie verstehen, wie es zu dem Irrtum kam.«

Er war vollkommen ernst, aber die andern waren nicht so erfolgreich, und der Orientale sah sie misstrauisch an. Biddy wurde rot und gab Mr Campion einen sanften Rippenstoß, um sich Erleichterung zu verschaffen.

»Sie wollen doch zu Richter Lobbett?«, wandte sie sich

an Mr Barber. »Er erforscht gerade den Irrgarten. Ich werde ihn rufen.«

Mr Barber war ganz offensichtlich interessiert. »Irrgarten?«, sagte er. »Aha, ich verstehe. Er ist im Busch, wie der Australier sagt.«

»Schon möglich, wir können heute alle ein bisschen frische Luft gebrauchen«, sagte Mr Campion.

Marlowe stellte rasch die anderen vor, und Giles fragte höflich, ob der Besucher eine gute Fahrt hatte.

»Ganz wunderbar!« Mr Barber streckte seine dicke Hand aus. »Ich hatte nicht erwartet, dass es so weit ist. Deswegen bin ich etwas spät dran. Außerdem wurde ich durch eine Straßensperre der Polizei aufgehalten, gerade am anderen Ende der Straße, die diesen Ort mit dem Festland verbindet. Mir kam das unsinnig vor. Das habe ich dem Polizisten auch gesagt. Auf einer Hauptstraße, schön und gut, aber am Eingang eines winzigen Dorfes, wo es überhaupt nicht weitergeht, das gibt keinen Sinn. Es sei denn, ja natürlich« – sein Gesicht verzog sich zu einem Grinsen – »ich verstehe. Sie sind zum Schutz von Richter Lobbett da.«

Kaum hatte er das ausgesprochen, wurde ihm die Geschmacklosigkeit seiner Bemerkung klar. Er öffnete den Mund und war kurz davor, alles durch eine Entschuldigung noch zu verschlimmern, als Mr Campion die Situation rettete.

»Hatten Sie Ihren Führerschein dabei?«, fragte er. »Das ist ziemlich wichtig für uns«, fuhr er mit peinlichem Ernst fort. »Die Polizeikasse ist recht leer, und wir brauchen ein oder zwei ordentliche Geldbußen, um wieder auf die Beine zu kommen. Auch schon eine kleine Fünf-Schilling-Spende würde helfen«, fügte er schwermütig hinzu.

Mr Barber lachte schallend. »Was für ein Witz, was für

ein Witz!«, sagte er. »Ich hatte keine Probleme. Die konnten mich nicht ausnehmen. Ich mache auch Witze«, fügte er mit leichtem Stolz hinzu.

»Wo ist Dad eigentlich?«, sagte Marlowe. »Er muss langsam genug haben von dem Irrgarten. Hallo, Dad! Noch eine halbe Minute!«

Seine Stimme tönte klar und deutlich durch den Garten. Von dem Punkt, wo er stand, gab es ein Echo, und seine eigenen Worte kamen spöttisch über die Felder zurück. Die Antwort blieb aus.

»Er blufft«, sagte Isopel. »Er hat sich verirrt.«

»Gehen wir doch rein und holen ihn raus«, schlug Biddy vor. »Ich wette, dass er die Mitte nicht gefunden hat.«

»Das kann ich mir nicht vorstellen«, sagte Giles. »Ich habe ihm den Schlüssel zugerufen. Rufen Sie noch mal, Marlowe.«

»He, Dad! Im Ernst!« – Marlowes Stimme hob sich. »Hier ist ein Besucher für dich. Du musst rauskommen.«

Wieder war das Echo die einzige Antwort.

In Isopels Augen flackerte ein ängstlicher Ausdruck auf. »Es wird ihm doch nichts passiert sein?«, sagte sie.

Ihre Beunruhigung übertrug sich von einem zum andern. Das Lächeln verschwand von Campions Gesicht, und er eilte auf die Öffnung in der Eibenhecke zu.

»Mr Lobbett«, rief er, »antworten Sie uns bitte. Sie machen uns Angst.«

Sie lauschten besorgter als zuvor, eine Vorahnung von Gefahr machte sich zunehmend in ihren Köpfen breit.

»Er antwortet nicht«, sagte Mr Barber einfältig.

Biddy eilte los. »Komm jetzt, Giles«, sagte sie. »Wir kennen uns da drin aus. Ich werde direkt in die Mitte gehen, du gehst in die Sackgassen.« Sie verschwand im grünen Dickicht, Giles folgte ihr. Die anderen versammelten sich am Eingang des Irrgartens und lauschten atemlos. Plötzlich rief Isopel mit lauter flehender Stimme:

»Daddy! Daddy! Antworte mir!«

Marlowe wurde ganz blass und legte seinen Arm um das Mädchen.

»Das ist verrückt«, sagte er. »Er muss da drin sein. Es gibt doch keinen anderen Ausgang, oder?«

»Ich glaube nicht.« Campion sprach ungewöhnlich ernst. »Ein Irrgarten hat nie einen zweiten Zugang.«

Biddys Stimme ließ ihn verstummen. »Ich bin hier in der Mitte«, rief sie. »Keine Spur von ihm, Giles.«

»Einen kleinen Moment noch«, antwortete die Stimme des jungen Mannes. »Kein Glück, bis jetzt. Probier's doch mal mit dem falschen Ausgang aus der Mitte.«

Die Suche ging in fiebrigem Schweigen weiter. Mr Campion, der bislang ziemlich töricht am Eingang des Irrgartens gestanden hatte, wandte sich jetzt an Marlowe und Isopel. »Sie übernehmen diese Seite da«, sagte er, »und ich gehe hier lang. Vielleicht hat er doch irgendeine Öffnung gefunden.«

»Was soll ich machen?« fragte Mr Barber.

»Sie bleiben hier und rufen, wenn Sie jemanden rauskommen sehen«, sagte Campion und machte sich zum östlichen Teil des Irrgartens davon. Er überkletterte die Hecke mit einiger Mühe und kroch dann durch den Graben am Feldrand. Die Minuten verflogen. Campion traf Marlowe auf der Straße, die die vierte Seite des Eibenlabyrinths begrenzte. Man konnte ihnen den Misserfolg von den Gesichtern ablesen.

»Das ist absurd«, sagte Marlowe, als würde er eine unausgesprochene Frage beantworten. »Wir regen uns natürlich völlig grundlos auf. Das ganze verflixte Ding ist so dicht wie eine Kühlbox. Er muss da wieder raus, wo er rein ist. Er muss da drin sein. Er führt uns an der Nase herum. Ich glaube, er ahnt nicht, wie leicht wir zu erschrecken sind.« Sein Tonfall strafte seine Worte Lügen.

Mr Campion schien verblüfft.

»Gehen wir zu den anderen zurück«, sagte er. »Möglicherweise ist er schon bei ihnen.«

Ein leichter Schritt auf der Straße hinter ihnen ließ sie herumfahren. Es war Biddy. Ihr Gesicht war bleich, ihre braunen Augen dunkel und verängstigt.

»Albert«, sagte sie, »er ist verschwunden. Wir haben den Irrgarten durchgekämmt, Giles und ich, und es war keine Spur von ihm zu entdecken. Sieht aus, als sei er vom Erdboden verschluckt worden.«

12
Die Sackgasse

»Es hat keinen Sinn, noch länger hier beim Irrgarten herumzustehen.« Biddy klang hilflos. »Er kann nicht hier sein.«

Sie und Isopel standen am Eingang des Eibenlabyrinths. Mr Campion war losgeeilt, um die Polizisten an der Straßensperre jenseits des Stroud zu befragen. Giles durchsuchte immer noch mit zäher Hartnäckigkeit jeden Winkel des Irrgartens, und Marlowe kämmte das Gelände durch. Mr Barber saß, verdattert dreinblickend, kerzengerade in einem Liegestuhl auf dem Rasen, seine Ledermappe auf den Knien. Die ganze Geschichte verwirrte ihn beträchtlich. Addlepate war vollständig verschwunden, wie immer, wenn er sich mal hätte nützlich machen können.

Isopel war sehr blass geworden. Sie sah ihrem Bruder ähnlicher denn je. Ihre Züge schienen in den letzten zehn Minuten schärfer, ihre Augen größer geworden zu sein.

Biddy war sichtlich nervös.

»Aber es ist unmöglich«, sagte sie, und ihre Stimme hob sieh etwas auf dem letzten Wort. »Er *kann nicht* weg sein. Das ist reinste Zauberei.«

Isopel schüttelte den Kopf und bewegte lautlos die Lippen. Ihr schienen die Worte zu fehlen.

»Sie sind uns – hierher gefolgt. Ich hab's gewusst, wir können ihnen nicht entkommen. Ich wusste – ich –«

Sie streckte haltsuchend die Hände aus. Biddy warf rasch einen Blick auf ihr Gesicht und trat dann gerade noch rechtzeitig vor, um sie aufzufangen, bevor sie zusammenbrach.

Angesichts eines Problems, mit dem sie umgehen konnte, gewann Biddys praktische Natur wieder die Oberhand. Sie ließ Isopel sanft niedergleiten und bettete ihren Kopf zwischen ihre Knie. Auf ihren Ruf hin stolperte Giles aus dem Irrgarten heraus.

Ihm entfuhr ein kurzer Schreckensruf, als er das Mädchen auf dem Gras sah, und er rannte zu ihnen hin. Er sah Biddy an, die Augen voller Entsetzen.

»Mein Gott, sie ist doch nicht tot?«, sagte er.

»Natürlich nicht, du Dummkopf«, sagte Biddy, die jetzt nicht mehr aufgeregt, sondern verärgert war. »Nimm sie hoch, und bring sie ins Haus. Sie ist nur ohnmächtig. Armes Kind, sie hat schreckliche Angst. Und ich auch, Giles. Wo zum Teufel ist er?«

Es sah nicht so aus, als ob Giles ihr zuhören würde. Er blickte auf das kreidebleiche Mädchen hinab, dessen Kopf so schwer gegen seine Schulter lehnte, und was immer er auch dachte, er vertraute es Biddy nicht an. Er brachte Isopel ins Haus, legte sie auf ihr Bett und überließ sie dann der Obhut seiner Schwester. Dann ging er unbeirrt zum Irrgarten zurück, da sein Glaube an den gesunden Menschenverstand ihm nicht erlaubte, den Ort zu verlassen.

Er trat in das dunkle Gebüsch und ging die schmalen Pfade entlang, wieder und wieder den Grund abschreitend, den er bereits abgesucht hatte. Als er schließlich in einer Sackgasse auf der Westseite eine Pause einlegte, verweilte er eine Zeit lang und betrachtete grüblerisch die Hecke vor sich. Ein Eibenbäumchen war abgestorben, und dicht am Boden war eindeutig ein Loch, das in den Graben führte, der die Heuwiese säumte, die an den Garten angrenzte. Er zwängte sich durch – es ging verhältnismäßig leicht. Diese Entdeckung erleichterte ihn in gewissem Grade, damit war das ›übernatürliche Element‹ ausgeschlossen, von dem

Biddy gesprochen hatte und gegen das sich sein nüchterner Verstand so gesträubt hatte.

Der Graben, in dem er sich wiederfand, war trocken und frisch gesäubert. Er konnte ihn nach beiden Seiten ungehindert überblicken, nach links bis zur Straße hin und nach rechts bis zum Ende des Feldes, etwa zweihundert Meter weit. Das Heu stand kurz vor dem Schnitt und wogte, wie er da im Graben stand, hoch über seinem Kopf. In dem breiten trockenen Graben hätte sich leicht eine kleine Armee verstecken können, ohne von der Straße aus gesehen zu werden, aber es waren keinerlei Spuren eines Kampfes zu sehen.

Unbefriedigt kehrte Giles auf dem gleichen Weg, den er gekommen war, in den Irrgarten zurück. Er untersuchte die Sackgasse sorgfältig.

Als er noch unentschlossen dastand, konnte er Campions Stimme von der Straße her rufen hören: »Hallo, ist da drin jemand?«

Gespannt rief er zurück: »Glück gehabt?«

»Keinerlei Spur. Es ist die blödeste, verrückteste Sache, die mir je begegnet ist.« Es war Marlowe, der geantwortet hatte. »Und Sie?«

»Ich weiß nicht«, sagte Giles. »Geht den Graben am Rand der Heuwiese entlang, dann werde ich euch was zeigen.« Er drehte sich um und hockte sich in die Öffnung bei der abgestorbenen Eibe. Alsbald kamen sie durch den Graben gestolpert, besonders Campion hatte große Mühe, auf dem unebenen Boden vorwärts zu kommen.

»Seht euch das an«, sagte Giles. »Abgesehen vom Eingang ist das, soweit ich sehen kann, die einzige Stelle, wo man rein und raus kann, und ich habe das ganze Gelände durchgekämmt. Die Frage ist, wie jemand ihn hier widerstandslos, und ohne dass er einen Laut von sich gab, rausbekommen konnte. Hier sind wirklich keinerlei Spuren eines Kampfes zu sehen, und wir haben keinen Pieps gehört.«

»Und wir haben Ihnen das Tollste von allem noch nicht erzählt«, sagte Marlowe. »Zwei alte Polizisten hatten Stellung bezogen, und sie schwören, dass seit vier Uhr heute Nachmittag weder ein Auto noch ein Fußgänger Mystery Mile verlassen hat. Und das ist noch nicht alles. Ich war bei Georges Bruder Olly, der draußen vor dem Wirtshaus an der Straßenecke gesessen hat, und er schwört, dass er keine Seele gesehen hat, bis auf Mr Barber, der anhielt, um ihn nach dem Weg zu fragen, und der ihn offensichtlich mächtig beeindruckt hat.«

Giles starrte ihn an. »Dann muss er auf dem Gut sein«, sagte er, und der Gedanke schien ihn zu beruhigen. »Er wird doch wohl nicht sein Gedächtnis verloren haben oder so was? Ist er vielleicht schon einmal auf diese Art und Weise verschwunden?«

Dieser Versuch, die Geschichte auf eine natürliche Ursache zurückzuführen, bot einen neuen Ansatz. Marlowe griff ihn hoffnungsvoll auf. »Nein«, sagte er, »das gab's noch nie. Glaubt ihr, dass er geistig weggetreten ist? Was er in letzter Zeit durchgemacht hat, würde dazu ausreichen. Er könnte ganz gut allein losgegangen sein. Wie wär's, wenn wir das Dorf ausrücken ließen und eine Suchaktion veranstalten? Ich kann mir nicht vorstellen, dass er lange Zeit umherirren kann auf so einem kleinen Gebiet.«

»Allerdings«, sagte Giles langsam, »ist da ja die Flussmündung. Könnten sie ihn vielleicht in einem Boot weggeschafft haben?«

»Das wird sich leicht rausfinden lassen«, sagte Campion. »Zwei oder drei Leute mit einem Gefangenen würden an so einem Ort hier auffallen. Wann war Flut, Giles?«

»Daran hab ich auch schon gedacht«, antwortete der

junge Mann. »Flut war so um fünf Uhr. Sie muss zu der Zeit, als er verschwand, immer noch recht hoch gewesen sein. Wir werden auf jeden Fall das Dorf mobilisieren. Sie wissen ganz bestimmt, ob hier irgendwelche Fremde um den Weg waren. Es gibt hier nur ungefähr sechs Ruderboote, fällt mir jetzt ein. Es ist auch ganz schön weit zum Wasser über die Salzmarsch. Sagt mal«, fuhr er unvermittelt fort, »glaubt ihr nicht, dass wir das alles Isopel erzählen sollten? Die Idee von der geistigen Umnachtung, meine ich. Sie ist vor etwa zwanzig Minuten hier in Ohnmacht gefallen, und ich habe sie ins Haus getragen. Biddy ist jetzt bei ihr, aber ich finde, wir sollten alles tun, was in unsrer Macht steht, um sie wenigstens etwas zu beruhigen.«

Während er sprach, verließen sie einer nach dem andern den Irrgarten und gingen in Richtung Haus.

»Natürlich sucht das Personal jetzt das Gelände ab«, sagte Marlowe. »Kann gut sein, dass wir jeden Moment etwas hören.«

Erst jetzt wurde den anderen beiden bewusst, mit was für einer Anspannung er zu kämpfen hatte. »Irgendetwas wird sich schon ergeben«, sagte Campion beruhigend. Aber sein blasses Gesicht war ausdruckslos, und seine Augen blickten leicht beunruhigt.

Sie fanden das Haus in beträchtlicher Unruhe vor. Biddy kam ihnen entgegengerannt. Nachdem sie ihr von ihren Entdeckungen berichtet hatten und sie sich vergewissert hatte, dass im Moment nichts weiter zu tun war, sagte sie zu ihnen:

»Auf dem Tisch steht eine kleine kalte Mahlzeit bereit. Ihr solltet etwas zu euch nehmen. Ich werde versuchen, auch Isopel zum Essen zu bringen. Wenn ihr euch alle zusammensetzt, fällt euch vielleicht irgendetwas ein. Zurzeit stimmt alles hinten und vorne nicht.«

Als sie ins Esszimmer traten, sahen sie zu ihrem Schrecken den lächelnden Mr Barber, der sich gerade von der Bank unter dem Fenster erhob.

»Ach du liebe Zeit!«, fuhr es Biddy heraus. »Ich hatte Sie ganz und gar vergessen. Entschuldigen Sie bitte.«

»Keine Ursache«, sagte Mr Barber selbstgefällig. »Ich warte, bis Mr Lobbett kommt. Sie müssen wissen«, fuhr er vertraulich fort, »ich habe hier etwas, was ihn interessieren wird.« Er klopfte bedeutungsvoll gegen die Ledermappe. »Die Werke von Cotman werden jetzt erst langsam angemessen gewürdigt. Aber da ihr Wert nun bekannt geworden ist, sind die Arbeiten dieses Genies natürlich rar geworden. Ich kann mit Fug und Recht behaupten, dass diese Entdeckung eines bislang unbekannten Gemäldes seiner Greta-Phase ein Ereignis ist, dessen Bedeutung man wahrlich nicht unterschätzen sollte. Nun« – mit einer großartigen Geste fing er an, den silbernen Verschluss zu öffnen – »urteilen Sie selbst.«

Die Verwunderung, die zunächst auf den Gesichtern seiner Zuhörer abzulesen war, verwandelte sich in Fassungslosigkeit, als ihnen klar wurde, dass seine Gedanken sich mit irgendeinem Bild befassten, dass er hergekommen war, um etwas zu verkaufen.

Marlowe trat zu ihm. »Sie werden uns verzeihen«, sagte er. »Ich dachte, Sie hätten es mitbekommen. Mein Vater ist unter mysteriösen Umständen –« Er scheute vor dem Wort ›verschwunden‹ zurück. »Ich wollte sagen, wir können ihn nicht finden.«

Mr Barber lächelte und breitete die Arme aus. »Das macht nichts«, sagte er. »Ich werde warten.«

Marlowe verlor die Geduld. »Begreifen Sie denn nicht? Wir wissen nicht, wo er ist.«

Mr Barber legte sein vorwurfsvolles Lächeln nicht ab.

»Ich bin hierher gekommen, um das besagte Bild zu schätzen«, sagte er. »Es besteht keinerlei Zwang, meinen Cotman zu kaufen. Ich denke, ich werde warten, wo ich nun schon mal hier bin.«

Seine unbekümmerte Art, über die Tatsachen hinwegzusehen, war zu viel für sie. Giles unterdrückte den heftigen Wunsch, ihn anzuschreien. Marlowe wandte sich hilflos ab. »Na gut, dann warten Sie eben«, sagte er und war offensichtlich nicht gewillt, einen weiteren Gedanken an den Mann zu verschwenden.

Mr Barber verbeugte sich und setzte sich wieder, behutsam seine kostbare Mappe an sich drückend.

Ein kurzes, scharfes, nachdrückliches Bellen, mit dem Addlepat Eintritt verlangte, erschreckte sie alle. »Verdammter Köter!«, sagte Giles und stand auf, um ihm gewohnheitsgemäß die Tür zu öffnen. Keiner sah den kleinen Hund an, als er hereingetrottet kam. Sie aßen mechanisch, fast wortlos und warteten auf den schöpferischen Geisteszustand, den Biddy vorausgesagt hatte.

»Sitz, Liebling, sitz!«, sagte Biddy gereizt, als das einzige Wesen in diesem Raum, das überhaupt an Essen interessiert war, sie am Arm stupste.

»Aha«, sagte Mr Barber im Plauderton. »Der Hund. Das Tier, das dem Engländer heilig ist.«

Keiner schenkte diesem Versuch, ein Gespräch in Gang zu bringen, Beachtung. Giles sah den kleinen Köter verdrossen an, als könnte er ihm vielleicht zu einer Erleuchtung verhelfen.

Zu seiner Überraschung wurde er umgehend belohnt: Im Ring des Hundehalsbandes steckte ein Stück Papier, zweifelsohne von Menschenhand da hingetan.

Bevor er etwas sagen konnte, hatte Campion es auch gesehen. Er rief den Hund zu sich. Sie sahen ihm gebannt zu, als er den Zettel auseinanderfaltete und auf dem Tischtuch ausbreitete.

Sie verließen ihre Plätze, scharten sich um ihn und sahen ihm über die Schulter. Es war eine Seite aus einem Notizbuch, und die wenigen Worte waren hingekrakelt, als hätte der Absender unter großen Schwierigkeiten geschrieben. Marlowe las die Botschaft mit zittriger Stimme vor:

»Bin in Sicherheit, wenn blauer Koffer nicht verloren ...

... Ich kann den Rest nicht ganz entziffern«, sagte Marlowe. »Das Papier ist zerknittert. Ah, wartet einen Moment – ja, jetzt hab ich's ...

... haltet die Polizei raus. Sicherer ohne.«

Sie tauschten verängstigte Blicke aus.

»Ist das die Schrift Ihres Vaters?«, fragte Giles.

»Ja, das ist seine Handschrift. Und das Blatt stammt auch aus seinem Notizbuch, glaube ich.« Marlowe hob den Blick und sah sie der Reihe nach an, Staunen und Fassungslosigkeit vermischten sich auf seinem Gesicht. »Auf der Straße weit und breit niemand zu sehen, nicht eine Spur von einem Fremden am Ort, und dann aus heiterem Himmel – das hier«, sagte er heiser. »Wie erklärt ihr euch das? Ich habe das Gefühl, ich bin verrückt geworden.«

13
Der blaue Koffer

Der Morgen graute schon, als die letzten der gelben Sturmlaternen, die über die Salzmarsch getanzt waren und in jeden Winkel und jede Ritze von Mystery Mile geleuchtet hatten, den Pfad durch den Park nahmen und draußen vor der großen Küchentür an der Rückseite der Eingangshalle anhielten. Zehn Laternen waren es, die von der gesamten männlichen Bevölkerung des Dorfs getragen wurden, ausgenommen waren nur zwei alte Männer, die bettlägerig waren, und ein paar kleine Jungs.

Es war eine unordentliche, rotgesichtige Gesellschaft, beträchtlich ermüdet von der nächtlichen Suchaktion, aber ausgesprochen interessiert an den Vorgängen.

Die zwei Hauptfamilien, die Willsmores und die Brooms, waren deutlich zu unterscheiden: die Willsmores waren lang und dünn und dunkelhaarig, mit flinken glänzenden Knopfaugen und einem pfiffigen Ausdruck; die Brooms waren stämmiger, eher phlegmatisch, mit großen roten einfältigen Gesichtern und hellen Haaren in allen Abstufungen von rot bis gelb.

Cuddy, die vom Verwalterhaus herübergekommen war, um Mrs Whybrow, der Haushälterin des Gutshauses, zu helfen, war emsig dabei, für jeden Neuankömmling Tee oder heißes Würzbier zuzubereiten.

Die Außenküche, wo sich alle versammelten, war das typische große steinerne Nebengebäude, das in Ost-England bei keinem Haus fehlen darf. Sie war an das übrige Gutshaus angebaut und hatte einen Steinfußboden und einen großen Backsteinkamin, dessen Schornstein in den Raum hineinreichte. Die Arbeitstische waren an die weiß getünchten Wände zurückgeschoben, und Bänke und andere Sitzgelegenheiten hatte man in die Nähe des prasselnden Feuers gerückt.

Mrs Whybrow war eine Hausfrau alter Schule, ihre selbstgeräucherten schwarzen Schinken hingen hoch über ihren Köpfen vom Mittelbalken herab. Das Bierfass stand im Raum, und die großen Kessel mit kochendem Wasser dampften auf der breiten steinernen Feuerstelle.

Die Haushälterin und Cuddy waren Schwestern. Die beiden alten Frauen waren als junge Mädchen in den Dienst der Familie Paget getreten und rechneten sich selbst genauso zum Haushalt, wie jeden anderen. Wie sie so umhereilten, die großen weißen Bierkrüge, große Stücke selbst gemachten Brotes und gelben Käse austeilten, sahen sie sich herrlich ähnlich, mit ihrem ergrauten Haar und den gestärkten Schürzen, die bei jeder Bewegung raschelten.

George und Olly hatten, Georges Würde entsprechend, einen Ehrenplatz im Vordergrund. Sie saßen Seite an Seite. Olly war ungefähr ein Jahr jünger. Er war beträchtlich weniger eingebildet als sein Bruder, und er war mit einer gewissen Missmutigkeit geschlagen, was ihn zusammen mit seiner von Natur aus unbeholfenen Zunge zu einem Sonderling in Mystery Mile gemacht hatte. Er war ein schlichter alter Bursche mit einem Spitzbart statt einer Seemannskrause, auf die er aus Respekt vor George verzichtete. Er hatte braune Augen, und wenn ihm mal danach war, ein schwerfälliges, ziemlich törichtes Lächeln.

Mr Kettle, der Postmeister, der große Erschöpfung mimend, nach den andern hereingekommen war, saß etwas abseits. Er trank sein Bier aus einem Glas, was das Getränk wohl in seinen Augen vornehmer erscheinen ließ. Er trug außerdem eine Melone und hatte sich in einen riesigen grauweißen Schal gehüllt.

»Sieht wie'n alter Dachs aus«, bemerkte George mit gedämpfter Stimme zu Olly; allerdings laut genug, dass die Feststellung bei Mr Kettle ankam. Der aber hielt sich weiterhin absolut abseits und ließ sich zu keiner Vergeltung herab.

Ein Junge von den Brooms, ein großer, rotblonder Flegel, dem der erste Bartflaum das Kinn vergoldete, wiederholte den Scherz, und die Gesellschaft kicherte hysterisch, während George sich aufplusterte. Im Witz sah er eine seiner größten Stärken.

»Hättest mal besser was finden sollen von dem Ausländer, statt so saudumm daherzutun, dann könntest Mr Giles mehr erzählen, wenn er herkommt«, sagte Cuddy scharf und verzichtete dabei auf ihre gehobenere Sprechweise zu Gunsten ihres urtümlichen Singsangs. »Ich hab ihn und Mr Marlowe grad eben reinkommen hör'n.«

Ein Schatten legte sich über die kleine Gesellschaft, als sie sich wieder bewusst wurden, um was es hier ging.

»Ich hab meinen alten Hund suchen lassen«, bemerkte einer von den Brooms, ein großer, massiger, schielender Bursche mit einem roten Schnurrbart. »Er hat gar niemand nicht gefunden. Immerzu hat der mich nur zu mein eigenes Haus zurückgezogen.«

»Der alte Hund geht nach'm Gestank«, sagte George verächtlich, und wieder brach Gelächter aus. Cuddy knallte einen Porzellankrug auf den Tisch, ihr freundliches altes Gesicht wurde blass vor Wut. »Ich schäm mich über euch alle«, sagte sie mit erhobener Stimme. »Versteht denn keiner von euch, dass der ausländische Herr weg ist? Und ihr hockt hier rum, schlürft und lacht blöder daher als wie nie.«

»Der ist kein Ausländer nicht. Der redet ganz wie ich.«

»Jeder, der wo nicht hier gebor'n ist, ist doch ein Ausländer?«, sagte der Mann mit dem roten Schnurrbart, gehässig auf Mr Kettle schielend.

»Der andere Herr, wo heut Nachmittag gekommen ist, der war ein echter Ausländer«, sagte Olly; er sprach ohne jegliche Hilfe von George. »Der hat kaum nicht versteh'n können, was ich zu dem gesagt hab. Hat der sich geärgert über mich. Ich hab glatt loslachen müssen.«

»Dir wird das Lachen gleich vergeh'n«, sagte Cuddy schnell. »Die Herrschaft kommt.« Mit ihren scharfen Ohren hatte sie Giles' Stimme im Aufgang vernommen, und sofort verstummte die Unterhaltung, und es herrschte absolute Stille in der Küche, als der hölzerne Riegel klackte und Giles, von Marlowe gefolgt, in den Raum trat.

Auch sie waren die ganze Nacht draußen auf der Salzmarsch gewesen. Die beiden jungen Männer sahen blass und besorgt aus, als sie sich zwischen die Leute drängten.

»Gibt es irgendetwas zu berichten?« Giles' Stimme war um einiges tiefer als sonst, und in ein paar Worten, die er gebrauchte, kam ein ländlicher Akzent durch. »Also«, fuhr er fort, »jeder, der irgendwas Ungewöhnliches in der Gegend gesehen hat, sagt das jetzt. Los geht's.«

Im Raum herrschte Schweigen. Die kleine Gesellschaft druckste herum, und man warf sich unbehagliche Blicke zu.

»Wir haben nichts nicht geseh'n«, sagte George. »Ein Wunder ist das.« Er sprach mit einer gewissen Genugtuung. Giles war verärgert.

»Kein Wunder, dass du ihn nicht gefunden hast, George«, sagte er. »Trotzdem kann er sich nicht in Luft aufgelöst haben. Irgendwo muss es eine Spur von ihm geben.«

»Wenn überhaupt jemand ihn hätt finden können, wär ich das gewesen«, sagte George. »Ich bin ein wunderbarer kluger alter Mann. Aber weder ich noch Olly, wir alle beide haben nichts geseh'n.«

»Ich fürchte, der Mann hat Recht, Sir«, kam Mr Kettles unangenehme Stimme aus der Ecke. »Ich selbst habe alle wesentlichen Ausgänge des Guts überprüft, und soweit ich sehen konnte, war nirgendwo eine Spur. Ihnen ist ja bekannt, dass wir hier sozusagen eine Insel sind, nur noch abgeschnittener, wenn ich das so sagen darf, aufgrund des Schlicks bei Ebbe. Sie können sich darauf verlassen, dass wir unser Bestes getan haben. Ich bin die ganze Zeit auf den Füßen, seit ich um acht Uhr meinen kleinen Laden verlassen habe, Sir –«

»Ja, ja, ich weiß. Das war sehr anständig von Ihnen«, sagte Giles unwirsch. Er konnte Mr Kettle genauso wenig leiden wie alle anderen im Dorf. »Aber eigentlich wollte ich fragen, ob seit gestern Morgen irgendwelche Fremden in der Gegend gesehen wurden.« Wieder herrschte Schweigen in der Küche, aber plötzlich kam Leben in Olly, er wurde knallrot und rang aufgeregt nach Worten.

»Master Giles – ich hab ein geseh'n. In ein Auto mit großen roten Rädern. Er hat angehalten, und er hat zu mir gesagt: ›Wo ist das große Haus?‹, und ich sag gleich misstrauisch zu dem: ›Für was brauchen Sie das?‹ – und – und –«

»Ach, du sprichst von Mr Barber«, sagte Giles. »Der ist uns bekannt, Olly. Er befindet sich jetzt nebenan.«

George stieß seinen Bruder an. »Du bist ein Esel, Olly«, sagte er und schüttelte selbstgefällig seinen Kopf. Olly senkte die Augen und sah schrecklich unbehaglich drein.

»Und Boote?«, fragte Giles. »Hat jemand von euch gestern zwischen sechs und sieben Uhr ein Ruderboot oder irgendein anderes Boot hier in der Nähe gesehen?«

»Nein, Sir.« George antwortete, und die andern stimmten ihm zu. »Wir war'n ja fast alle von uns daheim, Sir«, erklärte einer der Willsmores. »Wir haben zu der Zeit unsern Tee getrunken.«

»Du warst draußen, George«, sagte Olly.

George nickte. »Ja, war ich. Ich war unten beim alten Nebeltunnel, Master Giles, hab sozusagen direkt aufs Wasser geseh'n. Aber da hab ich nichts geseh'n. Das hätt ja nicht sein können, wenn da ein Boot gewesen wär. Fällt mir jetzt grade ein«, fuhr er nachdenklich fort, »ich bin da direkt von den untern Wiesen hingekommen, also wenn da ein Boot von der Küste weggefahr'n wär, das hätt ich sicherlich seh'n müssen. Nein, Sir«, schloss er, »da war ganz sicher kein Boot nicht da gestern Abend.«

»Moment mal«, sagte Marlowe. »Was für ein Nebeltunnel ist das?«

George antwortete: »Das ist sozusagen ein Kessel, ist das, Sir. Eine kleine Senke in der Marsch, gewissermaßen. Da hängt der Nebel drin. Sommer und Winter, immerzu. Wär 'ne prima Falle. War früher mal, wollt ich sagen«, korrigierte er sich, als er Giles' Blick auf sich fühlte.

»Und sie waren dort, haben Sie gesagt?«, sagte Marlowe. »Und Sie haben keine Menschenseele gesehen?«

»Niemand nicht«, sagte George. »Niemand nirgends.« Er reichte Cuddy wortlos seinen Krug. Sie nahm ihn entgegen und stellte ihn in den großen steinernen Abguss, der an einer Seite des Raums die ganze Wand entlanglief.

Der alte Mann verließ seinen Sitzplatz und ging zögernd über den Steinfußboden auf sie zu. »Der war nicht für zum Abwaschen«, sagte er. »Ich hab Master Giles 'ne Menge erzählt, und Erzählen macht mich durstig.«

Marlowe wandte sich an Giles. »Es hat keinen Sinn«, sagte er. »Sie wissen überhaupt nichts. Wir gehen besser zu den anderen zurück. Die Mädchen sollten etwas schlafen, wenn möglich.«

Sie verließen die überfüllte Küche und gingen in die Bibliothek zurück, wo Biddy in einem Sessel döste. Sie sprang auf, als sie eintraten. »Glück gehabt?«, fragte sie gespannt.

Ihre Gesichter verrieten ihren Misserfolg.

»Wo sind die andern?« Giles sah sich im Zimmer um.

»Im Garten. Sowie es hell wurde, wollte Isopel sich wieder draußen auf die Suche machen. Albert wollte sie nicht alleine gehen lassen. Mr Barber ist zu Bett gegangen. Ich habe ihn im Geißblatt-Zimmer untergebracht. Isopel und ich haben gedacht, das ist das Beste.«

Giles ging zum Fenster hinüber und sah hinaus: Es war gerade hell geworden. Alles lag noch unter einem grauen Schleier, und die Luft war frisch und süß. Er erblickte Isopel und Campion, wie sie durch die Bäume auf das Haus zukamen. Campion beugte sich vor und sah das Mädchen an, und Giles bildete sich ein, sie lachen zu hören. Das war eigentlich nicht ungewöhnlich. Die meisten Menschen lachten mit oder über Mr Campion, und trotzdem war er überrascht, fast ärgerlich. Er konnte der Situation nichts Komisches abgewinnen.

Ein paar Minuten später kamen sie herein. Isopel war so ernst wie zuvor, aber Giles' Verärgerung über Campion wuchs. Offenbar war es ihm gelungen, sie zu beruhigen, während er selbst versagt hatte.

»Also Leute«, sagte Marlowe, »diese Sache wird in jeder Hinsicht immer sonderbarer. Ich muss zwar zugeben, dass unser Häufchen Amateurdetektive nicht gerade überbegabt ist, aber sie haben immerhin ihre eigenen Hintergärten durchsucht. Kein Boot ist gesichtet worden, und keines der Dorfboote fehlt. Und es war auch keins davon gestern unterwegs.«

»Wisst ihr was«, sagte Biddy und setzte sich plötzlich

auf, »wir ignorieren doch tatsächlich die Botschaft, die Addlepate gebracht hat. Es gibt drei Möglichkeiten: Entweder Mr Lobbett wurde wirklich entführt und hat es geschafft, ein paar Zeilen zu kritzeln, um uns zu warnen, oder aber er ist völlig verrückt geworden und hat das in irgendeinem Wahn geschrieben, oder jemand anderes hat es geschrieben, um uns irrezuführen.«

»Sie hat wirklich Recht«, sagte Marlowe. »Wir haben um diesen Brief einen Bogen gemacht. Aber Dad hat ihn geschrieben, so viel steht fest. Und zwar auf eine Seite aus seinem eigenen Notizbuch. Ich würde eigentlich davon ausgehen«, fuhr er bedächtig fort, »dass er völlig zurechnungsfähig war, als er das schrieb, selbst wenn das bedeutet, dass er in ihre Hände geraten ist. Aber ich kann nicht davon ausgehen, weil keine Spur von ihnen zu sehen ist. Mir kann keiner erzählen, dass an so einem Ort hier ein Fremder übersehen werden könnte. Eine Wagenladung Männer, die stark genug wären, Dad wegzuschaffen, würde in der Gegend kilometerweit auffallen. Er muss ganz allein aus diesem Irrgarten gekrochen sein, dann hat er die Botschaft am Hundehalsband befestigt – Gott weiß wann – und dann ist er verschwunden, als wäre er in Treibsand geraten.«

Als er das sagte, fuhren die andern zusammen, und Mr Campion und die Zwillinge tauschten Blicke aus. Diese Erklärung, die ihnen allen bei der Suche irgendwann durch den Kopf gegangen war, hatte keiner erwähnt. Wie vielerorts an der Ostküste, gab es verschiedene Untiefen in dem schwarzen Schlick, der Mystery Mile umgab, und an diesen tückischen Stellen konnte ein Mann leicht in den Schlamm hineingezogen werden und binnen weniger Minuten versinken.

Alle scheuten sich davor, diese Möglichkeit in Erwägung zu ziehen. Marlowe zog den Zettel aus seiner Tasche. *»Der blaue Koffer«*, sagte er, »der ist doch in Sicherheit, Isopel?«

Das Mädchen nickte. »Ja. Biddy und ich haben ihn hier runtergebracht. Wir dachten, das wäre sicherer.« Sie lächelte schief. »Ich beneide keinen, der ihn stehlen will. Er wiegt an die fünfzig Kilo. Er steht da drüben in der Ecke.« Sie zeigte zum anderen Ende des Zimmers, wo der schwere Lederkoffer mit der blauen Segeltuchhülle neben einem Bücherregal stand.

»Das ist er«, sagte Marlowe. »Das ist der, um den er während der ganzen Reise so besorgt war. Wir sollten ihn öffnen.«

Isopel zweifelte: »Ich glaube nicht, dass ihm das gefallen würde, Marlowe.«

»Das ist mir jetzt egal.« Der junge Mann sprach mit Nachdruck. »Ich muss unbedingt herausfinden, was es mit dem Ganzen auf sich hat.«

Er durchquerte das Zimmer und nahm den Koffer am Griff. Sein Gewicht überraschte ihn, und anstatt ihn hochzuheben, zog er ihn in die Mitte des Zimmers. Die anderen beobachteten ihn voller Spannung, als er die blaue Segeltuchhülle abzog und einen lederbezogenen Stahlkoffer enthüllte, dessen Schloss über eine ganze Seite verlief.

Der junge Mann betrachtete ihn skeptisch. »Jetzt sind wir aufgeschmissen«, sagte er. »Ein Schlüssel ist selbstverständlich nicht da. Vater trug ihn bei sich.«

Giles und Biddy warfen Campion, der bescheiden im Hintergrund stand, einen Blick zu.

»Ich werde einen Schlossermeister dafür brauchen, oder einen Gauner«, sagte Marlowe bitter.

Wieder blickten die Geschwister fragend auf ihren Freund. Er trat vor, etwas unbehaglich dreinblickend.

»So was macht sich wirklich nicht gut«, sagte er. »Ich gebe nie gern auf eine so billige Tour an.«

»Wollen Sie damit sagen, dass Sie ihn öffnen können?« Isopels vor Erstaunen geweiteter Blick trieb ihm das Blut in die Wangen.

»Vielleicht, wenn Sie sich alle mal umdrehen würden –«, murmelte er, während er ein kleines Stück Draht und eine Art Taschenmesser aus der Tasche zog.

»Du willst das doch nicht etwa damit machen? Das hat nur zwei Klingen«, sagte Biddy auf das Messer starrend, und die Neugier besiegte ihre Sorge.

»Irrtum«, erwiderte Mr Campion. »Zwei Klingen und ein Ding, mit dem man Nägel aus Pferdehufen ziehen kann. Immer wenn ich einen Pferdehuf sehe, hole ich dieses handliche kleine Instrument hervor, und –« Während er sprach, beugte er sich über das kunstvolle Schloss, seine dünnen Finger arbeiteten mit unglaublicher Schnelligkeit. »Ich stochere«, fuhr er fort, »und stochere – und – schwupps – draußen ist der Bösewicht! Voilà!«

Ein metallisches Klicken begleitete sein letztes Wort, als das Schnappschloss aufsprang. Marlowe kniete vor dem Koffer nieder, um den Deckel zu öffnen.

Als er den schweren Stahldeckel hob, wurde eine Lage Zeitungspapier sichtbar. Die anderen drängten sich drumherum, in der Hoffnung, wenigstens einen blassen Schimmer von dem Geheimnis, das sie umgab, zu erhaschen.

Marlowe zog das Papier vorsichtig heraus. Der ganze Koffer war mit vierzig bis fünfzig knallbunt eingebundenen Kinderbüchern gefüllt, jeweils sechs hübsch zusammengestapelt. Es sah aus wie eine Lieferung Buchpreise für eine Abschlussfeier in der Grundschule.

Marlowe streckte seine Hand aus und zog ein Buch heraus, behutsam, als rechnete er damit, dass es irgendeinen versteckten Sprengstoff enthalten könnte. Er schlug es auf, es hatte den Titel: *Robinson Crusoe. Für Kinder erzählt*, und es war allem Anschein nach völlig echt. Sie nahmen ein Buch nach dem anderen heraus, blätterten jedes einzelne durch. Sie hatten alle den gleichen Einband, einige waren neu, andere offenkundig aus zweiter Hand, und es schien die gesamte Ausgabe einer Buchreihe mit dem Namen ›Kinderland‹ zu sein.

Es waren kleine grüne Bücher mit prachtvollen goldenen Verzierungen, und vorne auf dem Deckel eines jeden war eine farbige Abbildung aus einer Geschichte, die es enthielt. Es waren hauptsächlich bekannte Erzählungen, für den kindlichen Gebrauch vereinfacht und gesäubert.

Campion und die anderen untersuchten jedes Buch vergeblich nach irgendeinem Zeichen am Rand oder einer auf ein Vorsatzblatt gekritzelten Botschaft.

Sie sprachen fast gar nicht, aber fuhren gewissenhaft fort, jeden Band zu durchsuchen, bis sie sich endlich zurücksetzten und sich gegenseitig verwirrt ansahen. So gründlich und systematisch sie auch gesucht hatten, es hatte sich doch nur ergeben, dass sich keiner der Bände wesentlich von den andern unterschied.

Marlowe sah Campion hilflos an. »Was sagen Sie dazu?«, sagte er.

Mr Campion blickte in die Runde. Sie sahen ihn flehentlich an, um eine Erklärung bittend. Er streckte die Hände aus. »Meine lieben alten Vögel«, sagte er, »ich fürchte, ich verliere meinen Verstand. Ich bin genau so klug wie ihr, ich komme auch nicht weiter. Das Ganze sieht mir nach gutem sauberem Lesestoff aus.«

14
Campion ermittelt

Mr Campion saß im dämmrigen Esszimmer des Verwalterhauses hinter der hohen Lehne des Queen-Anne-Sessels verborgen, und Biddy sah ihn zunächst nicht, als sie geschäftig hereinkam.

Erst als sie seine langen dünnen Beine auf dem Kaminvorleger gewahrte, bemerkte sie seine Gegenwart. Sie stürzte sich sofort auf ihn.

»Albert, wenn du es heute nicht schaffst, die Lobbetts von Mr Barber zu befreien, bekomme ich einen Nervenzusammenbruch. Ich halte das nicht länger aus.«

Er lehnte sich in seinem Sessel zurück und grinste sie an. »Aber nicht doch«, sagte er. »Du kannst weit mehr verkraften als wir andern alle zusammengenommen.«

Biddy lächelte nicht. Sie starrte weiterhin mit einem durchdringenden Blick auf ihn hinunter.

»Du bist ein Ekel, Albert!«, sagte sie. »Ich fand dich früher schrecklich nett. Ich habe dich noch nie bei der Arbeit erlebt. Jetzt halte ich dich für gefühllos und – ach – und grässlich!«

Sie sprach hastig und war den Tränen nah.

»Isopel und Marlowe sind seit den letzten zwei Tagen fast krank vor Kummer und Sorge wegen ihres Vaters«, brach es aus ihr hervor, »und dir fällt nichts besseres ein, als eine kleine alberne Suchaktion zu veranstalten, und ihnen zu raten, die Polizei aus dem Spiel zu lassen. Du spielst das Ganze dermaßen runter, dass dieser Idiot Barber nicht einmal daran glaubt, dass Mr Lobbett verschwunden ist.«

Mr Campion sagte nichts. Er saß zusammengekauert in der Ecke seines Sessels und blinzelte sie durch seine Brillengläser hindurch an.

»Also, was wirst du tun?« Biddy sah ihn ärgerlich an.

Er erhob sich und trat auf sie zu, legte plötzlich seinen Arm um ihren Hals und küsste sie stürmisch. Es verschlug ihr fast den Atem, Verwunderung überlagerte jedes andere Gefühl.

»Was – was tust du da?«, protestierte sie und machte sich von ihm los.

»Männersache«, sagte Mr Campion und schritt mit ungewöhnlicher Würde aus dem Zimmer. Unter der Tür hielt er inne und sah zu ihr zurück. »Es wird dir Leid tun, wenn du mich erst mit meinem feuerroten Bart siehst«, sagte er.

Immer noch verblüfft, durcheinander und ärgerlich sah sie ihm vom Eingang aus nach, wie er die Wiese überquerte und durch das Parktor ging. Mr Campion schritt bewusst stolz einher, bis er außer Sichtweite des Verwalterhauses war, dann ließ er die Schultern fallen, ging langsamer und gestattete sich einen zutiefst trauervollen Gesichtsausdruck, den er beibehielt, bis er das Gutshaus erreichte.

Marlowe wartete schon auf ihn.

»Ich habe alles so vorbereitet, wie wir es letzte Nacht vereinbart haben«, sagte er. »Es gibt nur einen Haken. Mr Barber will mit uns mitkommen. Er hat ein paar Aufnahmen von dem Romney gemacht und möchte ein zweites Gutachten darüber einholen. Er besteht darauf, uns zu fahren. Was sollen wir tun?«

Mr Campion schien in keiner Weise irritiert. »Das ist eine gute Idee«, meinte er. »Vielleicht können wir ihn in der Stadt verlieren. Ich weiß nicht, wie es mit Isopel aussieht, aber Biddy scheint ihn nicht zu mögen.«

»Isopel hat auch schon Anzeichen von Überlastung gezeigt«, sagte Marlowe. »Sie waren ihm in stärkerem Maße ausgeliefert als wir. Sind Sie zuversichtlich in Bezug auf den Ausflug in die Stadt?«

»Das hängt davon ab, was Sie unter ›zuversichtlich‹ verstehen«, sagte Campion. »Ich habe das bestimmte Gefühl, dass wir durch ein paar wohlplatzierte Nachforschungen in der Stadt mehr Chancen haben herauszufinden, woran wir sind, als wenn wir hier sitzen und warten, bis wieder etwas passiert. Wenn wir Giles beauftragen, auf die Mädchen aufzupassen, wird er das genauso gut können wie wir. Er ist ein braver Landmann und legt großen Wert auf ein gutbürgerliches Heim. Ich glaube, sie von Mr Barber zu erlösen, ist das Beste, was wir tun können.«

»Giles ist also eingeweiht?«, sagte Marlowe.

Mr Campion nickte. »Ich habe ihm etwas Honig um den Bart geschmiert und habe ›Vertrauen‹ gesagt, und schon war ich frei.«

Marlowe grinste. »Es sind reizende Leute«, sagte er. »Ich bewundere Biddy über alles.«

Er verstummte abrupt, aber Mr Campion sagte nichts dazu. Er schien nichts gehört zu haben, und das Gespräch wurde nicht fortgesetzt, da in diesem Moment Mr Barber erschien, der geschäftig vom Hauseingang zum wartenden Auto lief. Er lächelte und wirkte selbstvergessen wie immer, und immer noch klemmte die Ledermappe unter seinem Arm.

»Meine Freunde, ich habe Sie warten lassen.« Er entschuldigte sich tausend Mal. »Ich hoffe, Sie konnten Mr Campion dazu überreden, mit uns mitzukommen, Mr Lobbett. Ich bin ein Chauffeur *par excellence,* das versichere ich Ihnen. Ich fahre gewissermaßen wie der Teufel. Ich werde Sie in Windeseile nach London befördern, Sie dorthin bringen, wohin Sie wollen und um sechs oder sieben Uhr werde ich bereit sein, Sie wieder zurückzufahren.«

Marlowes Kiefer sackte nach unten. »Aber Mr Barber«, wandte er ein, »ich dachte, Sie hätten den Romney ausreichend begutachtet.«

Mr Barbers buschige Augenbrauen hoben sich. »Aber nicht doch«, sagte er. »Ich habe gerade erst begonnen. Und außerdem dürfen Sie nicht vergessen, dass ich im Auftrag Ihres Vaters arbeite. Solange ich ihn nicht gesehen habe, kann ich meinen Auftrag nicht als erledigt ansehen. Und außerdem« – er klopfte geheimnisvoll gegen seine Ledermappe – »habe ich hier etwas, was ihn garantiert interessieren wird.«

Marlowe warf rasch einen Blick auf Mr Campion, der stöhnte, aber nichts weiter dazu sagte, und sie stiegen alle drei ins Auto. Biddy sah sie am Verwalterhaus vorbeiflitzen, und ihr Groll gegenüber Mr Campion wuchs, da ihre Neugier geweckt war.

Mr Barber hielt Wort. Sein Fahrstil war wirklich bemerkenswert. Sie erreichten London vor dem Mittagessen, obwohl sie spät losgefahren waren, und Mr Barber, der seine eigene Vorstellung davon hatte, was die Hauptattraktion der Stadt war, landete mit einem schwungvollen Bogen vor Simpson's Restaurant.

Ein Mittagessen mit Mr Barber stellte sich als eine noch größere Tortur heraus, als eine Reise in seiner Begleitung. Befreit von den Zwängen, die ihm als Gast auferlegt waren, wurde sein Verhalten übermütig. Er warf spielerisch ein Stückchen Brot nach einem Mann, der ein paar Tische weiter saß, und den er zu kennen glaubte, und amüsierte sich kindisch, als er seinen Irrtum entdeckte. Außerdem steckte er sich eine Gabel als Souvenir ein, ein Zwischenfall, der Mr Campion, dem der Orientale verschmitzt zuzwinkerte, schockierte. Er verhielt sich das ganze Essen über so fidel, und als sie aus dem Lokal in Strand auf die Straße traten, entdeckte er dem erstaunten Marlowe, dass die geräumigen Taschen seines Mantels mindestens vier belegte Brötchen enthielten, die er beiseite gebracht hatte.

»Keine schlechte Ausbeute«, bemerkte Campion abschätzend. »Wie spät ist es übrigens inzwischen?«

Der Orientale steckte seine Hand in seine Westentasche und suchte nach der riesigen goldenen Uhr, die er gewöhnlich bei sich trug. Die Verwandlung seines Gesichtsausdrucks war grotesk. Seine gewaltige Kinnlade fiel nach unten, sein Mund stand offen und seine Augen waren weit aufgerissen.

»Meine Uhr – meine Uhr – ist weg«, sagte er. »Ich muss sie da drin verloren haben.« Er drehte sich um und eilte mit einer Behändigkeit, die für einen so schwerfälligen Mann beachtlich war, ins Restaurant zurück.

Mr Campion sah zu, wie er verschwand und wandte sich dann mit einem Seufzer der Erleichterung an Marlowe. »Er wird sich dumm und dämlich suchen nach ihr«, sagte er. »Ich hab sie unters Tischtuch geschoben. Kommen Sie!« Und bevor der andere richtig verstanden hatte, was passiert war, hatte er ihn schon auf die Straße gelotst und ein Taxi herangewunken.

»Ich fürchte, Sie haben beim letzten Mal, als Sie bei mir waren, einen ziemlich seltsamen Eindruck von meiner Wohnung bekommen«, sagte Mr Campion, als sie die Treppe emporstiegen.

»Gehen Sie einfach so aus der Wohnung und machen nur die Tür hinter sich zu?«, sagte Marlowe interessiert. »Ich habe hier keinen Hausmeister gesehen.«

»Oh, Sie haben die Familie noch nicht kennen gelernt«, sagte Mr Campion. »Das hab ich vergessen. Sie sind beide da.« Er stieß, während er sprach, die Tür auf, und Marlowe folgte ihm in das Zimmer, in dem sie ganz zu Anfang die ganze Angelegenheit besprochen hatten. Kein Mensch war zu sehen. Trotzdem wurde dem jungen Amerikaner bewusst, dass jemand ihn mit großem Interesse beobachtete. Er fühlte die Musterung eines fragenden, grüblerischen Auges. Er fuhr nervös herum und sah sich einer ehrwürdigen, frech aussehenden Dohle gegenüber, die gelassen auf der hohen Rückenlehne eines Stuhls balancierte und den Besucher mit schiefgelegtem Kopf beäugte.

»Das ist Autolycus«, sagte Mr Campion. »Mein Kaplan. Ein toller Bursche, aber Kleptomane wie unser Freund Barber. Ich weiß nicht, wo mein Major Domus ist.«

Er ging zur Tür hinaus und rief: »Lugg!«

Im Flur waren schwere Schritte zu hören, und gleich darauf erschien auf der Schwelle das größte und düsterste Individuum, das Marlowe je gesehen hatte. Er war ein Berg von einem Mann, mit einem großen fahlen Gesicht, das einen unwillkürlich an einen Bullterrier erinnerte. Er war fast kahl, aber das Auffallendste an ihm war seine alles durchdringende Ausstrahlung der Melancholie. Er war recht unkonventionell gekleidet, in etwas, das stark nach einem Sträflingskittel aussah, den er offenbar als Hausjacke über seiner normalen Kleidung trug.

Campion grinste ihn an. »Immer noch im Blazer?«, sagte er freundlich.

Der Mann lächelte nicht.

»Ich dachte, Sie wären allein, Sir«, sagte er mit Grabesstimme. »Ich zieh den an, wenn ich mich um den Vogelkäfig kümmere«, bemerkte er zu Marlowe. »Vielleicht interessiert es Sie, Sir«, fügte er, nun wieder an seinen Herrn gewandt, hinzu, »dass er, wo Sie nich hier waren, ein Ei gelegt hat.«

»Nein?«, sagte Mr Campion. »Glaub doch das nicht, Lugg. Er hat es einer Taube geklaut, um dich reinzulegen. Er nimmt dich auf den Arm. Ich kenne Autolycus seit Jahren. So was macht der nicht.« Er wandte sich an Marlowe. »Autolycus und ich versuchen immer, Lugg aufzumuntern«, erklärte er. »Wir bereiten kleine Überraschungen dieser Art für ihn vor. So, Lugg, wie wär's, wenn du uns einen Drink mixen und uns die Neuigkeiten erzählen würdest. Sie haben Onkel Garstig übrigens schon kennen gelernt, Marlowe. Er hat sich am Telefon als Aphrodite Kleisterwerke ausgegeben, aber das war nur ein Scherz seinerseits. Lugg«, fuhr er in verändertem Tonfall fort, »ich benötige einige Informationen über ein paar Leute. Einmal treibt sich da so ein Wahrsager herum, der die Landhäuser abklappert. Aber in erster Linie brauche ich eine Kapazität auf dem amerikanischen Sektor. Wen schlägst du vor, Lugg?«

»Na ja, wenn's nach mir geht, Sir, aber nach mir geht's ja nicht, da bin ich sicher –« sein Tonfall war wieder betrübt, »wenn ich Sie wär, würd ich mich an Thos Knapp wenden. Es ist toll, was der so alles mitkriegt.«

Mr Campions blasses Gesicht verfärbte sich. »Eher bringe ich mich um«, sagte er mit ungewöhnlichem Feuer. »Es gibt einfach ein paar Leute, da ziehe selbst ich eine Grenze. Wie ich dir bereits erläutert habe, Lugg, werden wir nicht mit Mr Knapp verkehren.«

»Was hab ich Sie gesagt?«, wandte sich Mr Lugg überraschend an Marlowe. »Er lässt sich von mir absolut nichts sagen. Hält mich echt wie'n Schoßtier im Haus.«

»Ich hab's!«, sagte Mr Campion plötzlich. »Unser alter Freund Stanislaus. Verbinde mich mit Scotland Yard.«

»Imperialismus«, murmelte Lugg bitter. Aber er nahm den Hörer ab und wählte die magische Nummer. Seine Stimme nahm einen heiseren vertraulichen Tonfall an.

»Mr Ash – Mr Tootles Ash möchte bitte mit Kriminalinspektor Stanislaus Oates sprechen, wenn Sie so gut wären. Hallo, Sir, ja, Sir, ich bin's, Sir. Sehr freundlich, Sir, danke. Sehr freundlich, Sir, ihm auch, Sir. Hat ein Ei gelegt, Sir. Aber nein, Sir. Mr Tootles ist hier, Sir.«

Mr Campion nahm den Hörer.

»Hallo Stanislaus«, sagte er freundlich. »Wie geht's dem Sohn und Stammhalter? Wieder ein Zahn? Wunderbar! Was ich fragen wollte, Stanislaus, ist dir etwas über einen Burschen namens Datchett bekannt?« Sein Gesicht belebte sich, während er zuhörte. »Das ist er! – Ein Bursche mit einem lockigen roten Bart ... Erpressung? Warum nehmt ihr ihn nicht fest? Aha, ich verstehe ... Was hatte er gegen Mrs Cary in Maplestone Hall in der Hand? Was? Ja natürlich hatte er damit zu tun, das solltest du eigentlich wissen ... Ja, also, setz alle Hebel in Bewegung, und wenn du ihn erwischt hast, bring die Rede auf Reverend Swithin Cush ... Weiß ich nicht; genau das will ich herausfinden. Alles Gute. Ach, übrigens – mit ›Delila‹ soll man morgen richtig liegen. Tschüss.«

Er legte auf. »Na, da haben wir ja was«, sagte er. »Ich denke, die ausführliche Lebensgeschichte unsres alten Freundes Bi Ba Butzemann wäre auch nicht uninteressant. Und der Mann, der uns höchstwahrscheinlich mehr über ihn erzählen kann als jeder andere, ist der beste Sherlock Holmes aller Zeiten – der alte W. T.«

Ein paar Minuten später plauderte er bereits munter: »Hallo W. T.? Hier Hewes. Tut mit Leid, Sie in Ihrem Allerheiligsten stören zu müssen, aber ist Ihnen vielleicht in ihrer abenteuerreichen Jugend ein Mann namens Fergusson Barber über den Weg gelaufen? Ich würde sagen, er ist ein Armenier oder eine Art Türke. Möglicherweise ein Händler ... Oh, tatsächlich? Sogar schon als junger Mann?

Sie erinnern sich gut an ihn? Ein Kleptomane? Das dachte ich mir bereits.«

Die Stimme des alten Detektivs schallte so deutlich durch die Leitung, dass Marlowe einige Worte verstehen konnte. »Stiehlt alles, was nicht viel wert ist«, sagte er. »Scheint eine Leidenschaft für Brot zu haben ...«

Campion ergriff das Wort, und einige Zeit konnte der Zuhörer dem Gespräch nicht folgen. Als er schließlich auflegte, seufzte Campion. »Barber scheint ein komischer alter Kauz zu sein«, sagte er. »Offenbar hat W. T. ihn im Zusammenhang mit einem Vorfall beim Bürgermeister-Bankett kennen gelernt. Wenn man das Besteck in einem Restaurant klaut, ist das nicht so schlimm, aber wenn man dazu übergeht, sich Andenken aus dem Rathaus mitzunehmen, findet das niemand komisch. Es hat den Anschein, dass der alte Bursche allenthalben seine Stützpunkte hat. Versucht sich sehr vielseitig als Händler und Sammler. W. T. sagt, dass er einen Harem besitzt, aber über den ganzen Globus verteilt. Aber nun«, fuhr er fort, und der übliche unstete Blick erschien wieder in seinen Augen, »zu der wirklich grundlegenden und ernsten anstehenden Sache – Ihr Vater. Lugg, wer kann uns etwas über den Simister-Haufen erzählen?«

Mr Lugg riss schaudernd vor Ehrfurcht die Augen auf. »Jetzt muss ich Sie aber echt warnen«, sagte er, seine Stimme wurde klagend, »ich warne Sie. Verglichen mit mir, wissen Sie gar nichts. Sie haben keine Ahnung. Das sind gemeine Kerle, lassen Sie die bloß in Ruhe. Ihre eigene Mutter könnt Sie nichts besseres raten.«

»Dass ich nicht lache! In dieser Angelegenheit könnte mir ihr Rat gestohlen bleiben«, sagte Mr Campion empört. »Komm, nimm dich zusammen. Was können wir tun?«

»Ich werd mein Hut wegen Sie mit 'nem schwarzen Trauerband verzieren müssen«, sagte Mr Lugg. »Die Beerdigungskarten werden ganz schön was kosten, mit Ihren ganzen verschiedenen Namen drauf.«

»Mann, mach nicht so 'n fürchterliches Theater«, sagte Mr Campion. »Vielleicht sollten wir mal mit Mr van Houston plaudern.«

»In Ordnung, Sir. Er nennt sich jetzt ›Homer, der Gesellschafts-Fotograf‹.« Lugg zog ein ramponiertes Notizbuch hervor und suchte die Nummer heraus.

Mr Campion nahm den Apparat, und es folgte ein langes, lebhaftes Gespräch in französischem Argot.

Er machte Schluss und wandte sich, während er auflegte, Marlowe zu. »Das hört sich äußerst viel versprechend an«, sagte er. »Aber es ist kaum erfreulich. Offenbar herrscht in gewissen Kreisen große Aktivität. Ich glaube, wir sind auf der richtigen Spur. Lugg, ist einer der Bruderschaft in jüngster Zeit abhanden gekommen, außer aus den üblichen Gründen?«

Mr Lugg überlegte. »Jetzt, wo Sie's sagen, Sir«, sagte er, »ich hab grade letzte Nacht unten im Club drüber gesprochen. Auffällig war, dass von den übelsten Kunden kürzlich welche verschwunden sind. Ikey Todd und seine Mannschaft. Sehr auffällig, hab ich mir gedacht.«

»Sehr«, sagte Mr Campion. »Hast du irgendwelche anderen lustigen Geschichten in deinem Club gehört?«

»Ja, wo Sie schon so neugierig sind«, sagte Mr Lugg freundlich, »ich hab gehört, dass Ropey wieder im Land ist.«

»Ropey?«, sagte Mr Campion fragend. Dann verzog sich sein Gesicht vor Widerwillen. »Doch nicht etwa der Mann, der –«

Lugg nickte. »Genau der. ›Eine Schande ist's, dass so ein

Schuft wie Sie am Leben bleiben soll‹, sagte der Kadi. Sie kennen ihn.«

»Oh, ja«, sagte Campion.

Marlowe sah ihn zweifelnd an. »Ich habe nicht viel von all dem verstanden. Was hat das alles zu bedeuten?«

Mr Campion dachte nach. »In zwei oder drei interessanten Punkten sehen wir klarer. Erstens wissen wir, wer Mr Datchett ist. Er ist ein Erpresser, wenn ich mir auch nicht recht vorstellen kann, was er gegen den armen alten Swithin Cush in der Hand hatte. Ich nehme an, dass er sich in seiner Freizeit als Spion betätigt hat. Dann haben wir Mr Barber identifiziert, aber das hilft uns in keiner Weise. Und schließlich das Wichtigste, wir haben herausbekommen, dass sich bei den Herren, die man für wirklich schmutzige Aufträge anheuern kann, etwas getan hat. Also arbeitet Simister nicht nur mit seinen eigenen Männern. Er wird sozusagen zweigleisig vorgehen, um sich besser abzusichern. Die Angreifer sind also keine besonderen Leuchten. Über das dahinter steckende Gehirn weiß ich nichts. Im Ganzen sind die Aussichten rosiger, als ich erwartet habe.«

Es klopfte an der Eingangstür, und Lugg schickte sich an, sie zu öffnen.

»Sag, dass ich aus Gesundheitsgründen nach Birmingham gefahren bin«, sagte Mr Campion.

Lugg kam kurz darauf zurück, einen orangefarbenen Umschlag in der Hand. Er gab ihn Campion, der ihn aufriss und einen Blick auf den Inhalt warf. Beim Lesen entfuhr ihm ein scharfer Ausruf, und er wurde noch blasser als zuvor. Wortlos überreichte er Marlowe das Telegramm. Es lautete:

KOMMT SOFORT STOPP LEICHE GEFUNDEN STOPP BIDDY

15
Mr Kettle geht zu weit

Biddy holte sie am Bahnhof in Ipswich mit Richter Lobbetts großem Daimler ab.

»Ich wusste, dass Sie bestimmt nichts dagegen haben, wenn ich den nehme«, sagte sie etwas unvermittelt zu Marlowe, als sie ihr auf dem Bahnhofsplatz entgegenkamen.

»Mein liebes Mädchen –«, Marlowe sah sie verwundert an. »Ich will alles wissen. Wo haben sie ihn gefunden?«

Biddy starrte ihn an. »Ich verstehe nicht ganz«, sagte sie.

»Wir reden von der Leiche«, sagte Campion. »Du hast uns telegrafiert.«

Die Verwunderung des Mädchens wuchs. »Ich habe euch telegrafiert, dass wir einen Hinweis gefunden haben«, sagte sie. »Von Mr Lobbett selbst gibt es keine Spur.«

Marlowe zog das Telegramm aus der Tasche und überreichte es ihr. Sie las es durch und sah sie dann errötend an. »Ach du liebe Zeit, welche Qualen müsst ihr den ganzen Weg hierher ausgestanden haben«, sagte sie erregt. »Das ist Kettles Werk. Seine Tochter hat die Kleider gefunden, und er hat sich darüber so aufgeregt, dass er schier übergeschnappt ist. Ich glaube, mein Telegramm an euch lautete ungefähr folgendermaßen: ›Kommt sofort. Wichtiger Hinweis. Abhole euch vom Vier-Uhr-Dreißig-Zug‹. Ich hab mich gewundert, warum ihr mir telegrafiert habt.«

Marlowe wischte sich den Schweiß von der Stirn.

»Nun zu dieser Entdeckung«, sagte Mr Campion. »Was ist es überhaupt? Was hat Mr Kettles Tochter gefunden?«

»Sie hat Mr Lobbetts Kleider gefunden«, sagte Biddy, »den Anzug, in dem er verschwunden ist, meine ich. Alles war von Meerwasser durchtränkt und zerrissen, und ich fürchte, es ist Blut daran, Marlowe. Aber das muss doch nicht heißen, dass er tot ist, oder?«, fuhr sie drängend fort, und Campion senkte seinen Blick und sah, dass sie ihre Hand auf Marlowes Arm gelegt hatte.

»Nicht unbedingt, natürlich.«

Campions Stimme klang leicht gereizt. »Wo hat Miss Kettle diesen interessanten Fund gemacht?«

»Oberhalb der Saddleback Bucht. Ich habe euch sofort telegrafiert. Isopel und ich waren natürlich erschrocken. Jetzt geht's ihr wieder besser. Giles ist bei ihr. Ich wäre nie darauf gekommen, dass Kettle so einen Unsinn telegrafieren könnte.«

Marlowe sah verwundert drein. »Ich dachte immer«, sagte er, »dass ein Postmeister wegen so was ernsthafte Schwierigkeiten bekommen kann.«

»Das kann er auch«, sagte Campion grimmig. »Ich habe das dumpfe Gefühl, dass er die auch bekommen wird. Hast du kein Formular ausgefüllt, Biddy?«

»Nein. Ich habe es ihm auf einem Stück Papier übergeben. Ich fürchte, dass mein Gekritzel teilweise Schuld daran war. Du weißt, wie ich schreibe, wenn ich aufgeregt bin.« Sie lächelte Campion schief an. »Du hast keine Ahnung, wie durcheinander er ist. Er ist eben ein dummer alter Mann, Albert.«

Mr Campion antwortete nicht, setzte aber eine zweifelnde Miene auf.

Sie stiegen ins Auto und fuhren zum Haus zurück. Campion folgte Marlowe in den weiß getäfelten Raum, wo auf dem runden Tisch ein großes Zinntablett stand, auf dem die vom Meerwasser durchnässten Kleider lagen. Marlowe warf Campion einen Blick zu, einen scharfen kurzen Blick voll dunkler Vorahnung.

»Es ist sein Anzug, das steht fest«, sagte er.

Campion nickte. Ein finsterer Ausdruck lag jetzt in seinen Augen. Er vergrub seine Hände tief in den Taschen und starrte düster auf das beladene Tablett.

»Nichts in den Taschen, nehme ich an?«, sagte er.

»Nein, überhaupt nichts«, sagte Isopel. »Die Kleider müssen durchsucht worden sein, bevor man sie entdeckt hat. Alle Taschen waren umgestülpt.«

Marlowe neigte sich immer noch über den schlammverschmierten Flanellanzug. »He!«, rief er aus und hielt die Weste hoch, in der ein ausgefranstes Loch zu sehen war, das von dunklen, Unheil verkündenden Flecken umgeben war. Mr Campion trat zum Tisch hinüber und beugte sich über das Kleidungsstück. Er gab keinen Kommentar ab, und Biddy stieß ihn an. »Quäl sie nicht«, flüsterte sie. »Was hat das alles zu bedeuten?«

Er kam nicht dazu zu antworten, da draußen in der Vorhalle lautes Stimmengewirr zu hören war.

»Meine gute Frau« – Mr Kettles Stimme war im Protest erhoben – »gute Frau, lassen Sie mich sofort ein. Ich werde da drinnen gebraucht, und ich habe guten Grund, anzunehmen, dass meine Gegenwart gespannt erwartet wird.«

»Ich lass hier gar niemand nicht rein, ohne Master Giles seine Erlaubnis. Sie sollten sich schämen, Mr Kettle, die Leid tragende Familie hier so zu belästigen. Die wollen Sie jetzt nicht seh'n«, erwiderte Cuddy mit schriller, verächtlicher Stimme.

»Soll ich rausgehen und ihn wegschicken?«, fragte Biddy.

Campion sah Marlowe an. »Wenn Sie einverstanden sind«, begann er, »würde ich vorschlagen, dass wir den alten Klugscheißer selbst befragen.«

Marlowe nickte. »Natürlich, wenn Sie glauben, dass dabei irgendetwas herauskommt«, sagte er und öffnete die Tür. »Kommen Sie bitte herein, Mr Kettle.«

Der unsympathische Postmeister warf der ärgerlichen Cuddy einen triumphierenden Blick zu und schritt mit Erobererermiene ins Zimmer. Er umklammerte seine Melone und trug noch seinen Mantel, den er übergezogen hatte, um seine Schürze zu verdecken.

»Hier bin ich, Sir«, sagte er zu Marlowe. Ein Hauch von Farbe lag auf seinem schlaffen Gesicht. »Ich hab den Wagen auf der Auffahrt geseh'n und hab sogleich mein Hut genommen und bin herzugeeilt, Sir. Ich weiß, dass Sie die Wahrheit wissen woll'n. Meine Tochter, Sir, die hat die Überreste gefunden, sozusagen.« Seine Augen schimmerten feucht, und seine Lippen zuckten vor Aufregung.

»Ist Ihre Tochter hier?«, fragte Campion ungewöhnlich gebieterisch.

»Nein, Sir, sie ist nicht hier«, fuhr er fort. »Und ich möchte hinzufügen dürfen, Sir«, sagte er mit wachsender Selbstgerechtigkeit, »dass sie in ein derart hilflosen Zustand sich befand, Sir, so eine furchtbar hoffnungslose Verfassung, Sir, dass ich sie zurückließ, damit sie das Postamt betreut, und ich selbst bin gekommen. Und ich möchte gern auch noch erwähnen, Sir«, redete er weiter und bedachte dabei Giles mit einem bösartigen Blick, »dass niemand bis jetzt nicht nach die Polizei geschickt hat, wo ich mich doch selber als Bote angeboten habe. Das wird sehr verdächtig aussehen, wenn sie dann kommen. Obwohl Sie der Sohn von dem Toten sind, Sir« – er drehte sich bei diesen Worten zu Marlowe um – »wird das schlecht aussehen.«

»Welcher Tote?«, schaltete sich Mr Campion ein. Er trat auf einmal ganz herrisch auf, was überhaupt nicht zu seiner Erscheinung passte. »Haben Sie die Leiche?«

»Ich, Sir? Aber nein, Sir.« Mr Kettle ließ sich nicht in Verlegenheit bringen. »Also wenn wir die finden, dann werden wir bestimmt auch wissen, wer ihn getötet hat.«

»Ach ja?«, sagte Mr Campion interessiert. »Und wie wurde er getötet?«

»Mit einem Dolch, Sir.« Mr Kettle brachte diese erschreckende Meldung in einem atemlosen Flüstern hervor.

»Woher wissen Sie das?«, fragte Mr Campion.

Mr Kettle stützte sich mit einer Hand auf dem Tisch auf und nahm die Pose eines Redners ein. »Ich hab Spürsinn, Sir«, sagte er. »Ich mach meine eigenen Theorien, und die erfüllen sich dann auch.«

»Das gefällt mir«, sagte Mr Campion. »Das muss ich auch versuchen.«

Mr Kettle beachtete ihn nicht. »Fangen wir damit an, wie dieses Beweisstück gefunden wurde.« Er wedelte mit der Hand Richtung Tisch. »Meine Tochter, Sir, ein unschuldiges Mädchen, ahnungslos geht sie spazieren, Sir. Hier ist der Strand, denkt sie; warum sollte sie da nicht lang gehen?«

»Spricht absolut nichts dagegen«, sagte Mr Campion. Er hatte eine Hand auf Marlowes Schulter gelegt, und auf dem ausgeprägten klugen Gesicht des Amerikaners lag ein wacher Ausdruck.

»Also, sie ging am Strand entlang – am Rand der Marsch war das –, auf dem Deich, genau gesagt. Stellen Sie sich das Mädchen vor, sorglos, frei –«

»Mensch, machen Sie's halblang«, sagte Giles. »Sagen Sie uns, was passiert ist.«

»Ich red von meine Tochter, Sir«, sagte Mr Kettle würdevoll.

»Sie sprechen auch vom Vater dieser Lady«, erwiderte Giles. »Sie werden jetzt sagen, was Sie wissen und dann verschwinden.«

Ein ausgesprochen unangenehmer Ausdruck zeigte sich auf Mr Kettles weißem Gesicht.

»Sie müssen's wissen, Sir«, sagte er. »Ich werde Zeuge sein bei der gerichtlichen Befragung, vergessen Sie das nicht. Das wird von sehr großer Bedeutung sein, sag ich Sie.«

»Da bin ich ganz sicher«, sagte Mr Campion beschwichtigend. »Wie wär's, wenn Sie uns über Ihre Schlussfolgerungen informieren würden?«

Der Postmeister war besänftigt. »Mein Wissen beruht auf diesen aufschlussreichen Tatsachen, Sir«, sagte er. »Sehen Sie sich dieses ausgefranste Loch an, direkt über dem Herz ist das. Kommt das von ein Messer, oder nicht? Das tut es, Sir. Sehen Sie die Flecken da drum herum? Wenn Sie nicht wissen, was das ist, kann ich Sie's sagen. Es ist Blut – Herzblut, Sir.« Erneut wollte Giles wütend aufbrausen, aber diesmal hielt Isopel ihn zurück.

»Was sagt uns das, Sir? Das Opfer ist erstochen worden mit ein Messer. Und dann noch was, die Kleider sind klatschnass vom Meerwasser. Was sagt uns das, Sir?«

»Dass sie im Meer waren«, schlug Mr Campion vor.

»Genau, Sir, Sie haben's getroffen. Mr Lobbett wurde mit ein Boot weggeschafft, dann ins Herz gestochen und ins Wasser geworfen.«

»Wo er sich dann entkleidete«, sagte Mr Campion, »sorgsam darauf bedacht, seine Hosenträger abzuschnallen. So weit ist alles völlig klar. Trotzdem sind da einige Kleinigkeiten, die geklärt werden müssten, bevor wir Scotland Yard benachrichtigen. Erstens ist da dieser Messerstich. Ein höchst seltsamer Einschnitt, finden Sie nicht auch? Ein kleines, mit einer Schere hineingeschnittenes Loch, das mit einem Messer vergrößert wurde. Und dann diese Blutspuren. Der arme Mann scheint an der Außenseite seiner Kleider geblutet zu haben. Die Innenseite ist ziemlich sauber, sehen Sie? Aber das Blut auf der Außenseite ist sensationell. Ich frage mich, wer vor kurzem Hühner geschlachtet hat.«

Mr Kettle setzte sich auf eine Stuhlkante, sein Gesicht war erstarrt. Mr Campion fuhr fort:

»An der Sache ist was faul – da ist ganz erheblich was faul, würde ich sagen. Irgendjemand hat Sie zum Narren gehalten. Ich würde an Ihrer Stelle ins Postamt zurückgehen.«

Mr Kettle erhob sich, ergriff seine Melone und ging still aus dem Zimmer.

Campion wandte sich an Isopel und Marlowe und sagte mit aufrichtiger Reue. »Können Sie mir verzeihen, dass ich Sie dazu gezwungen habe, sich das anzuhören? Aber ich konnte nicht anders, weil ich herausfinden musste, wie viel der Dorf-Sherlock-Holmes weiß.«

»Und wie erklären Sie sich das hier?« Marlowe wies auf die durchnässten Kleider.

»Ein äußerst schlechter Schwindel«, sagte Mr Campion. »So ein Pfuschwerk habe ich noch nie gesehen. Das waren nicht Ihre Freunde aus New York. Es sieht mir ziemlich hausgemacht aus. Sie haben doch nicht zufällig irgendeine Belohnung ausgesetzt?«

»Nein«, sagte Marlowe. »Aber Sie kommen einfach nicht drum herum, Campion«, brach es aus ihm hervor, »dass das der Anzug ist, den er trug.«

»Ich weiß«, sagte Mr Campion. »Das ist auch das Einzige, was interessant ist. Wenn Sie mich entschuldigen, würde ich jetzt am liebsten ins Dorf runtergehen und ein paar Nachforschungen anstellen.«

»Hast du vor, Mr Kettle noch einmal zu befragen?«, wollte Biddy wissen.

»Das glaube ich kaum«, sagte Mr Campion. Er lächelte sie an. »Er ist nicht der einzige interessante Typ hier.«

16
Die Dinge kommen ins Rollen

Giles und Isopel saßen Händchen haltend unterm Fenster im Frühstückszimmer. Sonnenlicht überflutete sie, und das Dörfchen Mystery Mile war so friedlich, als wäre auf der ganzen Insel niemals ein Unheil geschehen. Sie waren allein. Biddy war im Verwalterhaus, und Mr Campion war wieder zu Nachforschungen im Dorf unterwegs.

Räderknirschen draußen auf der Kiesauffahrt erschreckte die beiden, und Isopel, die einen flüchtigen Blick auf eine beige Karosserie und purpurrote Kotflügel werfen konnte, sagte völlig entgeistert zu Giles:

»Ach du meine Güte! Er ist wieder da!«

»Wer? Dein Vater?« Giles war schon immer körperlich beweglicher gewesen als geistig.

»Nein. Das war Mr Barber.«

Der junge Gutsbesitzer sprang auf.

»Du lieber Gott!«, sagte er. »Der Kerl hat Nerven! Ich werde ihn rausschmeißen.«

Er eilte zur Tür, aber bevor er sie erreichte, wurde sie schon geöffnet. Mr Barber in seiner ganzen Pracht, samt seiner Mappe und dem bedeutungsvollsten Lächeln aller Zeiten, erschien auf der Schwelle.

»Mr Paget«, sagte er und streckte die Hand aus, »darf ich Ihnen als Erster gratulieren?«

Giles wusste nicht, wie ihm geschah, er wurde rot und sah verlegen zu Isopel.

»Woher können Sie denn wissen –«, begann er. Aber Mr Barber war noch nicht fertig. »Mein Junge, ich habe den

Beweis – den unwiderlegbaren Beweis. Er ist echt. Ich werde gern den Verkauf mit Ihnen vorbereiten.«

Erst jetzt begriff Giles, dass er falsch verstanden hatte und dass Mr Barber nicht von der allerwichtigsten Sache sprach, die ihn ganz und gar erfüllte.

Isopel hakte sich bei ihm ein. »Es geht um das Bild, Liebling«, flüsterte sie.

»Selbstverständlich rede ich von dem Bild«, sagte Mr Barber pikiert. »Kommen Sie und sehen Sie selbst.« Er eilte geschäftig aus dem Zimmer und führte sie ins kühle Wohnzimmer auf der anderen Seite des Hauses.

Das Gemälde hing über dem Kaminsims: eine längst verstorbene Mistress Paget, die sie mit einfältiger Liebenswürdigkeit aus ihrem gewaltigen Goldrahmen herab anlächelte. Um ihr goldenes Haar war ein durchscheinender Schal geschlungen, und mit zarter Hand liebkoste sie ein kleines weißes Hündchen, das sich in die Falten ihres austernfarbigen Gewandes kuschelte.

Mr Barber war sichtlich aufgeregt. »Auf den ersten Blick hatte ich mir gesagt: ›Das ist meine große Stunde. Hier ist ein unentdeckter Romney, einer der besten, die ich je gesehen habe.‹ Ich muss unverzüglich Mr Lobbett sprechen und ihm Bericht erstatten. Ich fürchte meine Cotmans werden neben diesem Meister völlig verblassen.«

»Also bitte«, gelang es Giles einzuwerfen, als Mr Barber Atem holen musste, »das ist ja alles schön und gut, aber Sie scheinen nicht zu verstehen. Wir können uns jetzt nicht mit solchen Kleinigkeiten abgeben. Es scheint, dass Sie die Tatsache nicht begriffen haben, dass Mr Lobbett verschwunden ist. Es ist ganz ausgeschlossen, dass wir etwas unternehmen, bevor er gefunden ist.«

»Verschwunden?«, sagte Mr Barber, dem offenbar jetzt erst dämmerte, was los war.

»Ja«, sagte Giles irritiert. »Und seine blutbefleckten Kleider wurden gestern in einem Tümpel gefunden.«

Mr Barber reagierte außergewöhnlich heftig. Er riss den Mund auf, seine Augen traten hervor, und er sank auf die Kante eines Stuhls, als würden ihm seine Füße den Dienst versagen.

»Ich hatte Ihnen nicht geglaubt«, sagte er frei heraus. »Ich dachte, dass Sie sich einen Scherz mit mir erlauben. So viele Leute fürchten sich vor jemandem, der ihnen ein Bild verkaufen will. Ich dachte, Mr Lobbett wäre zu einem Besuch unterwegs. Als Mr Campion und der junge Lobbett mir in London entwischt sind, scherzten sie. Campion macht doch oft Witze. Das ist ja schrecklich – schrecklich! Wo ist die Polizei?«

Giles zögerte und sagte dann steif: »Wir haben befunden, dass die im Moment nicht von Nutzen ist.«

Mr Barber hob die Augenbrauen. »Aha, ich verstehe, Sie wissen also, wo er ist?«, fragte er. »Sie waren also der Meinung, dass es das Beste für ihn wäre, für eine kurze Zeit zu verschwinden?«

»Unsinn«, sagte Giles. »Aber der beste – ehm – Privatdetektiv der Welt ermittelt für uns.«

Mr Barber war nach wie vor ganz durcheinander. »Verstehe«, sagte er. »Aber für wen arbeite ich dann unter diesen Umständen? Ich meine«, fügte er etwas hilflos hinzu, »was soll ich jetzt hier?«

Der umgängliche, gutmütige Giles empfand Mitleid. »Ach, da machen Sie sich mal keine Gedanken«, sagte er freundlich. »Am besten fahren Sie morgen in die Stadt zurück und schicken mir eine Aufstellung ihrer Auslagen zu.«

»Aber der Romney?«, sagte Mr Barber mit sich überschlagender Stimme.

Wie Giles so stolz und fest unter dem Bild stand, mit zusammengezogenen Augenbrauen, sah man förmlich die lange Ahnenreihe unabhängiger Gutsbesitzer hinter ihm. »Es hat die letzten hundert Jahre hier gehangen, und es kann, wenn nötig, noch ein Jahr oder länger hier bleiben«, sagte er. »Ich habe Ihnen bereits zu verstehen gegeben, dass ich mich damit jetzt nicht abgeben kann.«

»Aber es ist ein Vermögen wert«, erwiderte Mr Barber.

»Mir ist egal, was es wert ist«, sagte Giles stur. »Ich werde auf jeden Fall warten müssen, bis all das geklärt ist, bevor ich an irgendetwas anderes denken kann. Ich werde Ihnen dann schreiben. Einverstanden?«

Es war ganz offensichtlich, dass Mr Barber das Gefühl hatte, mit einem Verrückten zu tun zu haben. »Verzeihen Sie bitte meine Hartnäckigkeit«, sagte er würdevoll, »aber der Auftrag. Gestatten Sie mir bitte, das Bild zu übernehmen –«

»Kommt überhaupt nicht in Frage«, sagte Giles, jetzt wieder verärgert.

»Dann lassen Sie mich noch mehr Aufnahmen machen. Es gibt so viele Leute, die es interessieren wird.« Der Experte schlug einen flehentlichen Tonfall an. »Ich kann den Markt vorbereiten. Das werden Sie mir doch gewiss nicht untersagen?«

»Ach, machen Sie, was Sie wollen«, sagte Giles, »nur lassen Sie das Bild hängen.«

Er nahm Isopel beim Arm und führte sie aus dem Zimmer. In der Tür stießen sie auf Marlowe. Sein dunkles hübsches Gesicht war noch ernster als sonst.

»Wo ist Biddy?«, fragte er.

»Sie ist drüben im Verwalterhaus«, sagte Giles. »Kann ich irgendwie helfen?«

»Nein. Geht schon in Ordnung.« Marlowe verweilte

nicht, sondern eilte weiter und ließ sie zurück: den jungen Mann Arm in Arm mit Isopel, und Mr Barber vor dem Romney stehend, breitbeinig auf seinen plumpen Füßen, die Hände hinter dem Rücken verschränkt, einen Ausdruck verzückter, fast abgöttischer Bewunderung auf dem Gesicht.

Fünfzehn Minuten später konnte man Marlowe durch den Park streifen sehen, wo er auf Mr Campion stieß. Der blasse, einfältig dreinblickende junge Mann kam in Gedanken versunken daher, elegisch vor sich hinpfeifend.

»Hallo«, sagte er freundlich. »Mir ist gerade was durch den Sinn gegangen. Hören Sie mal –

Sir Barnaby Rowbotham sprach
Einst sterbend in seinem Gemach
Der Albert Memorial Schrein
Der soll meine Grabstätte sein
Lebt wohl, bis zum Jüngsten Tach.

So was kann einen doch aufrichten. Auf die Botschaft kommt's an.«

Marlowe schien nichts gehört zu haben. »Haben Sie vielleicht Biddy gesehen?«, fragte er.

Mr Campion wirkte verletzt. »Kein Sinn für höhere Werte«, murmelte er. »Nein, ich habe im Dorf herumgeschnüffelt, und ich glaube, dass ich auf etwas gestoßen bin.« Er hielt inne. »Sie hören mir nicht zu«, sagte er vorwurfsvoll.

»Nein«, sagte Marlowe. »Tut mir Leid, Campion, und ich will wirklich kein Theater machen, aber ich kann Biddy nirgends finden. Sie ist weg.«

»Weg?«

Marlowe blickte auf und sah, dass Campion ihn anstarrte. Sein leeres Gesicht war nicht wiederzuerkennen, so verdutzt und skeptisch sah er drein.

»Das gibt's doch nicht«, sagte er schließlich. »Wie lange suchen Sie sie schon?«

»Den ganzen Morgen«, sagte Marlowe. »Sie hat nämlich versprochen, sich mit mir zu treffen«, fuhr er mit vor Verlegenheit rauer Stimme fort. »Wir wollten zur Saddleback Bucht runtergehen. Aber ich glaube nicht, dass es sich nur um eine Laune handelt. So ein Mädchen ist sie nicht.«

Mr Campion warf ihm einen kurzen Blick zu. »Nein«, sagte er ruhig und schwieg.

»Aber sie ist weg. Ich war wirklich überall. Ich habe jeden gefragt. Sie ist den ganzen Morgen nicht gesehen worden. Cuddy sagt, dass sie sie zuletzt nach dem Frühstück gesehen hat, als sie ins Wohnzimmer ging, um Briefe zuschreiben.«

»Briefe?« Campion fuhr bei diesem Wort herum. Hinter seinen Brillengläsern waren seine blassen Augen schmal und hart geworden. »Sind Sie sicher?«, sagte er und seine Stimme klang ernster, als Marlowe sie je gehört hatte.

»Ja, natürlich«, fuhr er fort. »Cuddy sagt, dass sie nach dem Frühstück geradewegs zu ihrem Schreibtisch gegangen ist. Warum –«

»Los, kommen Sie!«, sagte Mr Campion. Er rannte bereits in Richtung Dorf.

»Sollte erschossen werden!«, sagte er atemlos zu Marlowe, während sie zusammen über den glitschigen Rasen jagten. »Hätte nie gedacht, dass sie so schnell handeln. Bin zurückgekommen, um einen Rat abzuhalten. Hab' mir etwas Zeit gelassen.«

Als sie das Parktor erreichten, hielt er an.

»Ich denke, wir sollten kurz ins Verwalterhaus reinschauen, nur um sicherzugehen, dass wir uns nicht lächerlich machen«, sagte er. »Cuddy könnte sich vertan haben. Das sieht äußerst übel aus, Marlowe.«

Sie eilten über die Dorfwiese und ins Verwalterhaus hinein, wo sie in der Halle auf Cuddy stießen. Die alte Frau war ganz rot im Gesicht und sehr ärgerlich.

»Haben Sie Miss Biddy gesehen, Sir«, sagte sie an Campion gerichtet. »Sie wollte um zwölf Uhr in der Küche sein und mir beim Fladen backen helfen. Und nun warte ich hier schon eine ganze Dreiviertelstunde, und mein Teig verdirbt. Ich glaube, ich werde besser alleine loslegen.«

Die dunkle Ahnung in Mr Campions blassen Augen vertiefte sich.

»Ich bin selbst dabei, Biddy zu suchen, Cuddy«, sagte er. »Wann hast du sie zuletzt gesehen?« Marlowe war schon ins Wohnzimmer weitergegangen, und die alte Frau sah ihm nach.

»Ich hab's Mr Lobbett schon gesagt«, sagte sie, »nicht mehr seit nach dem Frühstück.« Ihre flinken Augen erfassten Campions Gemütszustand, und sie trat dichter zu ihm heran. »Sieht aus, als ob Sie keine Chance nicht hätten«, sagte sie, die Stimme vertraulich senkend. »Sie müssen bisschen ernster sein. Man weiß nie, was den Mädchen gefällt.«

Campion lächelte nicht. »Der Beste wird siegen, Cuddy«, sagte er mit spürbarem Ernst.

»Ja, und ich fürchte, das wird *er* sein«, sagte sie. »Wenn sie Biddy treffen, sagen Sie ihr, dass ich nicht mehr länger warten konnte.«

Sie huschte davon, und Campion eilte zu Marlowe.

»Sie muss hier geschrieben haben«, sagte er. »Sehen Sie!« Er zeigte auf das offene Tintenfass, das herumliegende Briefpapier und das leere Briefmarkenbuch, das auf der polierten Tischplatte lag. »Da haben wir's!« sagte er. »Campion, falls diesem Mädchen irgendetwas passiert, werde ich zum Mörder.«

»So ist's recht«, sagte Mr Campion. »Kommen Sie.«

17
Herr mit Fahrrad

Die Innenausstattung von Mr Kettles Laden, der gleichzeitig das Postamt von Mystery Mile war, war bemerkenswert. Diese spezielle Mischung aus Überfülle und Enge findet man nur in englischen Dorf-Kramläden. Der kleine, niedrige Raum, in den die Kunden vom Vorgartenweg hinabsteigen mussten, war kaum drei Quadratmeter groß.

Der lange Ladentisch teilte den Raum in zwei Hälften, und das übliche Sortiment aus Speck, Haushaltswaren, Süßigkeiten, Fliegenpapier, Brot und Lebensmitteln aller Art verteilte sich vom Boden bis zur Decke gestapelt ohne jegliches Ordnungsprinzip über den Raum.

Am einen Ende des Ladentischs befand sich das Postamt hinter einem Drahtgitterverschlag, der mit Gebührenordnungen und Vordrucken für Rentenanträge geziert war.

Eine offen stehende Tür hinten im Laden erlaubte einen Blick auf einen kleinen ordentlichen Raum mit einer äußerst unschönen graugrünen Tapete, zwei Gummibäumen und einem weißen Plastikpferd, das man beim Kauf von Whisky als Werbegeschenk erhielt.

Durch eben diese Tür erschien Mr Kettle, als Campion und Marlowe in den Laden hinabstiegen.

Die Veränderung, die mit ihm vorgegangen war, fiel sofort ins Auge.

Seine Blässe war noch auffallender als zuvor, und in seinen fahlen Augen lag ein leicht verschlagener, nervöser Blick. »Was kann ich für Sie tun, meine Herren?«, sagte er mit deutlicher Beunruhigung in der Stimme. Marlowe beugte sich über den Ladentisch, wurde aber durch eine Berührung an seinem Arm zurückgehalten.

»Miss Paget glaubt, dass sie ihre Geldbörse hier vergessen hat, Mr Kettle«, sagte Mr Campion freundlich. »Das müsste hier wohl alles beiseite geräumt werden« – er wies mit der Hand auf das bunte Durcheinander, das ihn umgab und faselte dann weiter: »Wo ist denn der Notausgang, falls es brennt? Höchst gefährlich all dieser Krempel hier. Also, wo ist die Geldbörse?«

»Sie hat nichts vergessen hier, Sir«, sagte Mr Kettle bestimmt.

»Bestens!«, sagte Campion mit plötzlichem Eifer. »Jetzt wissen wir Bescheid. Ist sie noch hier?«

Mr Kettle sah ihn nicht an, und Marlowe fiel auf einmal auf, dass er schrecklich schielte. Er stand bewegungslos da und hatte seine großen schlaffen Hände auf dem Ladentisch ausgebreitet. Campion neigte sich etwas näher zu ihm und wiederholte sanft seine Frage.

»Ist sie noch hier?«

Ein dünner Speichelfaden rann aus Mr Kettles Mundwinkel, und Marlowe, der bislang überhaupt nichts begriffen hatte, bemerkte mit Entsetzen, dass der Mann wie gelähmt war vor panischer Angst. Der Anblick war ihm zuwider, aber Campion schien weniger beeindruckt.

»Seien Sie kein Dummkopf, Kettle«, sagte er barsch. »Wir können Sie ohne weiteres der Polizei übergeben. Ersparen Sie uns doch den Aufwand, und bringen Sie uns sofort zu Miss Paget.«

Die Wirkung, die diese Drohung auf den Mann hatte, war genauso bemerkenswert, wie sein eben gezeigtes Entsetzen. Er wich mit einem ärgerlichen Laut, einem Mittelding zwischen Knurren und Schluckauf, von ihnen zurück.

Seine Angst war einer eigenartig rachsüchtigen Befriedigung gewichen.

»Nur zu! Holen Sie die Polizei!«, sagte er mit unerwarteter Heftigkeit. »Durchsuchen Sie das Haus! Krempeln Sie mein Laden um. Stecken Sie Ihre Nase in jedes Loch und in jede Ecke. Und wenn Sie damit fertig sind, werd ich die Polizei was zu sagen haben. Wo ist Mr Lobbett, hä? Wer hat dem Pfarrer sein Selbstmord vertuscht? Warum haben Sie die Kleider nicht die Polizei gezeigt? Sie werden sich hüten, die Polizei herzubringen! Sie ...!«

Schließlich war der Ausbruch beendet, und ein verwandelter Mr Kettle stand ihnen gegenüber und starrte sie zornig über den abgenutzten Ladentisch hinweg an. Vorbei und vergessen war seine Unterwürfigkeit.

Mr Campion schien völlig ungerührt. Die Hände in den Taschen stand er da und blickte noch etwas dümmer drein als sonst. »Es handelt sich nicht um die Polizei von Heronhoe«, sagte er. »Ich nehme an, dass sich die County-Polizei für die Sache interessieren wird.«

Mr Kettle blieb weiterhin unbeeindruckt. »Ich mach mir wegen keine Polizei Sorgen«, sagte er. »Ich hab hier nichts zu verbergen.«

»Gut!«, sagte Campion. »Jetzt verstehen wir uns besser als je zuvor.« Seine nächste Bemerkung machte er anscheinend ganz beiläufig. »Sie verkaufen Kekse, wie ich sehe, Mr Kettle?«

Marlowe warf seinem Freund einen fragenden Blick zu, stellte aber nur fest, dass dieser den Postmeister unverwandt ansah. Auf die dritte Verwandlung Kettles war der junge Amerikaner nicht gefasst: Der panische Schrecken kehrte zurück, und er sah den blassen jungen Mann vor sich völlig entgeistert an. »Ganz ruhig bleiben!«, sagte Mr Campion besänftigend. »Da kommt eine nette alte Dame den Pfad entlang, Kettle. Nehmen Sie sich zusammen. Sie will gewiss bedient werden. Keine Frau, die etwas auf sich hält, wird Ihnen eine Briefmarke abkaufen, wenn Sie derartig schielen.«

Kaum hatte er zu Ende geredet, als Alice Broom in den Laden rauschte. Sie nickte den beiden jungen Männern zu. »Soda, bitte, Mr Kettle«, sagte sie. »Schön nach dem Regen, nicht wahr? Wie geht's Ihre arme Füße heute?« Offenbar war sie in gesprächiger Stimmung, und Campion schien ihr entgegenkommen zu wollen.

»Ich habe grade zu Mr Kettle gesagt, dass er gar nicht besonders blühend aussieht«, sagte er. »Finden Sie nicht auch, Alice? Aufregung ist doch wirklich nicht gesund.«

»Ich kann mir nicht vorstellen, was der hier unten Aufregendes erleben soll«, sagte sie. »Ich hab aber ein Hühnchen mit ihm zu rupfen«, fiel ihr plötzlich wieder ein. »Ich hab gestern Abend nach eine Schachtel fragen lassen, wo drin ich meine Plätzchen aufheben kann. Er hat mir keine nicht geben wollen. Und heut Morgen seh ich ihn eine Kiste nach der andern in den Keks-Lieferwagen laden.«

Campion wandte sich an Marlowe. »Da sehen Sie eine weitere altenglische Sitte«, sagte er. »Kekse gibt es bei uns in Kisten.«

Alice schüttelte den Kopf. »Er macht sich ein Spaß mit Sie, Sir«, sagte sie. »Kekse sind in Dosen. Ja, Kekse sind in Dosen.« Sie wiederholte den Satz mit einer gewissen Genugtuung und watschelte, mit einem freundlichen ›Schönen Tag noch, meine Herren‹ aus dem Laden.

Campion sagte strahlend zu Mr Kettle: »Kekse sind in Dosen. Und die leeren Kisten lässt Mr Kettle zurückgehen. Das ist sehr interessant. Es würde mich nicht wundern, wenn man dafür einen extra Lieferwagen aus London geschickt hätte!«

Mr Kettle befeuchtete seine Lippen. »Ich weiß nicht, was Sie gehört haben –«, begann er verzweifelt.

Campion grinste. »Unser guter Albert hat nichts gehört – er hat was gesehen«, sagte er. »Wie wär's, wenn wir in dieses geschmackvolle kleine Zimmer da hinten gehen würden, um die ganze Sache friedlich und ohne lästige Störungen zu klären?«

Mr Kettle rührte sich nicht, protestierte aber auch nicht, als Marlowe die Ladentischklappe zurückschlug und die zwei jungen Männer ins Hinterzimmer gingen.

»Kommen Sie rein«, sagte Campion höflich und hielt ihm die Tür auf.

Der Postmeister folgte ihm wortlos. Campion schloss die Tür hinter ihm und stellte einen Stuhl bereit. »Die Fenster lassen sich wohl nicht öffnen«, stellte er fest. »So ein Pech, Kettle. Sonst hätte sich der Chloroformgeruch längst verflüchtigt. Wie die Dinge liegen, wird er noch tagelang hier drin hängen.«

Kettle sagte nichts, und Campions Gesichtsausdruck veränderte sich.

Er beugte sich vor.

»Wenn sie verletzt wurde, Kettle, dann verstoße ich gegen meine Prinzipien und bringe Sie um! Los, Sie Untier, erzählen Sie uns alles.«

Mr Kettle saß auf der Kante seines Stuhls, die großen Hände auf dem Tisch ausgebreitet, und sah weder rechts noch links.

»Wird's bald«, sagte Campion. »Wir wissen fast alles. Raus damit!«

Immer noch schwieg Mr Kettle, sein Mund zuckte. Marlowe trat einen Schritt vor. »Sie werden jetzt auf der Stelle reden«, sagte er, »oder ich stampf Sie zu Mus.«

»Nicht nötig«, meinte Campion. »Sehen Sie ihn doch an!

Ich werde also die ganze Geschichte noch mal aufrollen, Kettle. Gehen wir zum Anfang zurück. Ein paar Kleidungsstücke gerieten in Ihre Hände, und Sie wollten ganz schlau sein. Das waren Sie auch – bei Gott! – das waren Sie. So verteufelt schlau, dass Sie sich nicht nur uns, sondern auch Ihre eigenen dreckigen Auftraggeber auf den Hals gehetzt haben. Ich habe Ihnen ja viel Dummheit zugetraut, aber dass Sie so dumm sein würden, Ihren eigenen Leuten davon zu erzählen, hätte ich nicht gedacht.« Er wandte sich an Marlowe. »Deshalb habe ich mich in der Zeit verschätzt. Sie haben also den Befehl gekriegt«, sagte er wieder an sein Opfer gerichtet, »den Erstbesten von uns, der in Ihren Laden kommt, zu entführen, Sie und Ihre hinreißende Tochter mussten die Person chloroformieren, und ich nehme an, was dann folgte, war ganz einfach.«

Dem verwunderten Gesichtsausdruck des Postmeisters konnte man entnehmen, dass Campion bis dahin der Wahrheit sehr nahe gekommen war.

»Nachdem Sie also Biddy gefangen hatten«, fuhr Campion fort, »haben Sie zweifelsohne per Telefon eine ganz unverfängliche Meldung nach Heronhoe durchgegeben, oder dorthin, wo der Lieferwagen bereitstand, und schon kam der einzige Wagen, den die Polizei am Stroud nicht kontrollieren würde – ein unverdächtiger Lieferwagen. Sie luden die Kisten ein, und in einer davon befand sich das arme Kind. Also, wo haben sie sie hingeschafft?«

Er hatte seine Brille abgenommen, und als er sich über den Tisch zu dem zitternden Mann hinüberbeugte, blickten seine blassen Augen klar und hart.

Mr Kettle gab einen unartikulierten Laut von sich; sein Mund stand offen.

»Wenn die herausfinden, dass Sie das alles wissen, werden die mich umbringen«, sabbelte er schließlich. »Oh, Mr

Campion, Sir« – er katzbuckelte am Tisch herum, seine Hände krallten sich ins Tischtuch – »sie dürfen es nie erfahren – sie dürfen es nie erfahren!«

»Wo haben sie sie hingeschafft?«, wiederholte Campion.

»Ich weiß es nicht.« Mr Kettle war den Tränen nah, an seiner Aufrichtigkeit war nicht zu zweifeln. »Ich hab kein von denen jemals geseh'n. Ich hab meine Anweisungen durchs Telefon gekriegt, verschlüsselt. Ich hätt's nicht getan, wenn ich nicht gemusst hätte – wirklich nicht. Ich konnte nicht anders – ich musste ihnen gehorchen.«

Mr Campion erhob sich vom Tisch, auf dem er gesessen hatte.

»Ich glaube ihm«, sagte er finster. »Ich denke, wenn wir ihn seinen unerfreulichen Kameraden überlassen, ist das Strafe genug.«

»Ich würd's Ihnen sagen«, winselte Mr Kettle. »Alles würd ich Ihnen sagen, wenn ich nur was wüsste.«

»Das glaube ich Ihnen gern«, sagte Campion verächtlich. »Ich fürchte, es besteht kein Zweifel daran, dass man sie völlig im Dunkeln gelassen hat. So blöd sind die nicht, dass sie sich die Typen nicht genau ansehen, die sie für sich arbeiten lassen. Kommen Sie, Marlowe. Der wird seinen Mund halten, in seinem eigenen Interesse.«

Als sie über die Dorfwiese eilten, sah Marlowe seinen Gefährten neugierig an. »Wie viel haben Sie von dieser Geschichte schon gewusst, als wir in Kettles Laden gingen?«, fragte er.

Campion runzelte die Stirn. »Nicht so viel, wie ich eigentlich hätte wissen müssen«, sagte er bitter. »Und da fehlt mir immer noch ein Glied in der Kette. Ich habe Ihnen ja gesagt, dass ich aus dem Konzept geraten war, weil ich Mr Kettles bodenlosen Schwachsinn unterschätzt hatte. Sie konnten unmöglich so bald nach der Entdeckung der Kleider loslegen, wenn sie nicht zur gleichen Zeit wie wir davon gehört hatten. Und das war nur möglich, wenn unser Freund Kettle es ihnen erzählte. Da er sich aber so dämlich angestellt hat, hätte ich nicht im Traum geglaubt, dass er das tun würde. Aber er hat es getan, und so wie der aussieht, kann man davon ausgehen, dass sie ihm die Hölle heiß gemacht haben.«

»Dann hat also Kettle die Kleider präpariert?«

»Zweifellos. Wenn auch nur der Teufel weiß, wie er an sie gekommen ist. Im Moment geht's aber nur um Biddy«, fuhr er plötzlich fort und hob den Kopf. »Wir müssen sie zurückbekommen, dann können wir loslegen.«

»Ich bin dabei«, sagte Marlowe mit Überzeugung. »Was werden Sie unternehmen?«

Campion zuckte ungehalten mit den Schultern. »Weiß der Himmel«, sagte er. »Der alte Denkapparat scheint seinen Geist völlig aufgegeben zu haben.«

Sie gingen schweigend weiter. Als sie durch die offen stehende Wintergartentür ins Haus traten, hörten sie Mrs Whybrows erhobene Stimme, hoch und misstrauisch. Sie redete mit jemandem in der Haupthalle.

»Mr Campion? Weiß nicht, ob der da ist, aber sie können Ihren Namen hier lassen, wenn Sie wollen. Wer sind Sie? Was soll ich melden?«

Eine muntere, unangenehme Stimme antwortete in unglaublich selbstsicherem Cockney:

»Sag'n Sie kein Namen. Geh'n Sie zu ihm und flüstern Sie ihm ganz sachte in sein Ohr: ›Herr mit Fahrrad‹.«

18
Der unausstehliche Thos

Mr Campion blieb einen Moment ganz still im Vorraum stehen und lauschte.

»Wer ist das?«

Mr Campion nahm seine Brille ab und putzte sie mit einem geschmackvollen seidenen Taschentuch. »Das, mein bedauernswerter Freund«, sagte er düster, »ist der unausstehliche Thos. Thos T. Knapp. T. bedeutet ›Tick‹.«

»Wenn das man nicht mein alter Kumpel Bertie ist!«, sagte die Stimme deutlich näher. »Ich hab dich draußen flöten hören, mein Täubchen.«

Mit den letzten Worten erschien Mr Thos Knapp selbst in der Tür und blickte mit blitzenden, stechenden Spatzenaugen zu ihnen hinüber. Er war ein etwas klein geratener junger Mann mit einer gebrochenen Stubsnase, und er strahlte eine durch nichts zu erschütternde Munterkeit aus. Seine Kleidung machte der White Chapel Road alle Ehre: Hervorragend geschneiderte Stücke, bestehend aus einem Anzug in einem zarten Rotton, der dazugehörigen todschicken Krawatte aus Changeant-Seide, die ein Mann mit krankhafter Fantasie entworfen haben musste, und das Ganze wurde hübsch ergänzt durch ein Paar leuchtend gelbe Schuhe, die unglaublich lang und schmal waren.

Mr Campion betrachtete ihn. »Ist er nicht ein hübsches Kerlchen?«, sagte er freundlich.

Mr Knapp zog seinen großen, weichen, flachen Lederdeckel und lächelte Marlowe zu, wobei er ein erstaunliches Sortiment an Zähnen entblößte.

»Oller Schlaukopf, was?«, sagte er gut gelaunt mit einer schwungvollen Kopfbewegung Richtung Campion. »Freut mich echt, Sie kennen zu lernen. Also, Bertie, ich bin gekommen, um mich ein bisschen ganz privat mit dir zu unterhalten. Hübsches Häuschen hier. War ganz schön schwer zu finden mit meinem Fahrrad. Ich hab's draußen gelassen. Ist doch wohl unproblematisch hier? Ich musste das Rad leider in Ipswich klauen, sonst wär ich hier nie gelandet. Wunderbar ruhig hier. Ich musste es nicht mal umstreichen. Ich hatte schon oft das dumpfe Gefühl, dass wir in so 'ner Gegend mal 'n gemeinsames Ding starten könnten, Bertie.«

»Woher wusstest du, dass ich hier bin?«, fragte Campion. »Tja!« Mr Knapp legte seinen Kopf schief und drückte sich übertrieben vorsichtig aus. »Es ist dir vielleicht bekannt, Bertie, dass ich hin und wieder ein paar Informationen aufschnappe.« Er warf einen fragenden Blick auf Marlowe.

Campion nickte. »Das geht in Ordnung«, sagte er. »Einer von uns.«

»Ach wirklich?« Mr Knapp schüttelte Marlowe erneut die Hand.

»Von der amerikanischen Seite«, erklärte Campion beiläufig. »Aber ich wollte eigentlich wissen, wie du mich hier gefunden hast.«

»Sachte, sachte, nicht so hastig«, sagte Mr Knapp schelmisch. »Tatsache ist, dass Magersfontain Lugg mich auf dich angesetzt hat. Und er hat gut daran getan. Ich hab was, was dich interessieren wird, Bertie.«

Campion schüttelte den Kopf. »Tut mir Leid, Knappy«, sagte er, »aber mich interessiert prinzipiell nichts, was nicht unmittelbar mit dem Fall zu tun hat, den ich grade bearbeite.«

»Na schön!«, sagte Mr Knapp beleidigt. »Na schön! Bisschen voreilig? Bisschen sehr voreilig? Was glaubst 'n, warum ich hierher gekommen bin? Zwanzig Kilometer auf so 'nem dämlichen Fahrrad. Seid ihr Antialkoholiker in dem Haus hier?«

Marlowe grinste. »Bringen Sie ihn ins Arbeitszimmer«, sagte er. »Er soll sein Bier bekommen.« Er ging aus dem Zimmer, und Mr Knapp sah ihm anerkennend nach.

»Mit dem lässt sich's sicher gut arbeiten, wie ich das sehe«, sagte er. »Du hast doch Tatsache immer Glück, Bertie. Hübsches Haus, nette Leute, Essen und Getränke frei. Hat weniger was damit zu tun, dass du schlau bist. Ist einfach Glückssache, nichts weiter.«

»Nun hör mal zu«, sagte Campion. »Raus damit. Was für eine Information hast du? Und denk daran, wenn sich's wieder um einen von deinen faulen Rubinstein-Tricks handelt, schmeiß ich dich raus, das hab ich dir oft genug gesagt. So was interessiert mich nicht, klar?«

»Schon gut«, sagte Mr Knapp. »Ganz zufällig ist mir allerdings was zu Ohren gekommen, was direkt mit dir und diesem Fall Lobbett zu tun hat, also hab ich mir die Mühe gemacht, dich aufzusuchen.«

Im Nu war Mr Campions Interesse voll und ganz erweckt. »Moment mal«, sagte er. »Das hört sich schon ganz anders an.«

»Sag ich doch«, sagte Mr Knapp. »Wir zwei haben doch früher zusammengearbeitet, Bertie. Wir sind doch vom gleichen Kaliber. Wir versteh'n uns gegenseitig.«

Mr Campion ging nicht darauf ein, und in dem Moment lenkte Marlowes Stimme, die vom andern Ende des Flurs herüberschallte, Mr Knapp dermaßen ab, dass er nicht mehr ansprechbar war, bis er mit seinem Bierglas an dem schweren Eichentisch in der Bibliothek saß.

»Das tut gut«, sagte er und wischte sich den Mund. »Wenn ich sterbe, Bertie, nicht vergessen – Hopfenkränze! Nun zur Sache, ich will euch ja nicht aufhalten. Du kennst meine Bedingungen, alter Kumpel.«

Er nickte Campion zu, der ihm bedeutete fortzufahren.

»Denn man los, ich werd mich zwar hüten, vor Fremden meine Methoden auszubreiten« – er zwinkerte Campion zu – »aber gestern konnt ich rein zufällig 'ne interessante Unterhaltung mithör'n.«

»Am Telefon?«, sagte Campion.

»Ja doch! Privatleitung schien mir ganz nützlich. Hat aber bislang wenig gebracht – ist erst vor kurzem installiert worden. Da hab ich also Folgendes gehört – in groben Zügen versteht sich.« Er hielt inne und zog ein kleines schäbiges Notizbuch hervor. »Ich hab's mittendrin erwischt, der Anfang ist mir also entgangen. Zwei Stimmen waren's, eine äußerst sanft und glatt, und die andere klang verstellt. Vorgetäuschter ausländischer Akzent, würd ich sagen. Letztere war wohl der Boss. ›Was‹, sagt er, ›der Typ ist ein Idiot – schaff ihn beiseite. Wer hat die Klamotten geschickt?‹ Dann sagt der andere Heini: ›'ne Nachricht war nicht dabei, wir haben nur die Handschrift von der Adresse.‹ Dann sagt der Boss: ›Na, das ist ja dann euer Mann.‹«

Mr Knapp sah auf. »Damit konnt ich nichts anfangen«, fuhr er fort. »Aber dann sagt der Boss ganz plötzlich: ›Wer ist'n dieser Albert Campion?‹ und der andere Heini sagt: ›Das werd ich rausfinden.‹ Da war ich natürlich ganz Ohr, aber viel mehr haben die dann auch nicht gesagt. Nur der Boss sagt dann noch: ›Wenn's die Handschrift von dem Mädchen war, schaff sie ran und dreh sie durch die Mangel. Das wird sich ja wohl machen lassen. Die muss was wissen. Sowie dir was zu Ohren kommt, kontaktier mich auf dem üblichen Weg‹, sagt die Stimme. Dann legt er auf.«

Marlowe sah Campion an, aber dessen Augen lagen hinter seinen Brillengläsern verborgen, und sein Gesicht war ausdruckslos. »Sag mal, Thos, wo hast du das alles gehört?«

Mr Knapp schüttelte den Kopf und wandte sich an Marlowe. »Ist er nicht raffiniert?«, sagte er. »Ich muss erst mal wissen, wie interessiert du an dem Ganzen bist, bevor ich ins Detail gehe. Na, wie sieht's aus?«

Campion seufzte. »Thos, du bringst mich in Verlegenheit«, sagte er. »Wie viel willst du?«

Mr Knapp erhob sich. »Pass mal auf«, sagte er, »ich werd auch anständig sein. Wir tun uns zusammen. Ich kann ein prima Kumpel sein, wenn ich will. Ich hab schon oft wieder mit dir zusammenarbeiten wollen, Bertie«, fuhr er etwas bekümmert fort. »Erinnerst du dich –?«

Mr Campion hüstelte. »Lassen wir das mal lieber«, sagte er. »Eins muss ich dir klar machen: Wenn du nicht weißt, von wo diese Leute gesprochen haben, bringt uns die Information nichts Neues.«

»Moment«, sagte Mr Knapp. »Moment. Genau das ist mir bekannt. Und ich mach dir ein korrektes Angebot – nur weil ich dich so gut kenne. Wir tun uns zusammen. Wenn wir Erfolg haben, drückst du was ab – und zwar nicht zu knapp. Einverstanden?«

»Na schön«, sagte Mr Campion. »Aber was glaubst du denn, haben wir vor?«

Mr Knapp zögerte. »Hier red wohl nur ich«, sagte er. »Aber so, wie ich dich kenne, Bertie, werd ich wohl richtig liegen, wenn ich annehme, dass einem aus eurer kleinen Gesellschaft in Kürze eine äußerst unangenehme Zeit bevorsteht. Gibt's hier zufällig 'ne junge Frau?«

Marlowe sprach, bevor Campion ihn daran hindern konnte. »Tatsache ist«, sagte er, »dass Miss Paget bereits verschwunden ist.«

»He?«, sagte Mr Knapp und seine Augen zuckten. »Damit bist du also nicht rausgerückt, Bertie. Na gut, ich werd fair sein, auch wenn du's nicht bist. Fünfzig Pfund für die Adresse, und noch mal fünfzig, wenn wir das Mädchen wiederhaben. Dann helf ich dir im Namen der guten alten Zeiten. Hat mir mal mein verdammtes Leben gerettet«, fügte er mitteilungsfreudig an Marlowe gewandt hinzu. »Stopft mich in' Gully, bis die Gefahr vorüber war. Das hab ich nie vergessen. Also, was sagst du dazu, Bert?«

»Wo wir schon alle so geldgierig sind«, sagte Campion langsam, »werde ich dir statt der ersten fünfzig eine kleine Information geben, und die zweiten fünfzig gibt's, wenn wir das Mädchen haben.«

»Was für 'ne Information?«, sagte Mr Knapp misstrauisch.

»Eine kleine Fälschungsangelegenheit«, sagte Campion leichthin. »Ich glaube, du solltest es erfahren.«

Mr Knapp verlor seine ganze Munterkeit. »Einverstanden«, sagte er sanft. »Um was geht's? Da hängt mein Alter drin. Wird ihm das Herz brechen, wenn der Laden auffliegt.«

»Genau das«, sagte Campion verbindlich. »Du bist doch wohl der stolze Erbe?«

»Um was geht's?«, sagte Mr Knapp beharrlich.

»Sie beobachten das Gebäude. An deiner Stelle würde ich den Großvater dazu veranlassen, sich zu entfernen. Ätzdruckpressen sind äußerst verdächtig.«

»Woher soll ich wissen, dass du mich nicht anschmierst?«

»Du kannst gern abwarten und dich überraschen lassen«, sagte Campion. »Aber am Ende der Straße ist ein neuer Blumenverkäufer, und ein Invalide verbringt einen Großteil seiner Zeit im Rollstuhl auf dem Balkon des gegenüberliegenden Hauses.«

»Verstehe«, sagte Mr Knapp nachdenklich. »Verstehe. So ein Mist! Wer hätte das gedacht, nach all den Jahren!« Er schien tief in Gedanken versunken. Campion brachte ihn auf den Boden der Tatsachen zurück.

»Wie wär's jetzt mit der Adresse?«

»Beverley Gardens 32, Kensington W 8«, sagte er ohne zu zögern. »Nettes kleines Haus. Vornehme Gegend. Hab im Vorbeigehn 'nen Blick drauf geworfen. Drei Stockwerke überm Untergeschoss. Treppe zur Eingangstür. Leichtester Zugang übers Dach. Hab alles für dich aufgezeichnet. Auf dem Weg hierher hab ich für alle Fälle schon mal alles ausgearbeitet.«

Er entfaltete ein schmuddeliges Blatt Papier aus seinem Notizbuch. Die beiden anderen beugten sich darüber.

»Also das hier«, sagte er und tippte mit seinem unappetitlichen Zeigefinger auf eine Ansammlung von Hieroglyphen, »das ist die Übersicht über die Dächer. In dem Haus da hause ich. Es liegt sozusagen direkt an der Rückseite von Beverley Gardens. Wenn wir meine Wohnung zum Hauptquartier machen – ich wohne ganz oben –, ist es ein Kinderspiel über die Dächer zu flitzen. Die werden nicht dran denken, die Dächer zu beobachten, aber ich hab, als ich vorbeikam, 'n paar schwere Jungs gesehen, die das Haus bewachen, und ich wette, drin ist noch mal 'n halbes Dutzend von der Sorte. Geld spielt keine Rolle, hatte ich den Eindruck. Der Grundriss vom Haus ist mir auch bekannt«, fuhr er fort, »weil die ganze Reihe nach dem gleichen Schema gebaut ist, und das letzte steht leer. Ich hab's mal kurz überprüft, falls zufällig irgendwas zum Abschrauben dringeblieben wäre. Und hier ist dann eine Dachluke, genau das, was wir brauchen. Die führt in 'ne Art Abstellkammer – die kleinste von zwei Dachkammern. Hinter der Tür ist die Treppe, die bis ganz runter führt. Dann –«

Er wurde durch Giles unterbrochen, der seinen Kopf zur Tür hereinsteckte. »Ihr wisst doch wohl, dass das Mittagessen seit einer halben Stunde fertig ist?«, sagte er. »Wo ist Biddy? Ich dachte, sie ist bei Ihnen, Marlowe.«

Beim Anblick von Mr Knapp verstummte er. Campion winkte ihn ins Zimmer und schloss die Tür hinter ihm. »Hör zu, alter Junge«, sagte er, »wir müssen so schnell wie möglich nach London. Reg dich nicht auf, aber sie haben Biddy.«

Es dauerte eine Weile, bis Giles begriff. Campion erklärte ihm alles, was sie über ihr Verschwinden wussten, und nach und nach flammte Wut in den Augen des jungen Mannes auf.

»Verdammt noch mal, dafür wird jemand büßen müssen«, sagte er. »Ich werde den Hundesohn von Kettle zusammenschlagen, dass ihm Hören und Sehen vergeht.«

Campion runzelte die Stirn. »Mein lieber alter Vogel«, sagte er, »wir werden heute Abend die ganze Zorneskraft, die du aufbringen kannst, brauchen. Zuerst müssen wir sie zurückhaben. Unser Freund hier scheint sich in unserm Interesse etwas als Stadtvermesser betätigt zu haben. Übrigens« – er wandte sich an Knapp – »ich nehme an, du hast die erforderliche Ausrüstung organisiert, Taschenmesser und so weiter …«

Mr Knapp sah vielsagend drein. »Wofür hältst du mich?«, sagte er. »Ich hab den ganzen Krempel von meinem Onkel übernommen, als er eingebuchtet wurde. Wir brauchen« – er zählte die Posten an den Fingern ab – »ein paar Brecheisen, 'ne kleine Leiter und 'n halbes Dutzend Totschläger, ausgewählte Größen. 'Ne gute traditionelle Ausrüstung. Was mich übrigens wundert, Bert«, fuhr er plötzlich in verändertem Tonfall fort, »ist, dass die Typen jemanden entführen. Das ist absolut nicht ihre Branche.«

Campion fuhr zu ihm herum. »Und was, glaubst du, sind die?«

»Ich *weiß,* was die sind«, sagte der Besucher. »Ist 'ne neue Truppe – Erpressung, wenn du mich fragst. Ein Bursche ist Wahrsager – ein Kerl mit einem roten Bart.«

»Anthony Datchett.«

»Ach, so nennt der sich?« Mr Knapp war nicht beeindruckt. »Ich hab mich nur darüber gewundert, dass der sich überhaupt auf so 'ne Sache eingelassen hat. Sieht so aus, als würd er für irgendjemand arbeiten, so wie ich für dich arbeite.«

»Auf Anhieb beantwortet«, sagte Campion. »Was Intelligenz betrifft, scheinst du voranzukommen, Thos.«

»So ist's recht, schmeichel mir nur«, sagte Mr Knapp ungerührt.

»Warum haben sie ausgerechnet Biddy genommen?«, fuhr Giles erregt dazwischen. »Das verstehe ich nicht. Wir anderen waren doch auch alle da – warum gerade sie?«

»Ganz einfach«, sagte Knapp. »Ich hab's den Kumpels am Anfang erklärt. Sie hat ein Kleiderpaket mit der Post verschickt, an dem rumgemacht wurde. Und darüber wollten die genaueres erfahren, so scheint's.«

Die drei anderen tauschten Blicke aus.

»Kleider?«, sagte Giles. »Er muss die Kleider von Richter Lobbett meinen – der Anzug, den Kettle angeblich gefunden hat. Biddy hat die mit der Post weggeschickt?« Er ließ sich schwer in einen Sessel fallen und sah sie verwundert an.

»Ich lehne es strikt ab, mich mit dieser Frage zu befassen«, sagte Marlowe. »Erst müssen wir sie finden.«

19
Durch die Hintertür

Giles sorgte dafür, dass sich Mr Campions Kriegsrat stürmischer gestaltete als erwartet. Bis zu diesem Zeitpunkt hatte er die albtraumhaften Ereignisse der letzten paar Tage mit relativer Gelassenheit hingenommen, aber die jüngste Entwicklung war zu viel für ihn. Jeder Funke Starrköpfigkeit, der in ihm steckte, schien entfacht.

»Also hört mal«, sagte er, »es tut mir Leid, dass ich unhöflich sein muss, aber mir kommt es doch äußerst verdächtig vor, dass genau in dem Moment, wo meine Schwester verschwindet, dieser Mr Knapp auftaucht, mit einem bis ins Kleinste ausgearbeiteten Plan zu ihrer Befreiung. Woher sollen wir wissen, dass er nicht mit diesen Leuten unter einer Decke steckt?«

»Ruhig Blut, immer ruhig Blut«, sagte der Beschuldigte besänftigend. »Und unterbrich mich nicht, Bertie«, gab er Campion mit einer abwinkenden Handbewegung zu verstehen. »Der Herr da hat mir 'ne klare Frage gestellt; er verdient auch 'ne klare Antwort. Sieht vielleicht faul aus, das Ganze, aber ist es Tatsache nicht. Und warum? Ich werd's Ihnen sagen.« Er trat zu dem jungen Mann hinüber und packte ihn mit seinem etwas schmierigen Daumen und Zeigefinger beim Revers. »Magersfontain Lugg und ich war'n 'ne ganze Zeit Kumpels. Gemeinschaftliche Fesseln sozusagen.« Er zwinkerte Campion vielsagend zu. »Letzte Woche kommt der also zu mir und sagt: ›Unser Freund Bertie‹ – er arbeitet für Bertie, hält die Wohnung sauber und gibt ihr Atmosphäre – ›Unser Freund Bertie‹, sagte er, ›hat grade ’n äußerst unschönes Ding am Laufen. Er hat mir nichts verraten, aber du hast ja den Durchblick, also halt mal die Augen offen.‹ Hab ich denn auch gemacht.«

Er trat von Giles zurück und grinste, als sei er sich absolut sicher, dass er jeden Zweifel im Kopf des jungen Mannes ausgeräumt habe. Giles schien jedoch nicht überzeugt.

»Das ist ja alles schön und gut«, sagte er, »aber was konnten Sie schon groß machen?«

»Ach ja!« Mr Knapps Tonfall war vertraulicher denn je. »Sollte mich wohl besser vorstellen. Ich hab mal für den Staat gearbeitet, hab Telefone repariert. Dann hatten ich und der Postminister ’ne kleine Meinungsverschiedenheit. Ich hab mich dann ’n Weilchen vom öffentlichen Leben und Dienst zurückgezogen. Wie ich dann wieder rauskam, dacht ich mir, dass ich was mit meinen Fachkenntnissen anfangen sollte, und da konnt ich ’ne brauchbare kleine Leitung installieren. Sie werden’s kaum wissen, aber in ganz London gibt’s Hunderte von Privatleitungen, einige völlig korrekt, andere weniger.« Er hielt inne. »Ist der Groschen jetzt gefallen?«

»Nein«, sagte Giles.

Mr Knapp grinste Marlowe an und tippte sich bedeutungsvoll gegen die Stirn. »Da fehlt’s ’n bisschen«, bemerkte er liebenswürdig. »Also gut, ich werd konkret. Es ist kinderleicht, Leitungen anzuzapfen, wenn man sich auskennt. Sie würden sich wundern, was ich alles aufschnappe. Krumme Dinger laufen da in den höheren Kreisen, da würden Sie mit den Ohren schlackern.«

Wortlos sah Giles zu Campion, der trotz des Gesichtsausdrucks seines Freundes lächelte.

»Also«, fuhr Mr Knapp fort, »wie ich da grade so am Lauschen bin, hör ich doch Tatsache was echt Interessantes. Da bin ich dann sofort hierhergeeilt, mehr zum Vorbeugen als zum Heilen. Aber wo nun schon alles gelaufen ist, wie's gelaufen ist, tun wir, was wir können, um das Beste draus zu machen. Ich geb dir 'nen guten Rat, mein Sohn, überlass das Ganze Bertie – der kennt sich absolut aus mit solchem Kram. Ich weiß noch gut, wie –«

Mr Campion unterbrach ihn hastig. »Heb dir deine Witze für die Arbeit auf«, sagte er. »Und jetzt hört mal her. Folgendes Vorgehen ist meiner Meinung nach angebracht –«

»Wenn du die Adresse von diesem Haus hast, warum schalten wir dann nicht die Polizei ein?«, wollte Giles wissen.

»O du tapferer Holzkopf«, sagte Campion liebevoll, »weil wir erstens nicht wissen, ob Biddy dort ist, und zweitens haben die mit Sicherheit einige hervorragende Fluchtwege. Die einzige Möglichkeit, das arme Kind davor zu bewahren, länger als nötig in ihren Händen zu bleiben, besteht darin, dass wir sie eigenhändig befreien, falls sie dort ist, und falls nicht, müssen wir ihr nachspüren, bis wir sie finden. Wir sind ihnen eindeutig auf der Spur.«

Giles verschränkte die Arme und starrte düster vor sich hin.

»Also gut, mach weiter«, sagte er. »Was schlägst du vor?«

Mr Campion ließ sich auf dem Tisch nieder, er zog die Knie an und blickte durch seine Brillengläser in die Runde.

»Wir müssen es vorsichtig anpacken«, begann er. »Laut Mr Knapp stellen ja Mr Datchett und seine Chorknaben seit gestern Nachmittag Ermittlungen über unseren Albert an. Wenn sie auf einige seiner Kosenamen stoßen, werden sie uns sehr bald direkt auf den Fersen sein. Es ist sogar möglich, dass uns hier jemand beobachtet. Kettle wird ihnen wohl kaum mehr von Nutzen sein, aber da ist garantiert irgendein anderer auf der Straße direkt hinter dem Stroud. Deswegen müssen wir ganz unauffällig vorgehen. Am einfachsten erscheint es mir, unsern Bi Ba Butzemann zu bemühen, der uns ja offenbar immer noch Gesellschaft leistet. Ihn werden sie niemals verdächtigen, wenn wir ihn also dazu bringen können, euch alle zu Knapp zu befördern, werden wir weitgehend sicher sein.« Er lachte. »Isopel wird mit uns mitkommen müssen. Wir können sie auf keinen Fall hier lassen. Ich denke, am besten ist sie in meiner Wohnung aufgehoben, sie liegt nämlich über einer Polizeiwache. Ich werde sie in meinem eigenen Bus dorthin fahren, so dass jeder, der nach uns Ausschau hält, nur mitkriegt, dass Isopel und ich gegangen sind und dass Mr Barber nach London zurückgekehrt ist. So wird's klappen.«

»Da werden sie annehmen, dass wir andern alle noch hier sind?«, meinte Giles.

Campion strahlte ihn an. »Du hast's erfasst. Vielleicht liegen sie ja gar nicht auf der Lauer, aber man kann nicht vorsichtig genug sein«, sagte er. »Dann wäre also so weit alles klar, wenn ihr alle einverstanden seid.«

Marlowe nickte. »Ich bin dabei«, sagte er. »Isopel und ich haben bis jetzt unser Schicksal in Ihre Hände gelegt, und ich glaube, Sie werden alles zu einem guten Ende bringen.«

Campion grinste. »Tausend Dank für diese freundlichen Worte«, sagte er. »Es gibt nur einen Haken dabei«, fuhr er fort, »und das ist unser kleiner Kunstpostkarten-Experte.«

»Ich glaube, mit dem werde ich fertig«, sagte Marlowe zuversichtlich. »Ich rede mit ihm. Ich werde auch mit Isopel sprechen.«

Er verließ das Zimmer, während die anderen sich noch weiter berieten.

»Ich hab kapiert, was du vorhast, Bertie.« Mr Knapp trennte sich nur ungern von seinem Bier. »Du bringst das andere Mädchen in Sicherheit und holst ein paar nützliche Teile von zu Haus, und ich werd dieses Trüppchen hier betreuen. Ich werd sie bestens vorbereiten. Ich arbeite nicht gern mit Amateuren, aber bei 'ner Schlägerei kommt's in erster Linie auf Muckis an. Meine alte Mama wird dort sein. Sie kann uns, wenn nötig, beim Rückzug behilflich sein. Die ist mit allen Wassern gewaschen.«

Mr Campion sah skeptisch drein, sagte aber nichts, und da kam auch schon Marlowe zusammen mit Mr Barber ins Zimmer.

»Gewiss werde ich gerne jedermann nach London mitnehmen«, sagte er.

»Das will ich auch hoffen«, brummte Mr Knapp. »Je schneller es losgeht, desto besser, würd ich sagen. Also, Beeilung Kumpels!«

Mrs Whybrow erhielt genaueste Instruktionen von Giles. Sie sollte auf keinen Fall ins Dorf gehen, keiner durfte erfahren, dass sie nicht mehr im Haus waren. Sie war eine vernünftige Frau und nahm ihre Instruktionen gelassen entgegen.

Campion verfrachtete die drei Männer, Giles und Marlowe und Mr Knapp, hinten in Mr Barbers Auto.

»Die Polizei wird ein Auto, das Mystery Mile verlässt, am Stroud nicht anhalten. Mr Barber, wir sind Ihnen zu größtem Dank verpflichtet.«

Der Orientale verneigte sich vor ihm und raunte ihm vertraulich zu: »Mein werter Herr, wenn Sie Mr Paget dazu bringen könnten, dass er sich damit einverstanden erklärt, dass ich den Verkauf des Bildes in die Hand nehme, wäre der Dank ganz meinerseits.«

Er fuhr davon, und Campion wandte sich Isopel zu. Sie wartete auf ihn, in einen Pelzmantel gehüllt, obwohl doch Sommer war. Wie sie da so stand, ihr weißes Gesicht eingerahmt von dem dunklen, hohen Pelzkragen, wirkte sie sehr klein und verängstigt.

Er lächelte sie an. »Angst?«

»Nein.« Sie schüttelte den Kopf. »Nicht mehr. In dieser Hinsicht bin ich völlig abgestumpft.«

Er runzelte die Stirn. »Das ist schlimm. Glauben Sie, dass Sie etwas für mich tun könnten? Ich wollte Sie bitten, das Auto von hier bis über den Stroud zu fahren. Ich werde mich zu Ihren Füßen in ein ordentliches Paket verwandeln. Es besteht keinerlei Gefahr. Ich möchte nur, dass niemand im Dorf erfährt, dass ich das Haus verlassen habe.«

Sie nickte. »Selbstverständlich.«

Mr Campion krümmte sich am Boden des Autos zusammen. »Die Gute fährt sich außerordentlich einfach«, murmelte er. »Mir ist nur ein Gang bekannt. Wenn Sie an irgendeinem andern Griff ziehen, bekommen Sie Ihr Geld zurück.«

Die Strecke von Mystery Mile bis zur Straße nach Ipswich brachten sie ohne Zwischenfälle hinter sich, und Mr Campion tauchte aus seinem Versteck auf. »Jetzt werde ich sie übernehmen«, sagte er. »Sie sind prima mit ihr zurechtgekommen. Soviel ich weiß, hat sie sich noch nie von einer Frau bewegen lassen. Muss eine Art Eifersucht sein.«

Isopel schien ihm nicht zuzuhören.

»Mr Campion«, sagte sie. »Sie reden nicht über diese – diese schreckliche Sache, die mit Biddy passiert ist, weil Sie mich nicht ängstigen wollen. Aber das brauchen Sie wirklich nicht zu befürchten. Ich möchte helfen, wo ich nur kann. Marlowe liebt sie doch. Ich glaube, es war bei beiden Liebe auf den ersten Blick.«

Das Auto jagte die Hauptstraße Woodbridge-Ipswich entlang, und der junge Mann sah unverwandt auf die Rennstrecke vor sich.

»Glauben Sie, dass sie vielleicht heiraten wollen?«, fragte er.

»Aber ja, bestimmt. Ist das nicht komisch, dass sie und er so empfinden, während ich und –«

Sie brach unvermittelt ab, und Mr Campion nötigte sie nicht fortzufahren. Sie lehnte sich im Auto zurück, mit einem nachdenklichen Blick in den dunklen Augen. Plötzlich drehte sie sich wieder zu ihm.

»Es wird doch hoffentlich niemand etwas von – von dem roten Turm erfahren haben?«, sagte sie stockend.

»Vergessen Sie Ihr Versprechen nicht.« Die Worte wurden leichthin gesprochen, aber der dahinter liegende Ernst war nur zu deutlich. »Niemand auf der Welt darf etwas darüber erfahren.«

Sie hielt den Atem an. »Es tut mir Leid«, sagte sie, »aber ich habe manchmal so schreckliche Angst.«

»Machen Sie sich keine Sorgen. Ich werde sie wiederkriegen, und wenn es das Letzte ist, was ich tue.« Die kraftvolle Entschlossenheit in seiner Stimme überraschte sie, und sie sah ihn an, aber Mr Campions Gesicht erschien so angenehm leer und unbedarft wie immer.

Er fuhr in eine Garage auf der Ostseite der Regent Street.

»Ich hoffe, es macht Ihnen nichts aus«, sagte er strahlend zu ihr, als sie auf den Piccadilly Circus hinaustraten, »aber ich werde Sie leider über die Hintertür in meine Wohnung führen müssen. In Zeiten wie dieser weiß man nie, ob nicht vielleicht jemand den Haupteingang bewacht. Das ist, nebenbei bemerkt, ein weiteres tiefes Geheimnis. Ich muss darauf bestehen, dass Sie meine Wohnung nicht verlassen«, fuhr er fort. »Sie ist der einzige sichere Platz in London für Sie. Unten drin ist eine Polizeiwache. Die Hintertür nehmen wir nur, damit mich niemand sieht. Ich kann auf die Ovationen der Massen verzichten.«

Er lotste sie über die Straße, und dann bogen sie in eine der Gassen auf der gegenüberliegenden Seite ein und blieben schließlich vor einem Lokal stehen, das in Isopels Augen wie ein kleines, aber exklusives Restaurant aussah. Sie gingen hinein, schritten an einer Reihe von Tischen entlang und betraten dann einen kleineren Raum, der vom Hauptraum abging und der für die Ehrengäste reserviert war. Kein Mensch war zu sehen, und Campion näherte sich dem Personalausgang und hielt ihr die Tür auf.

»Ich muss Ihnen unbedingt meine kleine Kochecke zeigen«, sagte er. »Ein wahres Schmuckstück.«

Isopel sah sich um. Rechts war eine offene Tür, durch die man eine riesige Küche sehen konnte, und links war ein schmaler Durchgang, der offensichtlich zum Büro des Besitzers führte. Campion trat dort ein.

Ein grauhaariger Ausländer erhob sich und begrüßte ihn. Obwohl der junge Mann ihn ganz eindeutig kannte, sagte er, zur Überraschung des Mädchens, kein Wort. Er führte sie schweigend in ein Hinterzimmer und riss eine Wandschranktür auf.

»Ich werde als Erster gehen«, sagte Campion leise. Mit äußerst geheimnisvollem Gehabe nickte der Ausländer, und indem er zurücktrat, gab er den Blick frei auf einen ganz normalen Warenaufzug, der offensichtlich normalerweise zur Beförderung von Speisen benutzt wurde. Man hatte ein Brett entfernt, und Mr Campion kletterte mit der größtmöglichen Würde, die er aufbringen konnte, in die Öffnung.

»Erster Halt, England«, sagte er geheimnistuerisch und drückte dabei so geschickt den Knopf, dass er wie auf das Geheiß seiner Worte aufwärts schoss und verschwand.

Isopel öffnete den Mund, um etwas zu sagen, aber der Ausländer legte einen Finger auf die Lippen und sah mit derartiger Besorgnis um sich, dass sie kein Wort hervorbrachte. Nach einer Minute erschien der Aufzug wieder, ein großes blaues Kissen lag darin. Eine Stimme kam durch den Schacht: »Ich heiße Raleigh mit Nachnamen. Erhebe dich, Elizabeth!«

Der mysteriöse Ausländer half dem Mädchen eilig in den Aufzug, als würde er befürchten, dass sie jeden Moment überfallen werden könnten. Die Fahrt war nicht so unbequem wie erwartet, und als sie fühlte, wie sie in die Dunkelheit hinaufschwebte, erwachte ihr Sinn fürs Komische, und sie fing an zu lachen.

»So ist's recht«, sagte Campion und half ihr beim Ausstieg ins Esszimmer seiner Wohnung. »Hat der alte Rodriguez Sie aufgeheitert? Er ist ein wundervoller Bursche. Das Restaurant gehört ihm, und er macht wirklich das Beste daraus – der alte Räuber! Ich kann ihn nur dazu bringen, dass er mich seinen Aufzug als Eingang benutzten lässt, indem ich vorgebe, dass es um Leben oder Tod geht. Er hat ein geheimes Verlangen nach Abenteuer, und meine kleinen Auf- und Abtritte lösen bei ihm einen gesteigerten Nervenkitzel aus. Ein früherer Mieter hat den Aufzug tatsächlich zur Beförderung seines Essens einbauen lassen. Rodriguez ist ein netter Bursche, aber er besteht darauf, seine Rolle zu spielen, was manchmal etwas lästig ist. So, meine Liebe«, fuhr er fort und führte sie ins andere Zimmer, »hier werden Sie sicher sein. Lugg wird schon am Tatort sein, nehme ich an, aber Autolycus leistet Ihnen Gesellschaft. Sie müssen lediglich auf Ihren Schmuck aufpassen. Das bringt das Zusammenleben mit Lugg mit sich.«

Während er sprach, lief er geschäftig im Zimmer hin und her und trug von einem Sheraton-Schreibtisch am anderen Ende des Zimmers und von einem tiefen Schrank beim Kamin allerhand Kleinkram zusammen.

»Wenn Sie Hunger bekommen, rufen Sie einfach in den Aufzugschacht hinein. Wenn Sie Angst bekommen, rufen Sie zum Fenster hinaus. Wenn jemand klingelt, dürfen Sie nicht öffnen. Schon gar nicht einem alten Mann mit einer Antenne am Zylinder und schicken schwarzen Gamaschen. Das ist mein böser Onkel. Sie können jeden Ankömmling in diesem Spiegel an der Innenseite der Tür sehen. Er ist nach dem Prinzip eines Periskops konstruiert. Marke Eigenbau.«

Isopel sah ihm zu, wie er im ganzen Zimmer herumkramte. Ein paar Mal war sie drauf und dran, etwas zu sagen. Schließlich fand sie den Mut.

»Mr Campion«, sagte sie, »lassen Sie nicht zu, dass Giles irgendetwas Dummes tut – und Marlowe natürlich auch nicht«, fügte sie hastig hinzu. »Sie werden doch auf sie aufpassen?«

»Als wären sie meine eigenen Söhne, Madame«, strahlte Campion sie an. »Die beiden jungen Herren werden direkt der Obhut der Oberschwester unterstehen.«

Sie lachte, aber ihre Augen blickten immer noch ängstlich. »Ach, Sie wissen's ja nicht«, brach es plötzlich aus ihr hervor, »Sie wissen nicht, wie schrecklich beunruhigend es ist, verliebt zu sein.«

Campion schritt zum Aufzug hinüber. Sie konnte ihn von ihrem Platz aus durch die offen stehende Tür sehen. Mit größter Würde kletterte er hinein, und es sah unsagbar komisch aus, wie er mit bis zum Kinn angezogenen Knien dasaß und sie eulenhaft durch seine Brillengläser hindurch betrachtete.

»Sie wissen's nicht besser, junge Frau«, sagte er ernst und schloss die Klappe.

20
Die Profis

Der Glanz der Pedigree Mews war ein für alle Mal dahin. Nicht einmal die Kinder spielten in dem holprigen Rinnstein, der die Straße darstellte, und der ganze Ort hatte etwas Anrüchiges und Abweisendes an sich.

Die Mews lagen im rechten Winkel zu der Sackgasse, die auf der einen Seite zu den Beverley Mews gehörte und auf der andern zur Wishart Street, die sich zur Church Street, Kensington hinunterschlängelte. Ein gefährlicher und bedrückender Ort.

Mr Campion sah die Häuserreihe hinauf und hinunter. Keine Menschenseele war zu sehen. Nummer 12 A war die baufällige Tür in der Ecke zwischen den beiden Mews.

Er stieß die Tür auf und trat in einen Hausflur, in dem es schrecklich nach Feuchtigkeit und Katzen müffelte. Ihm gegenüber war ein helles Türviereck, durch das man den winzigen Hof des Hauses sehen konnte, der wahrscheinlich noch unappetitlicher war als der Hausflur. Kurz vor dem Hofeingang stieß er auf eine schmutzige Treppe, die sich schmal nach oben wand. Hier wurden die Gerüche intensiver und vermischten sich mit anderen, die noch weniger verlockend waren. Vorsichtig stieg Mr Campion, ohne die Wand zu berühren, empor. Als er den obersten Stock erreichte, wo sich zwei Zimmer befanden, deren Türen rechts und links von dem winzigen quadratischen Treppenabsatz abgingen, hörte er die unverwechselbare Stimme von Thos T. Knapp persönlich, der eindeutig darum bemüht war, gastfreundlich zu sein.

»Mutter, mach Platz auf dem Bett für Mr Barber. Er scheint sich in der Ecke da nicht wohl zu fühlen.«

Campion blieb stehen und pfiff leise. Sofort wurde die Tür geöffnet, und Mr Lugg tastete sich nach draußen. Er wirkte fast noch finsterer als sonst und sah Mr Campion vorwurfsvoll an.

»Halten sich wohl für schlau?«, knurrte er heiser. »Sind dabei, 'nen echt dreckigen Job zu erledigen, und was schleifen Sie mit? Zwei verdammte Amateure und 'n Teil aus 'nem Teppichladen. Mannomann, da ist vielleicht was los, da drin!« Er schnalzte verächtlich mit der Zunge. »Passen Sie mit der Wand auf«, fügte er hastig hinzu. »Ich bin für Ihre Klamotten zuständig, vergessen Sie das nicht.«

»Hör mal«, sagte Mr Campion sanft, »deine Kindermädchentour geht mir langsam auf die Nerven. Warum hast du Knapp da reingezogen, obwohl ich dir gesagt habe, dass ich das nicht will?«

»Das war schon gelaufen, bevor Sie's gesagt haben.« Lugg schien kein bisschen beschämt. »Der Tag, wo's Sie erwischt, ist der Tag, wo ich meinen Job los bin. Ich pass auf Sie auf! Klaro? Diesmal haben Sie mir wohl leider dazwischengefunkt«, fügte er bekümmert hinzu. »Soll ich mal Thos da rausholen, dass wir uns in dem anderen Zimmer unterhalten können? Da drin ist 'ne Jahrmarkt-Stimmung, das macht mich ganz krank.«

Er steckte seinen Kopf durch die Tür und gab einen unartikulierten Laut von sich. Sofort erschien Mr Knapp.

»Hallo, Bertie«, sagte er freundlich. »Da drin steigt 'ne kleine Party. Meine Alte sagt, ihr ist, wie wenn sie wieder ihre ganzen Söhne um sich hätte.«

Mr Lugg hob die Hand. »Schluss mit den Scherzen«, sagte er. »Bring ihn ins andre Zimmer, Thos, wir haben was zu bequatschen.«

»Hier lang.« Mr Knapp stieß die Tür zum zweiten Zimmer auf. »Wir haben jede Menge Zeit – völlig sinnlos, bei Tageslicht irgendwas zu starten. Das hier ist meine Werkstatt. Nettes Plätzchen, wie?«

Das Zimmer, in das er sie hineinführte, war ungefähr neun Quadratmeter groß, die Decke war niedrig, und es war sehr schmutzig, wie es nach dem Treppenhaus auch nicht anders zu erwarten war. Zwei lange Arbeitstische füllten es nahezu aus, und darüber befanden sich seltsame Kopfhörer, Kabel in ungeheuren Mengen, Stecker und selbst gefertigte Schalttafeln sowie jeder nur denkbare Kleinkram, der mehr oder weniger in direktem Zusammenhang mit Mr Knapps unfeinem Hobby stand.

»Bitte sehr«, sagte er und streckte den Arm aus. »Hab ich alles vom Staat, sozusagen als ungewollte Anerkennung meiner Dienste. Da drüben ist eins von den alten *Bell*-Telefonen – kommt aus Clerkenwell – 'n interessantes Relikt.«

»Lass den sentimentalen Kram«, sagte Lugg. »Wer glaubst'n, wer du bist? 'n Admiral im Ruhestand? Hier geht's um 'ne ernste Sache. Und es gibt garantiert Ärger, da kannst du Gift drauf nehmen. Dein Haus hat die Nummer 12 A, dreizehn wäre passender.«

»Halt die Klappe«, sagte Mr Knapp aufbrausend. »Die Nummer dreizehn liegt 'n bisschen weiter oben in der Straße. 'n Loch voller Ganoven.«

»Wie ich höre, ist Mr Barber nebenan«, sagte Campion. »Was soll das? Hast du hier irgendwas Tugendhaftes anzubieten, Thos?«

»Ich kann Witze über Sex nicht ausstehen«, sagte Mr Knapp salbungsvoll. »Nein, ich hab ihn mit hierhergeschleppt, weil ich dachte, dass sein Auto vielleicht ganz nützlich sein könnte, falls wir 'n schnellen Abgang machen müssen. Ich konnte es ja wohl schlecht ohne ihn dabehalten. Wenn man mit 'nem Gentleman zu tun hat, muss man selbst auch 'n Gentleman sein, also sag ich: ›Kommen Sie mit hoch und lernen Muttern kennen.‹ Er fühlt sich nicht besonders wohl da drin, aber Mutter wird ihn ruhig halten. Die ersetzt jedes Wachhündchen.«

»Hör auf mit dem Käse«, sagte Lugg. »Das interessiert uns 'nen feuchten Kehricht.«

Mr Knapp nahm sich zusammen. »Beug dich hier mal über die Werkbank und werf 'nen Blick aus dem Fenster. Siehst du, wo wir sind? Nee? Das ist hier zufällig das letzte Haus in Beverley Gardens. Jetzt lass mal dein Auge schweifen.« Er hielt Campion, während er sprach, an der Schulter fest. »Halt dich bedeckt, damit dich keiner am Fenster sehen kann. Das Haus da, mit dem blauen Vorhang am obersten Fenster – siehst du's? –, das ist unser Haus. Da gibt's nicht viel zu klettern«, fuhr er fort. »Dieser Sims da draußen geht weiter bis zu dem flachen Dach von dem Laden. Mutter schafft das locker, dann werdet ihr's ja wohl auch schaffen.«

»Dann gibt's eine kleine Kletterpartie«, sagte Mr Campion.

»Stimmt«, bestätigte Mr Knapp. »Ist 'ne Kleinigkeit für uns. Ich hab hier 'ne Leiter. Und hier steh'n außerdem jede Menge Schuhe mit Gummisohlen rum.«

»Ich hab meine eigenen dabei«, sagte Mr Lugg und wickelte ein Paar seltsam geformte Latschen aus dem braunen Packpapierpaket, das er unterm Arm getragen hatte.

Mr Knapp sah ihn mit offener Belustigung an. »Ach du grüne Neune! Du benutzt doch wohl nicht diese alten Dinger? So was hab ich zum letzten Mal geseh'n, als ich noch 'n kleiner Knirps war. Hoppla! Hier kommt Feder-Fersen-Jakob!«

»Hältst dich wohl für oberschlau?«, sagte Mr Lugg. »Das sind Erbstücke, wenn du's genau wissen willst.«

Campion wandte sich vom Fenster ab. »Wann geht's los?«, fragte er. »Bei Einbruch der Dunkelheit? So ungefähr gegen halb elf?«

»So um die Kante«, sagte Mr Knapp. »Um die Zeit sind die entweder alle unterwegs oder aber auf jeden Fall unten im Haus.«

»Ich denke, wir sollten uns jetzt besser zu der Dame gesellen«, sagte Campion. »Und eins sag ich dir, Knapp, du solltest deinen Übermut lieber etwas zügeln. Diese beiden Knaben nebenan sind beide heftigst an dem Mädchen interessiert, also sieh zu, dass sie keinen Unsinn machen, wenn das nicht über deine Kräfte geht.«

»Seh ich so aus?«, sagte Mr Knapp empört. »Ich häng doch auch voll drin! Ich hab sie in die ganzen Pläne eingeweiht, und sie schienen ganz helle zu sein. Es wäre ja wohl nicht das erste Mal, dass du und ich in eine Schlägerei geraten, Bertie. Erinnerst du dich noch, Lugg? Wir zwei beide damals in dem Haus in Chiswick? Das alte Mädchen im dritten Stock hing am Geländer und schrie wie am Spieß: ›Diebe!‹ Ein riesiger Bulle hockte mir auf der Brust, und trotzdem hab ich mich kaputtgelacht.«

Mr Lugg schnaubte verächtlich, und Campion bahnte sich einen Weg in das andere Zimmer.

Die Jahrmarkt-Stimmung, die Lugg bemängelt hatte, fiel einem sofort unangenehm auf. In diesem Raum, der nur etwa einen halben Meter größer war als der, den sie gerade verlassen hatten, spielte sich das gesamte häusliche Leben der Familie Knapp ab. Obwohl es ein heißer Tag war, war das Fenster fest verschlossen, und eine Pfanne dampfte auf dem Gasherd. Man konnte unmöglich den ganzen Raum überblicken vor lauter Tabakqualm, und weil diverse schmuddelige Wäschestücke von einer improvisierten Wäscheleine hingen. Ein großes Eisenbett füllte eine Ecke des Zimmers aus, ein kleineres, auf der anderen Seite, verhinderte, dass man die Tür richtig aufmachen konnte, und die gesamte Garderobe von Mutter und Sohn hing an der hinteren Wand.

Mitten in diesem Ungemach wachte Mrs Knapp wohlwollend über eine mitgenommene und ungeduldige Versammlung. Sie war eine riesige, kräftige Person, eingehüllt in eine Kollektion von Kleidungsstücken, von denen jedes einzelne nur noch halbwegs den Zweck zu erfüllen schien, dem es ursprünglich dienen sollte. Ihr Gesicht war besonders bemerkenswert: Hier und da waren Bartansätze zu bewundern, die den großen braunen Leberflecken entsprossen, die über ihr Doppel- und Dreifachkinn verteilt waren. Sie saß auf dem größeren Bett, und neben ihr saß – würdevoll aber unbequem – der unglückselige Mr Barber.

Giles und Marlowe begrüßten Campion erleichtert.

»Gott sei Dank sind Sie endlich da!«, sagte der Amerikaner. »Ist es nicht langsam Zeit loszugehen?«

»Mein lieber alter Vogel, ich fiebre dem Kampf schon entgegen«, sagte Campion emphatisch. »Aber es hat überhaupt keinen Sinn, bei Tageslicht loszuziehen, weil wir gar nicht hinkämen. Wir müssen noch ein ganzes Weilchen warten.«

»Das ist unerträglich«, sagte Marlowe. »Armes Kind, wir wissen nicht, was sie ihr antun. Das macht mich ganz verrückt.« Er stampfte vor Wut mit dem Fuß auf.

»Setzen Sie sich, Kumpel, und spielen Sie 'ne friedliche Runde Karten.« Mr Knapp gab sich größte Mühe, beruhigend zu wirken. »Ich würde liebend gern 'ne kleine Wanze für Sie installieren, aber es ist echt noch zu hell. Wir können nichts machen.«

»Glatter Selbstmord, jetzt rauszugeh'n«, fügte Mr Lugg düster hinzu. »Wir sind Profis, wir kennen uns aus.«

Giles saß auf einem Stück Zeitung, das sorgfältig über die Dielenbretter gebreitet war. Er hatte die Knie bis zum Kinn hochgezogen, und auf seinem Gesicht lag ein ganz und gar niedergeschlagener Ausdruck. »Verdammt noch mal, ich bin froh, wenn's endlich losgeht«, sagte er gefühlsgeladen.

»Sie werden sich umgucken, wenn's so weit ist«, sagte Mr Lugg mit Besorgnis erregendem Ernst. »Da wird was schief geh'n heute Nacht. Das hab ich so im Gefühl.«

Mrs Knapp fuhr zu ihm herum und stieß einen derartigen Schwall von Verwünschungen aus, dass alle, bis auf ihren Sohn, äußerst verwundert waren.

»Mutter ist abergläubisch«, sagte Knapp. »Sie mag keine bösen Vorahnungen.«

Die Dame beruhigte sich wieder und lächelte sie mit ihren Zahnlücken an. Genau in diesem Moment erhob sich Mr Barber unsicher.

»Ich will gewiss kein Spielverderber sein«, sagte er, »aber ich denke, ich sollte jetzt besser gehen. Ich habe das Gefühl, dass ich Ihnen jetzt nicht mehr von Nutzen bin.«

Wie *ein* Mann fuhren die Knapps zu ihm herum.

»Sie bleiben, wo Sie sind. Wenn Sie jetzt gehen, verderben Sie das ganze Spiel«, sagte Thos. »Mutter, reich dem Herrn deine Flasche.«

Mr Barber wurde zurückgeschubst, und schon saß er wieder, in hilfloser Verzweiflung um sich blickend. Mrs Knapp überging die letzte Bemerkung ihres Sohnes, sehr zur Erleichterung des Orientalen, und zog ein schmieriges Kartenspiel hervor.

»Nichts geht über Poker«, sagte Mr Knapp. »Und vergesst nicht, Leute, das ist ein friedliches Spiel.«

»Zeitverschwendung, wenn du mich fragst«, sagte Mr Lugg und zog einen Stuhl mit zerbrochener Lehne heran.

Marlowe trat zu Campion. »Sind Sie sicher, dass wir hier auf dem richtigem Weg sind?«, murmelte er. »Ich könnte platzen!«

Campion beugte sich zu ihm, und er konnte einen Moment lang den Ernst in seinen blassen Augen hinter den großen Brillengläsern erkennen. »Es ist unsre einzige Chance, alter Vogel«, sagte er. »Wir müssen es wagen, auch wenn die Hoffnung noch so klein ist.«

Marlowe sah ihn scharf an. »Sie rechnen mit großem Ärger?«

»Ich rechne mit einem kleinen Krieg«, sagte Campion frei heraus.

21

Mr Campions Nerven

»Mecker rum, so viel du willst, Mutter«, sagte Mr Knapp. »Fünf Königinnen sind fünf Königinnen. Wenn diese Herren die Tatsache akzeptieren, dass 'n paar von den alten Karten hier druntergeraten sind, ist die Sache erledigt. 's wird sowieso langsam Zeit.«

»Stimmt«, sagte Lugg. »Ich werd mal meine Stiefel auszieh'n.«

Die Luft in dem kleinen Zimmer, die in den letzten zwei Stunden zunehmend dicker geworden war, war jetzt wahrhaft geladen. Mr Barber hatte sich nach mehreren vergeblichen Versuchen, einen eleganten Abgang zu machen, mit seinem leidigen Schicksal abgefunden. Mrs Knapp hatte stets ein Auge auf ihn.

Marlowe und Giles, die sehr erleichtert waren, dass es endlich losgehen sollte, erhoben sich, während die Dame des Hauses schamlos ihre Gewinne einsammelte.

Nun, da sich die Stunde der Tat näherte, übernahmen die Herren Lugg und Knapp fachmännisch das Kommando. Knapp brachte ein paar Totschläger zu Tage und gab Marlowe und Giles einige wohl durchdachte Gebrauchsanweisungen.

»Ein leichter Schlag ist echt ausreichend«, sagte er. »Hinters Ohr – oder aufs Ohr – oder übers Ohr – entschieden und gezielt ausgeführt.«

Sie zogen auf Knapps Vorschlag hin ihre Jacken aus. Der Ernst der Lage wurde zunehmend deutlich.

Campion nahm seine Brille ab.

»Ich kann ohne sie sowieso besser sehen«, erklärte er und machte sich daran, die Schuhe zu wechseln.

Mutter Knapp bewegte sich mit katzenartiger Lautlosigkeit und bot Schuhe mit Gummisohlen und kleine Schlückchen Rum mit Wasser an.

»So, nun hört mal her«, sagte ihr Sohn, als sie sich alle im Hinterzimmer versammelt hatten. »Wir bewegen uns vorsichtig und ruhig, lassen uns Zeit, und keine Fehler, bitte! Seht zu, dass ihr euch möglichst nicht gegen den Himmel abhebt. Köpfe runter, heißt die Parole. Wenn wir da sind, hüpf ich als Erster rein, ich bin nun mal ziemlich leicht und kenn mich in dem Haus aus. Dann zeig ich mich wieder und erzähl euch, wie die Dinge liegen, und übergeb Bertie das Kommando, gewissermaßen.«

»Und ich?«, sagte Mr Barber von der Tür her. »Wirklich, ich –«

Mrs Knapp erschien hinter ihm. »Sie bleiben bei mir, Herzchen«, sagte sie. »Bis sie zurückkommen.« Alle fünf Zähne von Mrs Knapp wurden in einem umwerfenden Lächeln sichtbar. »Sie werden doch gern bei mir bleiben, Schätzchen?«, sagte sie und zog den bedauernswerten Orientalen sanft ins andere Zimmer.

Mr Knapp sprach weiter: »Also, ich zuerst, zweiter ist Bertie. Dann ihr beiden Jungs, dann Lugg. Und vergesst nicht, hübsch zart auf dem Schiefer und ruhig auf den Ziegeln. Wenn ihr mich pfeifen hört, keine Bewegung, und macht euch so platt wie 'ne Flunder. Alles klar?«

»Wer ist alles mit von der Partie?«, murmelte Campion. »Ein Tag zum Eierlegen!«

Mr Knapp schob behutsam das Fenster hoch und kroch hinaus auf die Fensterbrüstung. Nach einem Moment der Spannung hörten sie ihn flüstern: »Die Luft ist rein. Los geht's.«

»Würde mich nicht wundern, wenn die Geländer da unten aus Stacheldraht wär'n«, ließ sich Mr Lugg heiser im Hintergrund vernehmen. »Sachte, sachte!«

Die Nacht war klar, aber mondlos: Die entfernteren Straßen waren belebt und das Rauschen des Verkehrs zu hören. Fast alle Fenster, die unterhalb ihres Pfads lagen, waren dunkel, wie Mr Knapp es vorausgesagt hatte.

Im Osten vor ihnen verbreiteten die Lichter Londons einen Schein über den Himmel. Die Luft war warm, und die Gerüche der Großstadt – Früchte, Gesichtspuder, Benzindämpfe und Staub – ergaben ein gar nicht so unangenehmes Gemisch.

Nachdem die ersten paar Schwindel erregenden Meter auf der Brüstung überwunden waren, gestaltete sich die Tour weniger gefährlich als beschwerlich. Mr Knapp öffnete eine zusammenklappbare Leiter, die er offensichtlich zu tragen gewohnt war, da er sie mit außerordentlichem Geschick handhabte. Mit Hilfe der Leiter kletterten sie von den niedrigen Dächern der Läden zu den bleigedeckten Dächern der Häuser von Beverley Gardens hinauf. Mr Lugg, der die Nachhut bildete, ließ die Leiter für den Rückzug stehen.

Das Unternehmen verlief nicht ohne Aufregung. Als Mr Knapp behutsam auf das Dach des zweiten Hauses in der Reihe sprang, schrie ihn eine alte, keifende Frauenstimme durch ein offenes Fenster an:

»Wer ist da?«

»Londoner Telefongesellschaft, gnä' Frau. Die Leute vom Pannendienst. Müssen einen heißen Draht verfolgen.« Mr Knapps munterer Ton musste jeden Zweifel ausräumen.

Ein befriedigtes Brummen kam aus der Dunkelheit, und sie zogen weiter. Giles rann der Schweiß übers Gesicht. Sowohl er als auch Marlowe waren gesetzestreue Bürger, und wenn sie nicht einen so unsagbar wichtigen Grund gehabt hätten, der sie dazu nötigte, hätte keiner von beiden auch nur im Traum daran gedacht, sich an so einem Unternehmen zu beteiligen.

»Das nächste Haus nach dem da ist es«, murmelte Mr Knapp, dann blieb er unvermittelt stehen und stieß Campion an. »Die legen's drauf an – die Leutchen«, sagte er und wies auf die Dachluke des Hauses, auf dem sie sich gerade befanden. Sie stand weit offen. Er beugte sich vor und leuchtete mal eben mit seiner Taschenlampe in den dunklen Raum. Er schien bewohnt zu sein. Der kleine Lichtkreis blieb auf einem kleinen Tischchen ruhen, wo neben einem Telefon eine Karaffe und Sodawasser standen.

»Wär das ein Glücksfall, wenn wir's nicht eilig hätten«, bemerkte er beiläufig. »Ich fürchte, nebenan werden wir nicht so viel Glück haben.«

Einer nach dem andern kraxelten sie über die schmale steinerne Mauerkrone, die die zwei Dächer voneinander trennte.

»Vorsichtig – seid vorsichtig«, flüsterte Mr Knapp, als die zwei Amateure etwas nervös darüber kletterten. »Köpfe unten lassen. Da wär'n wir also«, sagte er dann zu Campion. »Ich war Tatsache noch nicht direkt hier, aber ich hab 'n hübsches Fernglas bei mir drüben – ein Geschenk von meinem alten Oberst. Hatte immer das Gefühl, dass er's mir vermachen wollte. So, was nehmen wir, Stemmeisen oder Glasschneider?«

»Schneider«, sagte Mr Lugg. »Macht weniger Krach. Da unten ist gar keiner. Bist du sicher, dass wir hier richtig sind?«

»Halt die Klappe, Alter«, sagte Mr Knapp. Nun, da entschieden war, wie sie es anpacken wollten, machte er sich mit ruhiger, geübter Hand ans Werk.

Die Anspannung unter seinen Zuschauern wuchs, als er mit Hilfe eines Gummisaugers ein Stückchen Glas herauszog, seine Hand durch die Öffnung steckte, den Riegel zurückschob und das Fenster sachte auf die Dachziegel klappte. Drinnen im Haus war alles dunkel und ruhig.

»Nicht der kleinste Lichtschimmer zu seh'n«, sagte Lugg, der beide Seiten des Gebäudes vom Dach aus inspiziert hatte. »Los, Thos, rein mit dir. Ich werd für'n ordentliches Begräbnis sorgen.«

Mr Knapp unterzog die Einrichtung des Raums unter sich einer sorgfältigen Prüfung, offenbar befand sich niemand darin, dann hielt er sich am Fenstersturz fest, schwang sich vorsichtig nach unten und ließ sich geräuschlos in den Raum fallen.

»Flach hinlegen!«, befahl Lugg. »Ihr blickt nicht durch, keiner von euch. Bereitet euch darauf vor, abzuhau'n wie die Teufel, wenn's Lärm gibt.«

Aus dem Raum unter ihnen war ein schwaches Klicken zu hören, und dann war der kleine Kreis von Mr Knapps Taschenlampe nicht mehr zu sehen. Sie warteten, lauschend, mit angespannten Nerven, um unbedingt jedes noch so geringe Geräusch in dem stillen Haus da unten aufzuschnappen. Die Minuten vergingen tödlich langsam. Aber Mr Knapp kehrte nicht zurück.

Schließlich machten sich sogar bei Lugg Anzeichen des Unbehagens bemerkbar.

»Sieht Thos gar nicht ähnlich, einfach so zum Spaß an so 'nem finstern Ort zu bleiben«, brummelte er nervös. Marlowe schob sich näher heran, Giles folgte ihm.

»Können wir nicht reingehen«, sagte er. »Ihm nach?«

»Sie bleiben, wo Sie sind«, knurrte Mr Lugg.

Campion, der sich über das offene Dachfenster beugte, fuhr plötzlich zurück. »Achtung«, flüsterte er.

Eine unnatürliche Stille senkte sich über die kleine Gesellschaft. Keiner atmete. Zur allgemeinen Erleichterung kam endlich ein Flüstern aus der Dunkelheit.

»Hilf mal, Kumpel.«

Lugg und Campion streckten beide einen Arm nach unten, und im nächsten Moment kraxelte Mr Knapp, der sich behände und affenartig in der Dunkelheit bewegte, vorsichtig heraus und landete auf den Dachziegeln neben ihnen. Als Erstes fiel ihnen sein heftiges Atmen auf.

»Unten bleiben«, sagte Mr Lugg. »Unten bleiben!«

Sie lagen flach auf dem Dach, und Giles, der Knapps Gesicht plötzlich sehr nahe kam, sah, dass er ziemlich durcheinander war.

»Sie ist Tatsache da drin.« Seine muntere Cockney-Stimme war Unheil verkündend gedämpft, und die Anspannung in den Köpfen seiner Zuhörer verstärkte sich wieder.

Marlowe bewegte sich unwillkürlich nach vorn, und selbst Campion, der dicht neben der Dachluke lag, versteifte sich.

»Sie halten sie einen Stock tiefer fest«, sagte Mr Knapp. »Ich hab sie zuerst nicht gefunden. Der Typ mit dem roten Bart ist in so 'ner Art Wohnzimmer, das weiter unten liegt. Ich kehr um, und wie ich in den zweiten Stock komme, hör ich so 'ne Art Gurgeln, und da find ich raus, dass da 'n langes Zimmer ist, so lang wie das ganze Haus an der Vorderseite. Über der Tür war so was wie 'ne Glasscheibe, mit 'nem Vorhang davor. Deswegen hab ich's beim Runtergeh'n übersehen. Ich schwing mich auf 'n Stuhl und werf 'nen Blick.«

Er hielt inne, und als er fortfuhr, hatte er seine Stimme noch weiter gesenkt.

»Da drin waren sechs oder sieben Stück von denen«, sagte er, »einer schlimmer als der andre. Ikey Todd höchstpersönlich und zwei oder drei von seinen Kumpels. In der Mitte vom Zimmer steht 'n langer Tisch. An einer Seite sitzt das Mädchen an 'nen Stuhl gefesselt. Die bepfeffern die mit Fragen, einer nach dem andern – veraltete Polizeimethode. Und am andern Ende vom Tisch saß dieser schmutzige kleine Ropey mit 'ner Angel in der Hand. Ich konnt nicht genau erkennen, was da am Ende dran war – sah aus wie 'ne Nadel oder so was. Er fuchtelte ihr damit vor den Augen rum, sah ganz so aus, als hätt er sie schon ein-, zweimal damit im Gesicht gekratzt. Mir wurde ganz anders.«

Nach dem ersten Schauder des Entsetzens, den sein Bericht unter seinen Zuhörern hervorrief, reagierte jeder auf seine Art. Lugg und Campion wussten genauso gut wie Mr Knapp, mit was für Typen sie es zu tun hatten.

Für Giles und Marlowe dagegen zählte nur, dass das Mädchen, das beiden außerordentlich am Herzen lag, in einem Zimmer zu ihren Füßen einer ausgesprochen widerwärtigen Folter ausgesetzt war.

Bevor einer der andern drei sie zurückhalten konnte, stürzten sie sich hintereinander in die Dachkammer hinab und fielen wie zwei Stiere ins Haus ein.

Lugg und Knapp klammerten sich aneinander.

»Sollen wir abhau'n?«, sagte Knapp aufgeregt. »Jetzt ist es passiert.«

Sogar der respektable Lugg zögerte. Als Mann mit Erfahrung wusste er, in was das Handgemenge da unten ausarten würde.

»Was ist'n jetzt los?« Knapp, der bereits nervös war, schrie fast. Die zwei Männer fuhren herum und konnten gerade noch sehen, wie eine dünne Gestalt leise über die Mauerkrone auf's nächste Dach sprang.

»Das war Bertie«, sagte Mr Knapp, »macht 'ne Fliege.«

Der getreue Lugg war zutiefst erschüttert. Als aber dann der Lärm unten zu einem Getöse anschwoll, packte er seinen Freund beim Kragen und stieß ihn in die Dachkammer.

»Los«, sagte er. »Hat die Nerven 'n bisschen verloren. Kenn das aus'm Krieg. Wir müssen verdammt aufpassen, dass wir unsre nicht auch verlier'n. Stapel die Kästen hier auf, falls hier jemand mal eilig weg muss. Ich hab's dir vorausgesagt, was passiert, wenn Amateure mitmachen. Der Letzte schließt die Tür hier.«

Während er sprach, lief er mit unglaublicher Behändigkeit umher und türmte das alte Gerümpel unter der offenen Dachluke auf, um die Flucht zu erleichtern.

Irgendwo unter ihnen schrie Biddy. Der Laut weckte auch noch das letzte bisschen Ritterlichkeit in Mr Luggs unsentimentalem Herzen.

»Auf geht's, Thos«, sagte er. »Schlag alles kurz und klein, was dir in die Quere kommt, schlag los wie'n Wilder, aber bitte nicht auf mich.«

22
Die Fetzen fliegen

Die Herren Lugg und Knapp stiegen die schmale Treppe zum zweiten Stock erheblich vorsichtiger hinab als ihre unmittelbaren Vorgänger, obwohl diese Vorsicht jetzt etwas lächerlich erschien. Denn der Lärm, der ihnen aus dem Raum unten entgegenschlug, deutete nicht gerade darauf hin, dass die Hausbewohner auf einen weiteren Angriff lauschten.

Als sie auf dem Treppenabsatz ankamen, waren sie sofort im Bilde. Der Raum war hell erleuchtet und voller Menschen. Sie schlichen den Gang entlang und hielten sich dabei außerhalb des Lichtkegels, der durch die Tür fiel. Als sie sich näherten, stolperte ein Mann heraus und brach über dem Treppengeländer zusammen, und der Lärm im Zimmer schwoll gewaltig an. Irgendwo in dem Getümmel schimpfte eine Stimme pausenlos in den höchsten Tönen, das Geleier hob sich deutlich von den tieferen Stimmen und dem Krachen umstürzender Möbelstücke ab.

»Los geht's«, flüsterte Mr Lugg, band sich die Hosen fest und griff nach seinem Totschläger. »Bis jetzt hat noch keiner geballert.«

»Das werden die hier nicht wagen«, murmelte Knapp und schlich hinter dem größeren Mann an der Wand entlang bis zum Türpfosten, wo er um die Ecke spähte.

Giles und Marlowe waren offenbar mitten durch die überrumpelten Ganoven geradewegs auf Biddy zugestürmt. Als Lugg und Knapp ankamen, war das Mädchen immer noch am Stuhl festgebunden. Die beiden jungen

Männer waren zwar direkt neben ihr, aber es war ihnen noch nicht gelungen, sie loszubinden. Beide waren übel zugerichtet. Giles Backe war bis auf den Knochen aufgeschlitzt, und Marlowe stützte sich mit der linken Hand auf ihn, während sein rechter Arm schlaff herunterhing.

Nur weil ihr Angriff so überraschend erfolgt war, war es ihnen gelungen, in den Raum einzudringen. Die wütenden Ganoven hatten sich gerade wieder gesammelt. Ein riesiger Kerl, der mit dem Rücken zur Tür stand, erhob plötzlich seine Stimme über dem Getöse: »Hände hoch ihr zwei, aber 'n bisschen dalli! Gebt ihnen eins drauf, Jungs!«

Mit erhobener Waffe trat er einen Schritt zurück, und Lugg nutzte die Gelegenheit, stürzte ins Zimmer und versetzte ihm einen kräftigen Schlag aufs Ohr. Er grunzte wie ein Schwein und fiel der Länge nach vornüber.

Knapp hechtete nach der Waffe, aber ein schwerer Stiefel ließ sich auf seinem Handgelenk nieder, und der Revolver wurde ihm vor der Nase weggeschnappt. Im nächsten Moment krachte der Kolben gegen seinen Hinterkopf, und er ging ohne einen Laut zu Boden.

Dass sein Partner derartig schnell erledigt worden war, brachte Mr Lugg in Rage. Er fuhr mit der Linken aus und schleuderte einen schweren Bilderrahmen auf die durcheinander liegenden Gestalten, was zwar nicht eben besonders hilfreich war, aber mit Erfolg zur allgemeinen Verwirrung beitrug.

»Gleich kommt der Boss«, rief eine Stimme. »Halt sie solang fest! Der kümmert sich dann um sie. Die sind nicht von der Polente.«

»Die Polizei wird jeden Moment kommen, ihr Schweine!«, schrie Giles. Er wurde von Minute zu Minute schwächer, da er Blut verlor, aber er war immer noch mit von der Partie und schlug wild um sich. Sogar während er sprach, lag er im Nahkampf mit einem Mann, und die beiden wälzten sich über den Boden.

Die Lage der Befreiungstruppe schien hoffnungslos. Immer noch waren zwei Ganoven nicht direkt in den Kampf verwickelt, einer von ihnen hatte eine Pistole, und Biddy saß nach wie vor gefesselt auf ihrem Stuhl. Trotz seiner Armverletzung kämpfte Marlowe wie verrückt. Der Schweiß lief ihm in die Augen, und seine schwarzen Haare hingen in feuchten Strähnen in sein Gesicht.

Genau in dem Moment, als Ropey auf Luggs ausgestreckten Armen kniete und langsam aber sicher seinen Hals nach hinten bog, drauf und dran, ihn zu erwürgen, da verlöschten ohne jegliche Vorwarnung sämtliche Lichter im Haus.

»Der Schalter geht nicht«, sagte eine Stimme aus der Dunkelheit. »Achtung! Da kommt was die Treppe rauf.«

Lugg schob sich unter den Stuhl, auf dem das Mädchen saß, und machte sich daran, ihre Fesseln zu lösen. Seine Finger bewegten sich geschickt in der Dunkelheit.

Der Kampf wurde vorübergehend eingestellt, und eine allgemeine Bewegung Richtung Tür setzte ein. Auf der Treppe war Fußgetrappel zu hören.

»Bist du's, Boss?«, fragte eine gepresste Stimme erwartungsvoll.

»Hier rein, Wachtmeister, hier rein.« Die Stimme war nicht identifizierbar, und im gleichen Moment leuchtete eine Taschenlampe ins Zimmer.

»Die Polente!«, schrie jemand, und ein Massenandrang auf die Tür setzte ein. Der Erste, der rauskam, schlug der Länge nach hin und blieb wie ein Klotz liegen.

»Hierher«, sagte eine andere Stimme, »da ist schon mal einer. Macht ihn fertig!«

Die letzten Worte gingen in einer kleinen Explosion unter. Sie war nicht laut, klang aber seltsam bedrohlich. Die Taschenlampe ging aus, und fast sofort bemerkte jeder im Raum etwas Tückisches in der Luft, das Hustenreiz verursachte und einem den Atem raubte.

Jemand versuchte, ein Streichholz zu entzünden, und ein angstvoller Ausruf entfuhr ihm. »Rauch!«, rief er. »Feuer!«

»Nehmt euch zusammen«, schrie eine zweite Stimme. »Da foppt uns einer. Es ist der Boss.«

Der Rauch wurde immer dichter. Giles, der schwankend auf die Füße kam, hörte ein Flüstern, das ihm zu neuem Leben verhalf:

»Die Rückfahrkarten, bitte. Schaff das Mädchen raus, du Dummkopf.«

Es war unverkennbar Campions Stimme. Im gleichen Moment flog ein Stuhl gegen das vorhangbedeckte Fenster, und unten auf der Straße war das Klirren von Glas zu hören.

Giles fühlte, wie ihn jemand streifte. Er streckte seine Hand aus und berührte einen seidenen Ärmel. Er ergriff ihn mit einem Ausruf.

Luggs Stimme knurrte ihn in dem Tumult an:

»Komm schon. Ich hab sie.«

Der überwältigende Rauch hatte sich inzwischen im Gang und in den oberen und unteren Stockwerken ausgebreitet. Ihr natürlicher Instinkt trieb die Ganoven nach unten, so gelangten sie am schnellsten auf die Straße. Das Überfallkommando hingegen wandte sich Richtung Dach. In dem allgemeinen Durcheinander war die Flucht verhältnismäßig einfach.

Als sie sich mit Biddy zur Dachkammer hochgekämpft hatten, stießen Lugg und Giles auf Mr Knapp.

»Ich hab auf euch gewartet«, sagte er schon fast wieder mit seiner altgewohnten Freundlichkeit.

»Ich hab vielleicht was auf die Birne gekriegt! Das war Bertie da unten, Lugg.«

»Halt die Klappe und schaff das Mädchen aufs Dach.« Mr Lugg war nicht in Gesprächslaune. Sein Gesicht glänzte vor Schweiß, und seine Augen blickten unstet vor Besorgnis.

Giles sah sich taumelnd um. »Wo ist Marlowe?«, sagte er schwach. »Wir müssen ihn da rausholen. Ich gehe wieder runter.« Er wankte zur Tür, aber bei seinem letzten Wort erstarb seine Stimme, und er sank auf die Dielen.

»Na prima, jetzt haben wir zwei.« Mr Luggs Tonfall war wieder der alte. »Mach zuerst mal die Tür hier dicht. Die anderen müssen seh'n, wo sie bleiben. Wir räumen die Ladung hier weg. Tu was gegen die Bluterei bei ihm, wenn du kannst. Wir wollen keine Spur hinterlassen.«

Knapp schniefte. »Mannomann, das ist vielleicht 'ne Kahnpartie«, bemerkte er. »Los dann – aufwärts geht's.«

Inzwischen herrschte unten weiterhin ein heilloses Durcheinander. Der Rauch hatte das erste Zimmer unbewohnbar gemacht, und die Dunkelheit, die das ganze Haus erfüllte, wurde durch die Dämpfe immer dicker und undurchdringlicher.

Von Panik erfüllte Männer hatten Fensterscheiben zertrümmert und Türen aufgerissen, in der Hoffnung, auf diese Weise die erdrückenden Wolken zu verteilen. Niemand hatte einen blassen Schimmer, was passiert war.

Marlowe, der durch den oberen Flur taumelte, prallte mit einem Mann zusammen, der am offenen Fenster stand. Er wich zurück.

»Ich möchte ja so gerne noch bleiben«, sagte eine sanfte Stimme in der Dunkelheit, »aber der Wagen, der rollt.«

»Campion!« Bevor er das Wort aussprechen konnte, legte sich ihm eine Hand auf den Mund. Ringsumher im

Rauch war ein Gehaste und Gefluche in allen Tonarten. Ein Rückzug war ausgeschlossen. Das ganze Haus schien in Aufruhr. Die sieben Männer, die sich in dem langen Raum befunden hatten, hatten Verstärkung von unten bekommen, Husten und Geschrei in den erstickenden Dämpfen.

»Lasst sie nicht entkommen!« tönte es von unten herauf.

»Wir sind in der Falle«, flüsterte Marlowe. »Wir werden ersticken.«

Campion gab ihm einen sanften Tritt, und in diesem Moment erschallte vom anderen Ende der Straße lautstark das aufgeregte Gebimmel der Feuerwehr.

»Feuer!« Der Schrei schien aus jeder Ecke der vornehmen Straße zu kommen. Campion und Marlowe, die am Fenster nach Luft schnappten, sahen, wie die Wagen anhielten. Die Messinghelme bewegten sich mit beeindruckender Schnelligkeit.

»Feuer!« Der Ruf erreichte das Haus.

Campion berührte Marlowe an der Schulter. »Notausgang«, murmelte er und schwang sich behände auf die Fensterbrüstung. Marlowe folgte ihm etwas langsamer. Diese neue Entwicklung kam völlig unerwartet.

Ihr Erscheinen auf dem Fenstersims versetzte die Menge, die sich unten auf der Straße versammelte, in Aufregung. Von draußen gesehen, sah der Brand sehr bedrohlich aus. Riesige Rauchschwaden quollen aus jedem Fenster und jeder Belüftungsöffnung hervor. Mr Campion sah mit einem gewissen Stolz auf die gelben Wolken. »Nicht schlecht, für eine Amateurvorstellung«, sagte er. »Ich habe mir schon oft Gedanken darüber gemacht, ob es nicht vielleicht möglich ist, die Rauchbombe mit der normalen Stinkbombe zu kreuzen. Ein wunderbarer Sprössling! Aber ich will nicht abschweifen«, fuhr er mit plötzlichem Ernst fort. »Überschrift: *Feuerwehrmann, rette mein Kind;*

das hier sieht zu sehr nach *Der Knabe auf brennendem Deck* aus. Bringen Sie ein bisschen Schwung in die Sache. Zittern Sie ein bisschen; werden Sie weich in den Knien, aber bei allen Heiligen, fallen Sie nicht!«

Er fing an, hektisch zu winken, und die Menge unten gab beruhigende Zeichen. Gerade als die Leitern in Position gebracht wurden, spürten sie eine Bewegung hinter ihrem Rücken. Campion fuhr herum und erwischte eben noch ein Gesicht, das aus dem Nebel bedrohlich auf sie zukam, mit einem Gummiknüppel. Das Gesicht tauchte nicht mehr auf.

»Passen Sie auf«, sagte Marlowe und lehnte sich zurück, als das obere Ende einer Feuerwehrleiter in der Luft umherschwankte und dann kurz unter ihnen anlegte.

»Sag ihnen, dass das noch nicht alles war«, sagte Campion. »Los geht's.«

Beim Hinuntersteigen konnten sie von unten das Geräusch von zersplitterndem Glas und Holz hören. Die Tür und die Fenster der unteren Stockwerke waren offenbar bestens verrammelt, und die Feuerwehrleute waren dabei, sie aufzubrechen.

Das verursachte eine gewaltige Aufregung, die ihr Erscheinen zu ebener Erde nicht mehr allzu sehr zu steigern vermochte.

Trotzdem wurden sie von einer kleinen Schar umringt, und der Feuerwehrmann, der sie am Fuß der Leiter in Empfang nahm, fragte besorgt, ob sich drinnen noch andere Personen befänden.

Mr Campions Antwort schürte die Hoffnungen der sensationslüsternen Menge.

»Das Haus ist gerammelt voll«, sagte er ernst. »Mehr Rauch als Feuer, scheint mir. Es ist ein Herren-Klub – jede Menge pensionierte Offiziere – halten alle die Stellung.«

»Sie gehören nicht zu den Tapferen«, sagte ein schwächlich aussehender kleiner Mann aus der Menge. »Das kann ich Ihnen aber nicht verdenken. Tollkühn nenne ich so was.«

Campion sah auf das Haus zurück. Die Schläuche pumpten Wasser in das dunkle Gebäude, und Feuerwehrmänner drangen bereits ein.

»He!«, schrie er plötzlich. »Was haben sie da? Eine Leiche?«

Marlowe wollte sich gemeinsam mit dem Rest der vorwärtsdrängenden Menge umsehen, wurde aber fest am Oberarm gepackt und durch die herbeiströmenden Menschenmassen gezerrt. Die Ankunft einiger Polizisten, die die Flut zurückdämmten, verdeckte dann ihre Flucht.

Als sie die offene Straße erreichten, klang Campions Stimme an seinem Ohr:

»Jetzt, wo wir die Sache so erfolgreich in Schwung gebracht haben, alter Vogel«, murmelte er, »ist es Zeit zu verduften.«

23
Der Retter in der Not

Mr Knapps Hinterzimmer glich fast einem Verbandsplatz, als Marlowe und Campion ankamen.

Giles, der immer noch sehr bleich und zitterig war, empfing sachkundige Erste Hilfe aus Mr Luggs fähigen Händen, während Mr Knapp eine Beule an seinem Kopf untersuchte, mit Hilfe eines eichenholzgerahmten Spiegels, dessen Zweckmäßigkeit stark gemindert war durch die Tatsache, dass quer darüber in großen Buchstaben die Worte ›Bass Flaschen-Bier‹ aufgedruckt waren.

Mrs Knapp beugte sich über Biddy und flößte ihr aus einem Eierbecher kleine Schlückchen Rum ein. Nur Mr Barber befand sich noch dort, wo sie ihn zurückgelassen hatten. Offensichtlich hatte er sich mit der Lage abgefunden, wenn er auch absolut nicht begriff, was los war.

Campion war sichtlich erleichtert, die anderen wiederzusehen. Er wurde freudig begrüßt, und alle wandten sich mit einer Wissbegierde an ihn, die darauf schließen ließ, dass sie sich große Sorgen über seine lange Abwesenheit gemacht hatten.

Biddy erhob sich und ging auf ihn zu. »Ach, ich bin so froh«, sagte sie atemlos. Sie ergriff Campions Hand, aber ihr wahres Interesse galt in erster Linie Marlowe.

»Du bist verletzt!«, sagte sie, nun wieder voller Besorgnis. Er schnitt eine Grimasse und lächelte. »Es sieht schlimmer aus, als es ist«, meinte er leichthin. Mit ihrer Hilfe schälte er sich aus dem Hemd und legte eine hässliche Wunde an seinem Unterarm frei. Die andern umringten ihn.

»Da kümmer' ich mich drum«, sagte Lugg. »Und Sie, Miss, legen sich hin. Sie seh'n nicht grade rosig aus. Und du, mein Hübscher«, wandte er sich dann an Mr Knapp, »lass jetzt mal die Schönheitspflege und hilf mir.«

»Lass mich in Ruhe!«, sagte sein Freund mürrisch. »Ich hab hier 'ne Beule, groß wie'n Hühnerei. Hat sich aber trotzdem gelohnt«, fuhr er schon wieder fröhlicher fort. »War Tatsache keine schlechte Vorstellung, echt, Mama. Da hast du was verpasst.«

»Ich hab verdammt nochmal keine Ahnung, was da los war«, sagte Mr Lugg im Plauderton, während er eine große Mullauflage an Marlowes Arm befestigte. »Ich hab mich schleunigst verdünnisiert mit dem Mädchen, wie's der Boss mir gesagt hat.« Er wandte sich an Campion. »Mann, war ich vielleicht froh, wie ich Sie kommen gehört hab. Was ist'n mit Ihnen und dem jungen Stutzer hier passiert?«

»Ich fürchte, ich bin an allem schuld«, sagte Marlowe. »Ich bin umgekehrt, um diesen verdammten Typen abzumurksen. Ich nehme an, Sie kamen hinter mir her, Campion.«

»Nicht direkt«, sagte der junge Mann bescheiden. »Ich wollte unbedingt die Feuerwehr sehen. Ihr könnt euch nicht vorstellen, was für ein Aufzug im Fackelschein da veranstaltet wurde, nachdem ihr weg wart. Marlowe und ich wurden geradezu königlich empfangen.«

»Feuer?« Mr Knapp blickte auf. »Da war doch kein richtiges Feuer?«

»Von wegen, kein Feuer«, sagte Giles. »Wir sind ja fast erstickt.«

Marlowe grinste. »Das war *er*«, sagte er und zeigte auf Campion.

»Ich habe eine kleine Rauchbombe losgelassen«, sagte

Campion stolz. »Das Zimmer hier – du entschuldigst, Knapp, ist gar nichts dagegen.«

»Eins kapier' ich nicht« – Mr Knapp überging die letzte Bemerkung –, »warum war die verdammte Feuerwehr so schnell da?«

»Das war auch ich«, sagte Campion. »Sobald diese jungen hoffnungsvollen Männer ihre tollkühne Attacke gestartet hatten, was tat da der kleine Albert? Er verdrückte sich.«

»Weiß ich«, sagte Mr Knapp. »Hab's gesehn.«

»Ganz recht«, bestätigte Campion, setzte seine Brille wieder auf und musterte den kleinen Mann kühl. »Und verkommen, wie du bist, Thos, hast du zweifelsohne angenommen, dass ich abgehauen bin. Jedoch, du tust mir Unrecht, Bruder Seltsam. Ich bin durch dieses offene Dachfenster, auf das du mich aufmerksam gemacht hattest, ins nächste Haus gesprungen, habe den Telefonhörer ergriffen und gesagt: ›Tut mir Leid, Sie bemühen zu müssen, aber in Nummer zweiunddreißig brennt's. Das Gebäude steht in hellen Flammen. Könnten Sie mal jemanden vorbeischicken, der sich darum kümmert?‹ Die Leute am andern Ende der Leitung schienen recht beeindruckt, und ich kehrte wieder um. Ich kam gerade rechtzeitig, um noch mitzukriegen, wie diese zwei alten Stümper ihren Angriff starteten. Es schien mir da doch insgesamt etwas zu hell zu sein, also latschte ich die Treppe runter, um zu sehen, was sich da machen ließ. Unterwegs traf ich den alten Rotbart. Nach ein paar Begrüßungsworten führte ich ihm mein Knüppelkunststück vor. Es hat ihn glatt umgehauen, und ich kümmerte mich um die Elektrik. Dann bin ich zurückgeschlendert und habe dabei meine berühmte Nummer ›Britische Polizeitruppe im Einsatz‹ abgezogen. Der Rest war dann ganz einfach«, fügte er hinzu und strahlte sie einfältig an. »Ich warf meine kleine Wunderbombe. Und los ging der Feuerzauber. Ihr habt die Dame hinausbegleitet, und Marlowe und ich blieben zurück, um den Abwasch zu machen. Noch irgendwelche Fragen?«

»Albert, du bist großartig!« Biddy, die sich fest bei Marlowe untergehakt hatte, war voller Bewunderung. »Ihr alle seid toll. Wenn ihr wüsstet, was für Ängste ich ausgestanden habe – ich war –«

Campion legte einen Finger auf die Lippen und warf einen Blick zu den Knapps. Biddy verstand und führte ihren Satz anders zu Ende:

»Ich war so froh, als ihr kamt«, sagte sie. »Ich weiß immer noch nicht, wo wir uns befinden, und wie wir hierher gekommen sind.«

»Wenn mich nicht alles täuscht«, sagte Mr Lugg, indem er Giles' Verletzung begutachtete, »muss ich diesen Bengel hier zum alten Doktor Redfern bringen. Da gibt's 'n bisschen was zu flicken.«

Giles und Biddy wechselten einen Blick, und Campion, der ahnte, welche Frage sie bewegte, sagte beruhigend: »Der beste Mann für solche Fälle. Er hat sich auf so was spezialisiert.«

»Ein guter Mann? Der ist 'n verdammtes Genie, ist der!«, sagte Mr Lugg bissig. »Wenn Doktor Redfern nicht gewesen wär, hätt ich Sie in der Wohnung übers Ohr gehauen. Auf geht's, Kumpel. Der Hübsche fällt uns noch auseinander. Ich nehm ihn jetzt mit zum Spezialisten, genau das ist der nämlich.«

»Vielleicht«, ergriff Mr Barber die Gelegenheit und erhob sich, »sollte ich die anderen dann zu Mr Campions Wohnung bringen.«

Er klang derartig hoffnungsvoll, dass Marlowe grinsen musste. Niemand hatte ihn so recht beachtet seit ihrer

Rückkehr, und Campion wandte sich ihm ganz überrascht zu.

»Das ist eine gute Idee«, sagte er. »Ich fürchte, wir haben Ihnen ganz schöne Unannehmlichkeiten bereitet, Mr Barber, aber wir hatten ja selbst auch einige Unannehmlichkeiten.«

Der Orientale sah ihn an, als hielte er ihn für einen Idioten, ging aber zur Tür, und die anderen folgten ihm.

Campion blieb zurück, um mit Knapp zu reden. Als er schließlich runterkam, saßen die andern schon im Auto. Giles und Lugg nahmen ein Taxi in der Church Street.

»Gute Nacht zusammen«, rief Mr Knapp vom Fenster aus.

Als Mr Barbers Auto am Ende von Beverley Gardens vorbeifuhr, war vor Nummer zweiunddreißig immer noch die Feuerwehr zugange.

»Sie spielen also immer noch ›Spitz pass auf‹«, bemerkte Campion vergnügt. »Würde mich interessieren, wie sie das alles ihren Vorgesetzten erklären. Ich fürchte, das wird Mr Datchett einigen Kummer bereiten.«

»Datchett?«, merkte Biddy auf. »Der Wahrsager? War der das?«

»Genau *der* war's«, sagte Campion grimmig. »Einer von der ganz üblen Sorte – ein Erpresser.«

»Und unser Freund Thos ist natürlich –«, begann Marlowe sanft.

Mr Campion schnitt eine Grimasse. »Das tut jetzt nichts zur Sache«, sagte er, und sie fuhren schweigend weiter.

Nach stillschweigender Übereinkunft wurde kein Wort über Biddys Abenteuer gesprochen. Campion wollte offenbar, dass die Sache möglichst unter ihnen blieb.

Gegen ein Uhr kamen sie bei dem dunklen Eingang neben der Polizeiwache an.

»Danke, nein.« Mr Barbers Antwort hatte etwas absolut Endgültiges, als sie ihn baten, mit hereinzukommen. »Sie werden entschuldigen, aber ich verspüre das dringende Bedürfnis nach einem türkischen Bad.« Er zögerte und sah Biddy an. »Ich hatte gehofft, die Zustimmung Ihres Bruders zu erlangen, dass ich mich um den Verkauf seines Bildes kümmern darf«, sagte er wehmütig.

Biddy starrte ihn an. Wenn sie nicht so erschöpft gewesen wäre, hätte sie gelacht. Diese plötzliche Begründung seiner Anwesenheit, mitten in einem derartig außergewöhnlichen Abenteuer, weckte ihren Sinn fürs Absurde.

»Ich denke, ich kann Ihnen versprechen, dass das in Ordnung geht«, sagte sie. »Herzlichen Dank für alles, was Sie für uns getan haben.«.

Mr Barber strahlte. »Ich werde Sie beim Wort nehmen«, sagte er. »Sie haben keine Vorstellung von dem Wert, dem hervorragenden Zustand der Erhaltung, dem –«

Campion berührte ihn am Arm. »Nicht jetzt, alter Junge«, sagte er müde. »Zeit für die Heia. Morgen ist auch noch ein Tag.«

Marlowe und Biddy waren schon auf der Treppe. Campion trat durch die Tür und ging langsam hinter den beiden her. Er stieg bedächtig hinauf, sein Gesicht war abgespannt und verschwitzt. Die Strapazen der letzten paar Stunden hatten ihre Spuren hinterlassen.

Als er oben ankam, hatte Isopel, die bleich und müde war von der langen Nachtwache, bereits die Tür geöffnet.

»Sie haben es geschafft!« Sie war völlig außer sich. »Oh, Biddy, Gott sei Dank haben sie dich befreit! Wo ist Giles?«, fügte sie nervös hinzu, als Campion die Tür hinter sich schloss.

»Es geht ihm gut«, sagte Marlowe beruhigend. »Lugg wird ihn jeden Moment hierher bringen.«

»Hierher bringen?« Ihre Augen weiteten sich. »Ist er verletzt?«

»Nicht schlimm«, antwortete Biddy. »Er hat eine Wunde an der Backe. Oh, Isopel, sie waren großartig.« Sie ließ sich in einen Sessel fallen und bedeckte ihr Gesicht mit den Händen. »Jetzt, wo alles vorbei ist«, sagte sie, »muss ich plötzlich weinen.«

Marlowe ließ sich auf der Sessellehne nieder und legte ihr beruhigend die Hand auf die Schulter.

»Essen«, sagte Mr Campion. »Bei Kummer – essen. Fortsetzung der Kriminalstory in der nächsten Ausgabe. Isopel, haben Sie was gegessen?«

Das Mädchen schüttelte den Kopf. »Ich – ich war nicht hungrig.«

»Das ist ungünstig. Rodriguez hat sich längst zu Hause aufs Ohr gelegt. Sehen wir mal nach, was Lugg so isst.« Er verschwand im hinteren Teil der Wohnung. Die ganze Zeit über hatte er bewusst nicht auf Biddy geachtet, und plötzlich dämmerte Isopel, was er bei seinem etwas seltsamen Abgang durch den Aufzugschacht gemeint hatte.

»Was für eine Niete ist doch der britische Einbrecher in Fragen der Gastronomie«, bemerkte Campion, als er wieder erschien. »Eine Büchse Sardinen, ein halber holländischer Käse, ein paar Scheiben Reform-Brot zum Abnehmen und ein paar Flaschen Bier. Aber immerhin besser als nichts. Im Schrank neben Ihnen, Marlowe, steht Likör für Sie. Whisky ist da auch, und eine Schachtel Kekse muss auch irgendwo rumliegen. Nächtliche Szene in einer Wohnung in Soho – vier dem Hering Ergebene ergeben sich. Eine kleine Wäsche würde gewiss gut tun«, wechselte er das Thema, indem er an sich hinunterblickte. »Isopel, kümmern Sie sich in meinem Zimmer um Biddy, und wir werden wohl mal im Badezimmer sehen, wozu die Handtücher taugen, Marlowe. Die geschätzte Mrs Knapp ist zweifelsohne eine gute Mutter, aber als Hausfrau ist sie eine Katastrophe.«

»Da muss ich Ihnen Recht geben«, sagte Marlowe. »Bei allem Respekt schätze ich doch, dass ich diese Kleider verbrennen muss.«

»Das scheint fast angebracht«, stimmte Campion zu. »Ich habe im Nebenzimmer ein paar schicke Herrenklamotten, falls Sie was brauchen.«

Giles und Lugg trafen etwa eine Stunde später ein, als sie sich gewaschen und verpflegt hatten. Der junge Mann war dick verbunden, und Isopel tänzelte in einer Art und Weise um ihn herum, die ihm ausgesprochen angenehm war.

Mr Lugg sah sich angewidert im Zimmer um. »Hier hat wohl 'n Picknick stattgefunden?«, bemerkte er. »Erstens ist da 'n Abwasch fällig, und zweitens ist mein bester Käse weg. An so 'nem Käse hab ich leicht dreißig Tage, die Rinde nicht mitgerechnet. Zum Glück haben ich und der Jüngling uns 'nen kleinen Happen in 'ner Imbissbude geleistet, sonst würden wir jetzt mit Käserinden und Heringssoße gespeist, wie's in der Bibel steht.«

»Es ist langsam Zeit«, sagte Campion, ohne ihn zu beachten, »dass wir uns um Biddy scharen und die Schauergeschichte hören. Aber hör zu, meine Liebe«, fuhr er fort und sah das Mädchen an, »ich möchte nicht, dass du uns jetzt berichtest, wenn es dir zu sehr zusetzt. Fürs Erste sind wir hier so sicher wie überall.«

Das Mädchen sah ihn dankbar an. »Es geht schon«, sagte sie. »Ich habe es Isopel nebenan schon erzählt, und ich muss es mir vor euch allen von der Seele reden, sonst werde ich noch glauben, dass ich übergeschnappt bin und mir das ganze nur einbilde.«

»Na wunderbar«, meinte Campion. »Stell dir vor, wir

sind von einer Sonntagszeitung: Erspar uns nichts. Kein einziges gruseliges Detail.«

Sie hatten sich nun um das Mädchen versammelt, das bequem auf der Chesterfield-Couch lag. Marlowe saß am Fußende des Sofas, Isopel auf dem Boden an ihrer Seite, Campion saß rittlings auf einem Stuhl vor ihr, und Giles und Lugg befanden sich rechts und links neben ihm.

Biddy sah hilflos zu ihnen auf. »Das Dumme an der Sache ist«, begann sie, »dass ich mich an so wenig erinnern kann. Ich werde euch alles erzählen, was ich weiß. Ich ging also daheim zur Post.«

»Das war heute Morgen«, sagte Giles. »Oder jetzt wohl eher gestern Morgen.«

Sie sah ihn verständnislos an. »Das muss länger her sein«, meinte sie. »Also, ich –«

»Nicht so wichtig«, sagte Marlowe sanft. »Ich denke, wir wissen, was bei Kettle passiert ist.«

»Dann wisst ihr mehr als ich«, sagte Biddy. »Es kommt mir so lange her vor. Ich erinnere mich, dass er mir gesagt hat, er wolle mir etwas zeigen, wenn ich kurz ins Hinterzimmer käme. Ich bin natürlich reingegangen – warum auch nicht. Dann muss mich wohl jemand von hinten angefallen haben, und ich kann mich an überhaupt nichts mehr erinnern, bis zu dem Zeitpunkt, wo ich in einem schrecklichen Zustand in einer Art Kasten aufgewacht bin. Ich dachte, ich wäre in einem Sarg. Ich hatte furchtbare Angst. Es war wie alle meine schlimmsten Albträume zusammengenommen. Ich trat um mich und schrie, und sie ließen mich raus. Ich befand mich in einem Zimmer – das muss in dem Haus gewesen sein, zu dem ihr dann gekommen seid. Mir war schrecklich übel, und ich hatte einen ekligen Geschmack im Mund. Wahrscheinlich war ich immer noch etwas betäubt.«

Marlowe gab einen undeutlichen Laut von sich, und sie lächelte ihn matt an.

»Jetzt geht's mir besser«, sagte sie. »Und was ich dir sagen muss, Albert«, fuhr sie fort, »es waren nicht die richtigen Leute. Ich meine, nicht die Leute, die Mr Lobbett haben. Das war eine ganz andere Truppe. Sie dachten, ich wüsste, wo er ist. Darüber haben sie mich pausenlos ausgefragt. Sie wollten nicht glauben, dass ich nichts wusste.«

»Moment mal«, sagte Giles. »Da muss mal was geklärt werden, Biddy. Wie kamen die zu der Annahme, dass du was weißt?«

Durch die Gruppe, die sich um das Mädchen auf der Couch geschart hatte, ging eine unwillkürliche Unruhe. Diese Frage, die in der Aufregung der letzten paar Stunden untergegangen war, stellte sich ihnen jetzt wieder mit doppelter Wichtigkeit. Biddy sah wirklich nicht so aus, als könnte sie irgendein Doppelspiel betreiben.

Sie sah sie stirnrunzelnd an. »Das konnte ich nicht ganz herausfinden«, sagte sie. »Es hatte wohl irgendwas mit meiner Handschrift zu tun.«

»Findet ihr nicht auch, dass wir Biddy über alles informieren sollten, was wir wissen«, meinte Marlowe. »Und bedenkt, dass wir nur Knapps Aussage haben. Er behauptet, dass er ein Telefongespräch mitgehört hat, in dem davon die Rede war, dass du ein Paket aufgegeben hast, in dem sich der Anzug befand, den mein Vater trug, als er verschwand. Das ist grob gesagt der Grund, warum du entführt wurdest.«

Biddy schüttelte den Kopf. »Ich verstehe immer noch nichts. Ich habe kein Paket verschickt. Und dennoch kann Kettle meine Handschrift kaum verwechseln – er hat sie so oft gesehen.«

»Aber hast du nicht vielleicht irgendwas geschrieben?«,

fragte Giles. »An wen hast du vor kurzem geschrieben?«

Biddy überlegte eine Weile. »An niemanden«, sagte sie schließlich. »Ich habe ein paar Rechnungen bezahlt. Höchstens – oh, Giles – es kann doch nicht George gewesen sein? Er kann doch nicht –«

Sogleich war Campions Interesse geweckt. »Was kann George nicht?«, wollte er wissen.

»George kann nicht schreiben«, sagte Biddy. »Unter anderem. Aber Albert, er kann doch nicht in die Sache verwickelt sein. Das ist unvorstellbar.«

»Kann nicht schreiben?«, bemerkte Marlowe. »Das ist allerdings unvorstellbar.«

»Aber ich habe etwas für George geschrieben«, sagte Biddy. »Ihr müsst wissen, dass der arme alte Swithin früher alle Briefe für ihn geschrieben hat – seine Rechnungen und was so anfiel. Er kam mit einem Paketaufkleber zu mir. Ich weiß noch, wann das war – es war an dem Morgen nach Mr Lobbetts Verschwinden. Ich erinnere mich daran, weil ich so müde war. Es kam mir absurd vor, dass jemand an so etwas Banales wie Pakete verschicken denken konnte.«

»Das klingt gut«, sagte Campion. »Erinnerst du dich an die Adresse?«

»Ja«, sagte Biddy. »Es ging an Mrs Pattern. Das ist seine Tochter. Sie hat einen Tankwart geheiratet und ist auf die Canvey Islands gezogen. Ich schicke ihr von Zeit zu Zeit etwas. Er hat mir erzählt, dass er ihr ein paar Saatknollen schicken wollte.«

»Eine seltsame Jahreszeit, um Saatknollen zu verschicken«, bemerkte Giles.

Biddy nickte. »Das stimmt«, gab sie zu. »Aber natürlich fiel mir das zu diesem Zeitpunkt nicht auf. Die ganze Sache kommt mir auch jetzt noch verrückt vor. Er kann doch damit nichts zu tun haben, Giles – wir kennen ihn unser ganzes Leben lang.«

»Vielleicht hat der alte Teufel die Kleider gefunden und sie weggeschickt, ohne was zu sagen. Das wird's sein«, sagte Giles. »Aber wie dem auch sei, er wird uns das alles ausführlich erklären müssen.«

»Selbst wenn das alles stimmt«, warf Marlowe ein, »müsste dieser Kettle doch wissen, wer das Paket verschickt hat. George muss es doch selbst aufgegeben haben.«

»Nicht unbedingt«, sagte Giles. »Er bringt immer alle Briefe vom Gutshaus und vom Verwalterhaus zur Post. Er holt sie ab, wenn er vorbeikommt. Das macht er schon seit Jahren. Das ist eine seiner Aufgaben.«

»Das erklärt wohl alles«, sagte Campion. »Erzähl weiter, meine Liebe. Wie lange hatten sie dich im Kreuzverhör?«

Wieder trat die Furcht in die Augen des Mädchens. »Tagelang kam es mir vor«, sagte sie. »Wie lang es tatsächlich war, kann ich nicht sagen. Dieser schreckliche kleine Mann hat mir die größte Furcht eingejagt.«

Ein Ausdruck der Befriedigung zeigte sich auf Marlowes Gesicht. »Das wird er nie wieder tun«, sagte er. »Aber Biddy, ich verstehe das nicht ganz. Haben sie dich die ganze Zeit bedrängt?«

»Ja. Ich wurde gefesselt, als sie mich aus dem Kasten geholt hatten. Mir war hoffnungslos übel. Ich glaube, ich habe das Bewusstsein verloren.«

»Was hast du ihnen erzählt?«, fragte Campion.

»Was konnte ich ihnen schon erzählen? Sie wollten wissen, wo Mr Lobbett ist. Das wusste ich nicht. Ich habe ihnen erzählt, dass wir glauben, dass er entführt wurde, und sie lachten mich aus. Sie versuchten es mit Drohungen aller Arten und mit Belohnungen. Oh, es war – es war entsetzlich.«

Einen Moment lang sah es so aus, als würde sie gleich zusammenbrechen, aber sie fasste sich wieder. »Davor hatte ich gar nicht richtig begriffen, dass all das tatsächlich passiert ist«, brach es plötzlich aus ihr hervor. »St. Swithins Tod hat mich gelähmt und begriffsstutzig gemacht, glaube ich. Als Mr Lobbett verschwand und diese absurde Botschaft ankam, und als dann die Kleider auftauchten, schien ich nicht in der Lage, das richtig zu erfassen. Aber als sie mich dann befragten, begriff ich plötzlich, wie hoffnungslos ernst es ihnen war. Ist euch eigentlich klar, euch allen, dass entweder ihr Anführer, den ich nicht gesehen habe, oder Mr Lobbett sterben muss? Es geht um Leben und Tod.«

Obwohl der Gedanke ihnen allen schon zu unterschiedlichen Zeitpunkten gekommen war, erschreckte Biddys unverblümte Feststellung sie gehörig.

Campion stand auf. »Das habe ich die ganze Zeit schon gewusst«, sagte er in einem Tonfall, der ganz und gar nicht zu seiner üblichen Leichtfertigkeit passte.

»Sie haben nichts von mir herausbekommen«, sagte Biddy, »weil ich nichts wusste. Aber wenn ich was gewusst hätte« – sie sah sie der Reihe nach an, ihre braunen Augen blickten offen und ehrlich – »hätte ich's gesagt. Ich war zu Tode geängstigt. Ich hatte Angst, dass sie mich töten oder mir die Augen ausstechen würden. Ihr versteht mich doch sicher?«

»Voll und ganz«, sagte Marlowe. »Und du hast außerdem völlig Recht, Campion, wir können Biddy und Giles da nicht länger mit hineinziehen. Wir –«

Giles unterbrach ihn. »Wir bleiben dabei. Ich spreche für Biddy, das ist mir klar, aber wir sind einer Meinung.«

»Wir bleiben«, wiederholte das Mädchen. »Ich habe selbst darauf bestanden mitzumachen. Ich fühle mich ziemlich mutig, jetzt, nachdem ihr mich befreit habt«, fügte sie nervös lachend hinzu.

Mr Lugg, der sich während des letzten Teils der Unterhaltung zurückgezogen hatte, kam jetzt wieder. »Ich hab 'ne Morgenzeitung besorgt«, sagte er. »'s ist grade kurz nach drei. MYSTERIÖSER BRAND IN KENSINGTON ist unser kleiner Beitrag. Hören Sie mal:

Letzte Nacht wurde die Feuerwehr von Kensington zu einem mysteriösen Brand gerufen, der in Beverley Gardens 32 ausgebrochen war. Zwei interessante Fakten werden berichtet. Die dichten Rauchwolken, die auf ein Feuer schließen ließen, waren durch eine Chemikalie hervorgerufen worden. Die zweite mysteriöse Tatsache ist, dass etliche bewusstlose Männer aus dem Haus geholt wurden, deren Zustand nicht allein auf den Rauch zurückzuführen war. Die Polizei untersucht den Vorfall.

Mehr als 'n paar kümmerliche Zeilen kriegen wir nicht«, sagte Mr Lugg. »So 'ne schöne Vorstellung und nur die paar Zeilen. Aber warten Sie nur, bis *News of the World* meine Lebensgeschichte veröffentlicht: *Man hat mich dazu getreibt,* sagt der berühmte Gauner.« Er warf die Zeitung verächtlich auf den Boden. Marlowe hob sie auf und wollte sich die Kurzmeldungen ansehen, als ein Foto auf der Rückseite seine Aufmerksamkeit erregte. Er studierte es genauestens.

»Das gibt's doch nicht!«, sagte er plötzlich. »Ich dachte schon, das wäre Vater.«

Campion sprang auf und stand im Nu neben ihm.

»Wo?«, sagte er und riss ihm die Zeitung mit ungebührlicher Ungeduld aus den Händen.

»Hier«, sagte Marlowe und zeigte über Campions

Schulter hinweg auf das Foto eines Mannes, den man offenbar überrascht hatte, da er aufgeschreckt zur Kamera sah. Der Bildkommentar war nicht besonders aufschlussreich:

Diplodokus in Suffolk – Unserm Spezialfotografen gelang mit seiner Tele-Kamera ein Schnappschuss von Archäologen bei der Arbeit. Nach wie vor bewahrt Honorable Elwin Cluer äußerstes Stillschweigen im Zusammenhang mit der bemerkenswerten Ausgrabung auf seinem Gelände am Roten Turm, nahe bei Debbenham in Suffolk.

»Es sieht ihm teuflisch ähnlich«, sagte Giles, zu ihnen tretend.

»Ähnlich«, sagte Campion stotternd. »Kapiert ihr Hornochsen denn nicht, dass in dieser verfluchten Nacht aller Nächte das denkbar Unwahrscheinlichste und Grässlichste geschehen ist?«

»Es sieht ihm verdammt ähnlich«, sagte Marlowe.

»Na logisch.« Mr Campion schrie vor Wut. »Er *ist* es! Ich habe ihn da hinverfrachtet.«

24
»Noch einmal stürmt, noch einmal, liebe Freunde«

Nach Mr Campions überraschender Eröffnung herrschte zunächst einmal sprachloses Schweigen.

»Das müssen Sie uns aber erklären, Albert«, sagte Isopel schließlich.

»Da komme ich wohl nicht drum herum«, stimmte Campion zu. »Und dann heißt es, keine Zeit verlieren. Auch noch andere außer uns werden dieses abstoßende Beispiel von Reporterschnüffelei entdecken. Dieses Käseblatt hier hat eine Auflage von mehreren Millionen. Ich muss mich furchtbar entschuldigen bei euch allen«, fuhr er hastig fort, als sie ihn unentwegt anstarrten. »Ich bin mit schuld an den Sorgen der letzten paar Tage, aber es ging nicht anders. Nicht dass ihr denkt, ich hätte euch nicht vertraut, aber ich wollte euch unnötige Scherereien ersparen. Ich wusste nicht, was sie anstellen würden, um etwas aus uns herauszubekommen, und wollte ganz sicher sein, dass ihr alle von absolut nichts eine Ahnung hattet.«

»Aber er verschwand vor unsern Augen«, sagte Biddy. »Ich war mit dir zusammen. Du hast mit mir gesprochen.«

»Er hat mitgeholfen«, gestand Campion. »Er und George haben das Ding zusammen geschaukelt. Ein schönes abgekartetes Spiel nach altbewährter Methode. Es wurde hier nämlich zu brenzlig«, fuhr er an Marlowe gewandt fort. »Sie hatten uns bereits am Abend Ihrer Ankunft ausfindig gemacht – Datchett tauchte auf. Ich habe ihn nicht erkannt, und einen Moment lang hat er mich in große Aufregung versetzt. Ich dachte, er wäre vielleicht der Große Beelzebub persönlich. Dann hat der arme alte St. Swithin sich erschossen. Ich konnte mir darauf keinen Reim machen – in gewisser Weise tappe ich da immer noch im Dunkeln. Inzwischen dürfte ziemlich klar sein, dass dieser Bursche und seine Kumpels für Simister arbeiten, und zwar mit gutem Grund. Der Bursche hat genau das zu bieten, was der Große Meister braucht. Offensichtlich hat er in der ganzen Gegend seine Informanten-Klatschmäuler, kleine Schnüffler und Ähnliches. Kettle ist so einer. Derartige Kriecher verschafften ihm seine besten Klienten. Sie sammelten die Beweise; Datchett kassierte das Erpressungsgeld. Nicht jugendfrei, die Geschichte.«

»Da komme ich nicht ganz mit«, sagte Marlowe. »Wollte der Wahrsager den alten Pfarrer dazu bringen, uns zu hintergehen?«

»So ungefähr«, sagte Campion. »Wahrscheinlich war ihm klar, dass Kettle ihm herzlich wenig helfen würde, wenn man einmal davon absieht, dass er uns ausfindig gemacht hat, und er wollte Swithin zwingen, ihm einschlägige Informationen zu liefern.«

»Und St. Swithin hat sich lieber erschossen, als das zu tun?«, vermutete Giles.

Campion zögerte. »Ich fürchte«, sagte er schließlich, »dass Datchett ihn mit irgendetwas ziemlich Substanziellem bedroht hat. Ich nehme an, dass der alte Knabe schon lange vorher bis aufs Blut ausgesaugt worden war. Er muss irgendeine Entlarvung gefürchtet haben, und ihm fehlten die Mittel, sich noch weiter freizukaufen.«

»Aber was soll das denn gewesen sein?«, sagte Biddy. »Das ist doch absurd.«

»Das können wir nicht wissen, meine Liebe«, sagte Campion sanft. »Aber eins weiß ich genau: Sein letzter

Wunsch war, uns zu helfen, und das hat er auf höchst nützliche und praktische Art getan. Er gab uns einen wertvollen Rat, der nur deshalb auf diese ziemlich melodramatische Art und Weise übermittelt wurde, weil er so ängstlich darauf bedacht war, dass nur die Person, die es direkt betraf, ihn verstehen sollte.«

»Das warst du«, sagte Giles.

Campion nickte.

»Ich hab's nicht gerade besonders schnell begriffen«, gab er zu. »Die Botschaften kamen nicht in der richtigen Reihenfolge. Deine, Biddy, *Gefahr* hätte als Erste kommen müssen. Die sollte uns jede Illusion rauben, dass Datchett ein echter Wahrsager ist. Dann kam Alaric Watts – der interessanteste alte Mann, den ich seit langem getroffen habe. Im Zweifelsfall hat St. Swithin sich wohl immer an Alaric Watts gewandt, wenn er ihm auch niemals seine Hauptsorge anvertraut hat. Und dann war da natürlich der rote Turm. Das habe ich nicht verstanden, bevor ich Watts aufsuchte. Es stellte sich heraus, dass er und sein Nachbar, der ein alter Fossilienkrämer ist, gute Kumpels sind. In dessen ziemlich ausgedehntem Garten haben unsre frühen Vorfahren dermaleinst eine Kirche errichtet, von der er immer wieder mal ein Stück ausgräbt. Als sie gerade mal wieder auf Schatzsuche waren, buddelten sie einen Zehennagel aus, der so groß war wie eine Speisetafel, was die ganze Gegend in Begeisterung versetzte. Die Presse hat Wind davon gekriegt, und der alte Cluer – so heißt der Mann, von dem ich sprach – hat sich verbarrikadiert wie in einer Festung. Keiner durfte rein oder raus ohne ihr Buddel-Club-Abzeichen.

St. Swithin, Gott habe ihn selig, wusste das alles, und ihm war wahrscheinlich schon vorher die Idee gekommen, dass das genau der richtige Ort war für jemanden, der sich ein bisschen von der Öffentlichkeit zurückziehen wollte. Er traute sich nicht, uns noch einmal aufzusuchen, weil er Angst hatte, die Nerven zu verlieren. Deshalb hat er es niedergeschrieben.«

»Aber warum hat er eine Schachfigur geschickt?«, sagte Marlowe.

»Wenn Sie einen Blick auf die Zeitung da drüben werfen«, sagte Campion, »werden Sie es verstehen. Das Gut neben Alaric Watts heißt ›Am Roten Turm‹. Da steht ein großer, alter Backsteinturm, das Wahrzeichen der Gegend. Das war St. Swithins einzige Möglichkeit, uns darauf hinzuweisen, ohne den Namen aufzuschreiben, den ja leicht jemand hätte sehen können. Somit erklärt sich auch, warum ich von euch verlangt habe, dass ihr diesbezüglich schweigt wie ein Grab.«

»Das darf doch nicht wahr sein! Sie haben es die ganze Zeit gewusst!«, empörte sich Marlowe.

Giles sah Isopel an. Das Mädchen errötete leicht und erwiderte seinen Blick.

»Ich wusste es auch«, sagte sie. »Albert hat es mir am Tag darauf erzählt.«

»Toujours le Polytechnic«, sagte Campion hastig.

»Wie, um alles in der Welt, hast du es angestellt?«, wollte Biddy wissen.

»Mit Hilfe kleiner grauer Bücher«, sagte Campion. »Nach einer halben Stunde Lektüre schwoll mein Haupt. Zwei Stunden später hatte ich mich zum Autohändler qualifiziert, während ich kurz zuvor noch Hündlein verkauft hatte. Nach drei Tagen –«

»Lass den Blödsinn!«, sagte Giles. »Wie hast du's angestellt?«

»Die gewöhnliche Bauernschläue«, hob Mr Campion bedeutungsvoll an, »ist sie auch tief, mysteriös und voll tückischer List, so ist sie doch nichts im Vergleich zu den herausragenden Hirnkästen, die George Willsmore und sein Bruder Olly – der ihm übrigens im Ränkespiel noch um Haaresbreite überlegen ist – ihr Eigen nennen. Die beiden sind ein wahrer Verlust für die Verbrecherwelt. In meiner ganzen Laufbahn sind mir noch nie solche Napoleons der Täuschung untergekommen. Sie inszenierten und arrangierten die ganze Geschichte, während ich zusah und staunte. Eine Spitzenleistung!

Ich überzeugte Ihren Vater«, fuhr er fort. »Ich machte ihm klar, dass eine Chance bestand, unsre Freunde aus der Reserve zu locken, wenn ich freies Feld hatte, und er außer Gefahr war. Das ist auch bis zu einem gewissen Grade gelungen, aber noch nicht ausreichend. Der alte Knabe war sehr entgegenkommend, und wie gesagt, George und Olly erledigten den Rest. Die denkwürdige Untertauchaktion ließ sich zum Glück bei weitem nicht so schwierig an, wie es zunächst aussah. Ihr müsst bedenken, dass sowohl die Zeit als auch der Ort bereits feststanden. Olly hatte die vertrocknete Eibe ausfindig gemacht und den ganzen Plan ausgeheckt. George hat im Irrgarten auf Ihren Vater gewartet. Mr Lobbetts Ausflug wurde von ihm persönlich geleitet. Sie trollten sich durch den Graben, den du, Giles, zur Unzeit entdeckt hast, nur sind sie dann nicht bis zur Straße gegangen, sondern am Rand der Heuwiese entlanggeschlendert. Weil das Gras ziemlich hoch war und der Graben ziemlich tief, waren sie vollständig verborgen. Von da gelangten sie dann problemlos unbemerkt in den Nebeltunnel. Da unten steht doch eine Hütte, Giles? Da hat er sich dann umgezogen, denn Bauernklamotten waren unerlässlich. Ollys Schwager aus Heronhoe wartete genau da, wo der Nebeltunnel in die Bucht mündet. Es war Flut, wie ihr wisst. Er ruderte Ihren Vater den Fluss hinab bis zu einer vereinbarten Stelle am Ufer, wo unser guter Freund Alaric Watts mit einem Auto bereitstand. Das war's – eine ganz einfache Sache. Olly hat die Nachricht an Addlepates Halsband befestigt. Die Idee stammte von Ihrem Vater. Ich muss zugeben, dass dieser Teil des Plans mir etwas Sorge bereitete, da ich Addlepate kenne, aber es klappte alles.«

Giles sah ihn mit unverhohlenem Entsetzen an.

»George und Olly haben Mr Lobbett an der Stelle, wo der Nebeltunnel in die Bucht mündet, ins Boot verfrachtet?«, sagte er. »Dass man so etwas überhaupt wagen kann!«

Campion sah ihn verwundert an.

»Ich verstehe dich nicht ganz.«

Giles zuckte die Schultern.

»Da ist das gefährlichste Schlickloch der ganzen Küste«, sagte er. »Das Meer überspült es täglich, deshalb kann man es nicht markieren. Ich rechne schon lange damit, dass diese Hütte mal versinkt.«

»Das habe ich nicht gewusst«, sagte Campion ruhig. »Ich habe die beiden unterschätzt. Es sind Machiavellis. Sei's drum, sie haben ihn jedenfalls sicher fortgeschafft. George unterlief nur ein Fehler im Zusammenhang mit dem Anzug. Er sollte ihn vernichten, aber da er einen Schwiegersohn hat, das Prachtstück der Canvey Islands, hat ihm sein sparsamer Geist eingegeben, dass der die Kleider vielleicht brauchen könnte. So kam es dann zu dem ziemlich folgenschweren Missverständnis, das zu Biddys Entführung geführt hat.«

»Kettle hat also nur das Paket geöffnet?«, sagte Marlowe.

Campion nickte. »Ich gehe davon aus, dass er zu dieser Zeit unsere gesamte Korrespondenz eingesehen hat. Ich habe mit George über diese Angelegenheit geplaudert. Er hat mir geschworen, dass er die Kleider im Schlamm vergraben hat. Er beharrte darauf, dass Kettle sie wieder ausgegraben haben musste. Die Sache ist danebengegangen, aber das hat mich direkt auf Kettles Spur gebracht; und trotzdem war ich Esel nicht schnell genug.«

»Hört sich an wie aus dem Decamerone«, warf Mr Lugg unerwartet ein. »Allerdings nicht so witzig.«

»Das ist ein bisschen viel auf einmal«, sagte Giles, »nach all dem, was wir schon hinter uns haben. Wie sieht unser nächster Schritt aus? Wir sind alle ganz schön erschlagen, und ich fordere hier und jetzt, dass die Mädchen in Zukunft rausgehalten werden.«

»So ist's recht«, pflichtete Campion bei. »›Nur über meine Leiche‹, um mit Lugg zu sprechen.«

»Da stehe ich voll dahinter«, sagte Marlowe.

Die beiden Mädchen waren zu müde zum Protestieren. Biddy schlief schon fast.

»Ich schlage vor«, sagte Mr Campion, »dass ich mich sofort zum Roten Turm aufmache. Ich schätze, wir haben etwa vier Stunden Vorsprung. Deswegen hatte ich es auch nicht so eilig. Aber ganz sicher werden sie von dem Foto erfahren«, beantwortete er Giles unausgesprochene Frage. »Das steht schon mal fest. Die halbe Londoner Unterwelt weiß wahrscheinlich, dass es in gewissen Kreisen eine Belohnung gibt für Informationen über den Richter. Ich werde also sofort aufbrechen.«

»Ich bring dann zwei Münzen für Ihre Augen mit«, sagte Mr Lugg. »Und ich sorg dafür, dass man Sie ordentlich aufbahrt.«

»Du bleibst, wo du bist«, bestimmte Campion. »Du wirst dich ein paar Tage als Gouvernante betätigen. Eine Mischung aus Gouvernante und Wachhund.« Er wandte sich an die Mädchen: »Ihr seid hier so sicher wie im Tower.«

»Und ob!«, sagte Mr Lugg. »Ich werd morgen mein Harmonium holen. Bisschen Musik wird sie aufmuntern.«

»Müsst ihr denn alle gehen?« Biddy sah Campion flehend an.

Giles kam seiner Antwort zuvor. »Marlowe und ich gehen mit Campion«, sagte er stur.

»Genau.« Der junge Amerikaner nickte. Er ging zu Biddy hinüber, und sie sprachen eine Weile miteinander.

»Eins möchte ich gerne wissen«, sagte Giles plötzlich und blickte auf. »Hast du vor, die ganzen Rettungsarbeiten in deinem rasenden Zweisitzer zu machen?«

»Beleidige sie nicht«, sagte Mr Campion. »Wir sind seit ihrer Dreiradzeit zusammen. Trotzdem glaube ich kaum, dass sie für rasende Verfolgungsjagden geeignet ist. Schließt jetzt mal die Augen, Kinderchen, und Onkel Albert macht Hokuspokus. Lugg, glaubst du nicht auch, dass es jetzt angebracht wäre, Bruder Herbert zu bemühen?«

Mr Lugg tat plötzlich ganz hochnäsig. »Das wäre wohl angebracht«, näselte er und fügte dann überflüssigerweise hinzu: »Wenn ich was echt abartig finde, dann ist das, die ganze Nacht durchmachen, wenn man nicht grade dienstlich zu tun hat.« Er ging zum Telefon. Nachdem er eine Zeit lang gelauscht hatte, zeigte sich auf seinem Gesicht ein Ausdruck äußerster Geringschätzung, und er hielt den Hörer etwas von seinem Ohr weg. »Mr Rudolph würde gern sein Bruder sprechen«, sagte er. Eine undeutliche Antwort war zu hören, und Mr Luggs finstere Miene wurde noch finsterer, und seine kleinen Augen funkelten plötzlich ganz böse. »Hab kapiert, aber mach 'n bisschen dalli, mein kleines Herrensöhnchen«, sagte er verbittert; dann wandte er sich an Campion und äffte eine entsetzlich blasierte Stimme nach: »Seiner Lordschaft wird gerade das Haar gelockt, und es dauert noch, bis Seine Lordschaft ans Telefon kann.«

»Haar gelockt?«, wunderte sich Campion.

»Was weiß ich. Zähne geputzt oder irgend so 'n Blödsinn. Da is er, Sir.«

Campion nahm den Hörer.

»Hallo, mein Sonnenschein«, sagte er und grinste in den Apparat. »Wollte sie dich haben? Es wird dich eine Kleinigkeit kosten. Kauf dir lieber einen Hund. Ja, mein Junge, ich sagte Hund. Sag mal, wo ist der Bentley? Kannst du ihn vorbeischicken? Nein, Wootton kann ihn hier lassen. Da fällt mir übrigens ein, Ivanhoe, jetzt, wo du grade nüchtern bist, kannst du der Familie vielleicht klar machen, dass man einen Nachkömmling nur einmal enterben kann. *Ein* Nachkömmling – *eine* Enterbung. Mach das bitte ganz deutlich. Ja, ich weiß, dass es vier Uhr morgens ist. Du schickst den Bus doch gleich? Ja, es geht aufwärts mit den Geschäften. Ich werde ein paar Hosenträger mit deinem Wappen kaufen, wenn der derzeitige Aufschwung anhält. Tschüss, Brüderchen. Ich rechne in fünf Minuten mit dem Auto. Wiedersehn.«

Er legte auf. »Noch einmal stürmt, noch einmal, liebe Freunde«, sagte er und lächelte sie an. »Wir nehmen etwas Brandy in einem Flachmann mit, Lugg. Pass auf die Damen auf. Lass sie nicht raus. Länger als ein paar Tage werden wir nicht weg sein.«

»Zwei junge Damen in der Bude hier«, sagte Lugg. »Prost Mahlzeit!«

»Ein Skandal!« stimmte Campion zu. »Was wird nur meine Frau dazu sagen.«

Marlowe sah ihn entgeistert an. »Ach du lieber Himmel, Sie haben doch nicht etwa eine Frau?« sagte er.

»Nein«, sagte Campion. »Deswegen weiß ich ja auch nicht, was sie dazu sagen würde. Zieht die Mäntel an, meine kleinen Rotarier.«

25
Der Köder

In der Morgendämmerung fuhren sie aus der Stadt hinaus Richtung Essex, und von Essex weiter nach Suffolk. Marlowe und Giles dösten hinten im Bentley. Campion saß mit unverändert leerem und einfältigem Gesichtsausdruck hinter dem Steuer.

Aber obwohl er sehr müde war, arbeitete sein Verstand die ganze Fahrt über mit außergewöhnlicher Schärfe, und als sie in die Auffahrt einbogen, hatte er eine wichtige Entscheidung getroffen.

Sie torkelten aus dem Auto, verschlafen und zerzaust, und standen vor einem alten, efeubewachsenen Haus, das halb hinter turmhohen Zedern versteckt lag. Über dem großen Garten lag ein schattiger dunkler Hauch, eine Ahnung jahrhundertelang gehüteter Geheimnisse.

Ein alter Mann, der Campions Erklärungen mit zurückhaltendem Respekt entgegennahm, ließ sie ein.

»Mr O'Rell nimmt gerade mit dem Pfarrer sein Frühstück ein, Sir«, sagte er. »Würden Sie bitte hier entlang kommen.«

»Das ist der Deckname Ihres Vaters«, raunte Campion Marlowe zu. »Ich wollte ihn Semple MacPherson nennen, aber damit war er nicht einverstanden.«

Sie folgten dem Mann in ein Zimmer, das an einer Seite die ganze Länge des Hauses einnahm. Man hatte die Außenwand entfernt, um Raum für einen üppig bewachsenen Wintergarten zu schaffen, und da sahen sie auch schon Mr Lobbett, der zusammen mit seinem Gastgeber am Rande der Steinstufen, die zu einem abschüssigen Rasen hinabführten, beim Frühstück saß.

Als er sie erblickte, sprang der alte Crowdy Lobbett auf. Man sah ihm an, wie sehr er sich freute, seinen Sohn wiederzusehen, aber als er Giles' bandagiertes Gesicht sah, wandte er sich äußerst besorgt an Campion.

»Isopel und Miss Paget ist doch hoffentlich nichts passiert?«

Marlowe antwortete: »Sie sind jetzt in Sicherheit, Dad. Aber Biddy hat Fürchterliches durchgemacht. Es hat sich einiges ereignet.«

Der alte Mann brannte darauf, Näheres zu erfahren, aber Alaric Watts trat vor, und er musste sich noch etwas gedulden, bis er ihn vorgestellt hatte.

Nachdem Marlowe sich vergewissert hatte, dass er bedenkenlos in Anwesenheit des Pfarrers sprechen konnte, fasste er in groben Zügen zusammen, was in Kensington passiert war.

Crowdy Lobbett hörte mit wachsender Aufregung zu. Am Ende erhob er sich und ging unruhig im Zimmer auf und ab.

»Das ist entsetzlich!«, sagte er. »Entsetzlich! Immer andere. Ich selbst scheine stets zu entkommen, aber ich mag gehen, wohin ich will, wer immer mit mir in Kontakt gerät, muss leiden. Um mich herum verbreitet sich die Gefahr wie eine Seuche.«

»Na ja, uns geht's so weit ganz gut«, versuchte Giles ihn aufzumuntern. »Marlowe und ich sind kaum verletzt, und Biddy und Isopel sind vorläufig wirklich in Sicherheit. Uns plagt nur die Frage, was als Nächstes passieren wird.«

Der alte Lobbett wandte sich fragend an Campion, der sich seit ihrer Ankunft außergewöhnlich still verhalten hatte. Der junge Mann lächelte ihn an.

»Nun haben wir Ihnen so viel verraten und dabei wahrhaftig das Wesentlichste vergessen«, sagte er. »Die Morgenzeitung ist schuld daran, dass wir hier sind.« Er zog die Rückseite des bekannten Blattes aus seiner Tasche und reichte sie dem Richter.

Ein Ausruf entfuhr dem alten Mann, als er das Foto sah, auf das Campion ihn aufmerksam machte, und er zeigte es dem Pfarrer.

»Empörend!«, ereiferte sich Alaric. »Empörend! Es ist ein Ichthyosaurus, kein Diplodocus. Nächstens werden sie von einem Iguanodon berichten. Cluer wird außer sich sein.«

»Trotzdem ist es ein verdammt gutes Foto«, sagte Campion. »Das ist eigentlich das Hauptproblem.«

Ohne Frage hatte Crowdy Lobbett die Tragweite dieser Entwicklung nicht erfasst. Er hatte sich durch den Frieden in Kepesake und die neuen Freunde, durch die er völlig in Beschlag genommen wurde, einlullen lassen. Seine leuchtend blauen Augen waren dunkler geworden und die Falten in seinem immer noch ansprechenden Gesicht tiefer.

»So geht's nicht!«, sagte er. »So kann es nicht weitergehen. Ich habe mir vorgenommen, Campion, falls Ihr letzter Plan scheitert, oder falls irgendeinem der jungen Leute Gefahr droht, mich der Sache alleine zu stellen und auszufechten, was auf mich zukommt. Nur so kann ich die Menschen, mit denen ich mich verbunden fühle, vor dem Unheil bewahren.«

Campion mischte sich nicht ein, als die anderen beiden ihren Protest gegen diese Absicht zum Ausdruck brachten. Schließlich fiel sein Schweigen auf, und sie wandten sich ihm zu. Giles war ganz aufgebracht.

»Campion, du willst doch nicht etwa behaupten, dass du diese abwegige Idee befürwortest?«, sagte er. »Wir würden das nicht eine Minute dulden, Sir«, fuhr er an den Richter gewandt fort. »Wir stecken da jetzt mit drin. Wir werden bis zum Ende durchhalten. Du stimmst uns da doch sicher zu, Campion?«

Campion schüttelte langsam den Kopf und wollte gerade das Wort ergreifen, als der Pfarrer ihm zuvorkam.

»Zweifelsohne würden Sie diese Angelegenheit lieber ohne mein Beisein bereden«, sagte er verständnisvoll. »Sie finden mich in meinem Arbeitszimmer, wenn Sie mich brauchen.« Er ging ruhig aus dem Zimmer. Als sich die Tür hinter ihm geschlossen hatte, richteten Giles sowie Vater und Sohn erneut ihre Blicke auf Campion.

Die nächtlichen Strapazen hatten deutliche Spuren hinterlassen. Auf seinem bleichen Gesicht lagen dunkle Schatten, und seine Augen hinter den dicken Brillengläsern waren unsagbar müde. Aber sein Verstand war so wach wie eh und je, und als er zu sprechen begann, hatte seine Stimme nichts von ihrem Schwung verloren.

»Diese reichlich heikle Frage«, begann er, »stellt sich früher als beabsichtigt. Aber wie dem auch sei, da die Dinge sich nun derart zugespitzt haben, lasst sie uns zu Ende bringen. Wenn Sie nichts dagegen haben, Sir«, fuhr er mit einem Blick zum Richter fort, »würde ich es für äußerst angebracht halten, den aktuellen Stand unserer Geschäfte nochmal zu rekapitulieren. Es gibt da zwei oder drei wichtige Punkte, die für die Unterlagen ordentlich abgeheftet werden müssen.«

Richter Lobbett, der sich inzwischen an das etwas verwirrende Geschäftsgebaren des jungen Mannes gewöhnt hatte, bedeutete ihm fortzufahren.

»Da haben wir also zuerst mal unsern alten Larifari-Simister«, sagte Campion, »der, wie wir alle wissen, ängstlich darauf bedacht ist, eine Art machiavellische Mrs Harris zu bleiben, und der sich darauf versteift hat, dass Sie seiner Geburtsurkunde auf der Spur sind. Das stimmt auch, aber da sie in Esperanto oder so was geschrieben ist, können Sie sie nicht lesen. Er weiß nicht, was Sie in der Hand haben und ist sich im Klaren darüber, dass er es nicht erkennen würde, wenn er es vor sich hätte.« Er hielt inne und blickte in die Runde. »Jeder, der nicht mitkommt, hebt die Hand. So weit alles klar? Prima! Ich fahre fort. Er wusste, dass er Sie in New York nicht entführen konnte, ohne ein unnötiges Risiko einzugehen, da hatte er die geniale kleine Eingebung, Sie zu Tode zu erschrecken. Nachdem das daneben ging, bereitete er die sensationelle Tötung an Bord des Schiffes vor. Das verfrühte Hinscheiden meines armen Haig durchkreuzte diesen Plan. Und jetzt zu Mystery Mile.« Er redete hastig weiter und starrte sie durch seine dicken Brillengläser hindurch sorgenvoll an.

»Dort machte man uns, wie wir wissen, alsbald ausfindig, und den armen alten Swithin hat's erwischt; mehr zufällig als von Simister beabsichtigt, nehme ich an. Da gibt's übrigens noch ein Geheimnis, dem wir noch nicht auf den Grund gekommen sind.«

Er hielt inne, um Luft zu holen.

Richter Lobbett neigte sich gespannt vor. Campion sprach weiter: »Nun zurück zu unseren kleinen Freund Albert«, sagte er. »Wie ist der berühmte Spürhund vorgegangen? Zunächst einmal hat er das Vertrauen unsres Klienten hier gewonnen. Wie hat er das angestellt? Er hat Mr Lobbett senior ausführlich einige Tatsachen erläutert, die die Verhaftung von Joe Gregory betrafen. Dieser feine Herr hatte sich ebenfalls an Bord befunden, von niemandem erkannt, nur von seiner eigenen dreckigen Seele und von mir.«

Der Richter wandte sich an Marlowe. »Genauso war es«,

bestätigte er. »Bis Campion mich dergestalt überzeugt hatte, hatte ich angenommen, dass er so ein junger Halsabschneider war, dem du auf den Leim gegangen warst. Du wirst dich wohl kaum an den Fall Gregory erinnern. Ich habe ihm vor einiger Zeit etliche Jahre aufgebrummt. Einer von Simisters Männern. Als ich erkannte, wie gut Campion sich auskannte, war ich gehörig beeindruckt.«

»Weitere tausend hervorragende Referenzen in unserem Hauptquartier«, murmelte Campion und setzte dann seinen Bericht fort: »Deswegen also konnten sich unser Held und euer Boss über die Untertauchaktion einigen. Mr Lobbett fand genau wie ich, dass unsere beste Chance darin bestand, unsre Freunde etwas aus der Reserve zu locken. Das gelang durch unser sensationelles Wegzauber-Kunststück im Irrgarten. So weit, so gut. Die überragende List des schlauen Detektivs hatte durchschlagenden Erfolg, wenn man einmal von ein paar hässlichen Schnitzern absieht, die zu Biddys Abenteuer führten.

Dann geht's weiter wie auf der Kinoleinwand: *Das verhängnisvolle Schicksal schlägt zu,* und *Unser kleines Geheimnis* dröhnt wie aus einem billigen Lautsprecher *In die erwartungsvolle Welt hinaus,* und schon hängen Sie zusammen mit dem kleinen Albert in der Bouillabaisse.«

»Sie rechnen also jeden Moment mit ihnen«, vermutete Marlowe.

»Kaum«, sagte Mr Campion entschieden. »Mit Knapps und Biddys Hilfe haben wir eine Menge erfahren. Zunächst einmal haben wir herausbekommen, dass der Alte Heilige Strohsack, die Stimme in der Dunkelheit, sich unsres Freundes Datchett und seiner netten kleinen Organisation bedient hat, zusätzlich verstärkt durch eine hübsche Kollektion von Schlägertypen. Das bedeutet also, dass wir genau wissen, mit wem wir es zu tun haben, abgesehen von unserm kleinen Simi selbst, der wahrscheinlich irgendeine bekannte und angesehene Persönlichkeit ist, wie etwa der Premierminister oder Mr Safe vom Ministerium für Äußere und Innere Sicherheit.«

»Sie glauben nicht, dass er einige seiner eigenen Männer mit hier rübergebracht hat?«, wollte Richter Lobbett wissen.

»Das kommt darauf an, wie Sie das genau meinen«, erwiderte Campion. »Es könnte durchaus sein, dass Mr Datchett einer seiner Männer ist. Fest steht, dass er im Moment die zweite Geige spielt. Und damit wären wir auch schon bei unserem zweiten kleinen Vorteil. Wenn je jemandem sein Hauptquartier und seine Mannschaft total versaut wurden, dann ist das Datchett. Er selbst wird wohl noch nicht auf dem Wege der Besserung sein. Das verschafft uns auf jeden Fall etwas Spielraum. Außerdem besteht die segensreiche Chance, dass der Große Beelzebub höchstpersönlich erscheint, um die Sache eigenhändig zu erledigen. Das ist sogar sehr wahrscheinlich.«

»Ich verstehe immer noch nicht, worauf Sie hinauswollen«, unterbrach ihn Marlowe. »Was für eine Strategie haben Sie?«

Campion zögerte und sah den Richter an. »Ich möchte, dass Sie mit mir nach Mystery Mile zurückgehen. Ich habe Mystery Mile ausgewählt, weil wir da sozusagen Heimvorteil haben. Sie müssen uns angreifen. Wir sollten keinen anderen gefährden, für mich steht nämlich fest, dass Simister aufs Ganze gehen wird. Entweder erledigen wir sie, oder sie uns. In jedem Fall wird es sehr schnell gehen und einen sensationellen und wahrscheinlich endgültigen Charakter haben. Was halten Sie davon?«

Die Augen des alten Mannes funkelten. Eine derartige Vorgehensweise entsprach seinem aufrechten Charakter.

»Ich bin dabei«, sagte er.

»Ich auch«, sagte Marlowe.

»Du kannst auf mich zählen«, fiel Giles ein.

Campion schüttelte den Kopf. »Tut mit Leid«, sagte er zu Marlowe, »aber Ihr Vater und ich gehen entweder alleine oder gar nicht. Das steht endgültig fest.«

»Ja, das steht fest«, bestätigte der alte Lobbett. »Sieh mal, Marlowe, ich bin da reingeraten, weil es nicht anders ging und ich es nicht anders wollte. Jemand muss sich um Isopel kümmern. Es ist nicht nur allein deswegen, weil du mein Sohn bist und weil ein Mann gerne das Gefühl hat, dass jemand weitermacht, wenn ihm etwas zustößt. Du hast auch eine Aufgabe. Du musst dich um Isopel und alle meine Angelegenheiten kümmern.«

Der junge Mann sah ihn hilflos an.

»Aber ich kann dich und Campion das nicht alleine ausfechten lassen, Dad. Warum Campion?«

»Ach, Aufträge dieser Art werden täglich entgegengenommen«, sagt der unerschütterliche junge Mann lässig. »Vergessen Sie bitte nicht meinen professionellen Status.«

»Es steht ein für alle Mal fest, Marlowe«, sagte der Richter. »Du und Paget machen nicht mehr mit.«

»Blödsinn!«, protestierte Giles. »Ich komme mit, wenn auch nur, um im Verwalterhaus zu wohnen, wozu ich ja wohl ein Recht habe. Keiner von euch kennt die Umgebung von Mystery Mile so gut wie ich. Ich bin genau der Richtige für euch. Ich habe immer noch zwei brauchbare Arme, also mehr als Marlowe zu bieten hat. Mein Kopf war sowieso nie besonders gut zu gebrauchen.«

Mr Campion sah nachdenklich drein. »Da ist was dran«, pflichtete er ihm bei.

»Was ist mit Ihrer Schwester?«, sagte der alte Lobbett.

Giles zögerte und warf Marlowe einen Blick zu. »Da gibt's weiter keine Probleme«, versicherte er.

Lobbett sah seinen Sohn scharf an. »Stimmt das?«, sagte er. »Dann fährst du in die Stadt zurück, sobald du dich ausgeruht hast. Was meinen Sie zu dem Vorschlag von Paget, Campion?«

»Wir können ihn schlecht daran hindern mitzukommen«, sagte Campion langsam. »Du weißt ja, Giles, der Klügere gibt nach, wie man so schön sagt.«

»Mir gefällt das gar nicht«, sagte Marlowe.

»›Dem Tüchtigen gehört die Welt‹ ist meine Parole«, sagte Campion. »Wer hat Jack Sheppard hinter Schloss und Riegel gebracht? Wer hat Charlie Peace besiegt? Wer ist Palmer, dem Giftmischer, auf die Spur gekommen? Wer hat Jack the Ripper glorreich der Gerechtigkeit überantwortet? Wer hat dem Gemischten Doppel im Polytechnikum Einhalt geboten? Unterbrecht mich nicht, ich frage ja nur. Wer? Die nächsten aufregenden Folgen können Sie in *Maggy's Magazin* nachlesen, jeden Dienstag, für nur zwanzig Pfennig.«

»Danke, das reicht«, sagte Lobbett. »Also, Campion, wie geht es jetzt weiter?«

»Mit Schlafen, die Natur ist die beste Heilkraft«, sagte der junge Mann ganz ernsthaft. »Wir müssen den gelehrten Geistlichen dazu bewegen, uns heute unterzubringen. Es ist günstiger, wenn wir bei Nacht in Mystery Mile ankommen. Ich denke, dass wir bis dahin hier sicher sind. Marlowe, Sie sollten sich besser auch ausruhen. Wir werden Sie dann unterwegs bei der nächsten Bahnstation absetzen.«

»Wo denken Sie hin!«, empörte sich Marlowe. »Ich kann mir nicht vorstellen, dass ich jemals wieder schlafen kann.«

»Anfänger«, sagte Campion vergnügt. »Ich werde schlummern wie ein satter Säugling.«

Sie konnten problemlos in dem alten Pfarrhaus untergebracht werden. Eine halbe Stunde später befanden sich die

Abenteurer in einem Schlafzimmer, dessen abgehobelte Balken und verputzten Wände Kühle und Ruhe ausstrahlten.

Als die drei erwachten, stand ein Mahl für sie bereit, das leicht für ein kleines mittelalterliches Heer, das in den Kampf zog, ausgereicht hätte.

Es war fast neun Uhr, als sie ihre Mahlzeit beendet hatten. Im Dorf war kein Fremder gesichtet worden, und Campion wurde nachdenklich.

»Sie müssen meine Wohnung beobachtet haben«, sagte er. »Es kam mir so vor, als wäre da ein Posten gewesen. Es kann gut sein, dass sie ihren Kater von gestern noch nicht ganz überwunden haben. Vielleicht werden wir zwei oder drei Tage gar nichts von ihnen hören.«

»Ich wünschte, ich könnte dabei sein«, sagte Marlowe zum hundertsten Mal. »Mein Arm ist überhaupt nicht so steif, wie ich befürchtet habe.«

Sein Vater wandte sich ihm zu. »Wir haben das heute Morgen geklärt«, sagte er. »Du fährst unverzüglich zur Stadt zurück und bringst Isopel diesen Brief mit.«

»Du bist nicht mehr dabei«, sagte Giles. »Ich, für mein Teil, könnte jederzeit losschlagen. Gott bewahre Kettle davor, dass nicht noch etwas Ernstes passiert.«

»Um halb elf können Sie in Woodbridge einen Zug nehmen, Marlowe«, sagte Campion. »Etwa eine Stunde später werden wir dann in Mystery Mile sein. Seid ihr bereit?«

Sie nickten. Der Ernst ihres Unternehmens wurde ihnen wieder bewusst, und obwohl Campion sich so munter gab wie immer, waren die anderen sehr still.

Alaric Watts öffnete ihnen sein Tor, und der große Bentley glitt geräuschlos hinaus.

In Woodbridge hielten sie nur kurz an, um Marlowe abzusetzen. Marlowe und sein Vater, die sich hinten im Auto in ein Gespräch vertieft hatten, gaben sich nur kurz die Hand.

Giles beugte sich zu dem jungen Mann. »Pass auf die Kleine auf«, sagte er und fügte verlegen hinzu: »Falls was passiert, sag Isopel, dass ich sie liebe.«

Marlowe nickte. »Ich beneide dich, alter Knabe«, gab er offen zu. »Haben Sie eine Botschaft, Campion?«

»Sagen Sie Biddy: ›Der Jüngling ging lächelnd in den Tod.‹ Natürlich nur, falls mir etwas in der Art zustößt. Sagen Sie ihr, dass sie Autolycus haben kann«, fügte er ernster hinzu. »Lugg auch, wenn sie will. Der Frau wird es kaum gelingen, mich zu vergessen, wenn sie die beiden um sich hat.«

Bei seinen letzten Worten fuhr er los, in einem Bogen aus dem kleinen Bahnhofsvorplatz hinaus Richtung Mystery Mile.

Genau zur gleichen Zeit studierte Reverend Alaric Watts im Pfarrhaus in Kepesake ein reichlich spätes Telegramm, das der Postmeister gerade ›ihm zu Gefallen‹ höchstpersönlich vorbeigebracht hatte.

Es war an Campion, Am Roten Turm, adressiert. Es war zum Gutshaus zugestellt worden, und Cluer hatte den Postmeister zum Pfarrhaus weitergeschickt.

Das alte Pfarrer wollte es zunächst nicht lesen, aber als der Postmeister mit der Information herausrückte, dass es dringend sei, öffnete er schließlich den dünnen Umschlag und las:

SIND IN MYSTERY MILE ZURÜCK STOPP KOMM SOFORT HER STOPP DRINGEND, BIDDY. YSOBEL.

Alaric Watts wandte sich an den Postmeister. »Das Amt macht komische Fehler«, bemängelte er. »Die Dame schreibt sich I-S-O-P-E-L.«

»So wie's reingekommen ist, so haben wir's weitergegeben«, sagte der Mann stur. »Wenn da was falsch ist, war das der Absender.«

Wenn er es auch nicht wusste, so lag der Postmeister von Kepesake mit dieser Feststellung doch erstaunlich richtig.

26
Das eine Ende des Seils

Langsam glitt der Bentley auf Mystery Mile zu. Schon konnten sie ganz schwach den kühlen Geruch der See wahrnehmen. Die Nacht war inzwischen außergewöhnlich dunkel geworden. Die Luft war schwül und gewittrig, und das Gefühl der Bedrängnis, das auf ihnen lastete, wurde durch die dumpfe Stimmung noch verstärkt.

Crowdy Lobbett beugte sich vor und berührte Campion an der Schulter. »Jetzt, da Marlowe nichts mehr damit zu tun hat«, sagte er, »bin ich bereit, Ihnen alles zu erzählen, was ich weiß. Das verstehen Sie doch?«

Sogleich lenkte Campion den Wagen an den Straßenrand und hielt an. Er drehte sich auf dem Sitz um und sah den alten Mann an.

»Sie ahnen gar nicht, was für eine glänzende Idee das ist«, sagte er. »Wenn Sie einverstanden sind, erledigen wir das gleich hier und jetzt.« Er schaltete die Scheinwerfer aus und rückte sich erwartungsvoll in seinem Sitz zurecht.

Der Richter nickte in der Dunkelheit. »Das scheint mir angebracht«, sagte er. »Ich werde Ihnen jetzt alles erzählen, und Sie werden sehen, in was für einer misslichen Lage ich war. Ich weiß nicht, ob Marlowe Ihnen erzählt hat, dass ich mich während meiner ganzen Amtszeit in den Staaten mit der Simister-Bande befasst und mir dadurch einen Namen erworben habe. Wir konnten nie herausfinden, wer dieser angebliche Simister ist.«

Er hielt inne. »Und darum ging es uns die ganze Zeit. Wir wollten die Identität ihres geheimnisvollen Anführers herausbekommen. Eines Tages stieß ich auf eine vielversprechende Spur. Das war nach meiner Pensionierung. Bei der Polizei gab es eine Art Sonderausschuss, wie man es hier zu Lande wohl nennen würde, der ausschließlich damit befasst war, Ermittlungen über diesen Haufen anzustellen. Da ich mich mit den Typen auskannte, forderte man mich auf, beizutreten. Wir hatten unsere eigene Abteilung für Gefangenenverhöre.

Im Staatsgefängnis saß damals ein Mann namens Coulson. Er saß eine Strafe ab für seine Mitwirkung bei einer äußerst üblen Rauschgift-Schmuggelaffäre, in deren Zusammenhang einige Polizisten erschossen worden waren. Er gehörte zur Simister-Bande.

Als er im Gefängnis saß, wurde er krank, und es stellte sich heraus, dass er Krebs hatte. Er lag im Gefängniskrankenhaus im Sterben, als der Ausschuss mich bat, ihn aufzusuchen. Das tat ich auch. Er wollte unbedingt zu Hause sterben, wollte seine letzten Tage bei seiner Frau verbringen. Ich machte mich sachkundig und erfuhr, dass es so schlimm um ihn stand, dass von ihm nichts mehr zu befürchten war. Also arrangierte ich seine Entlassung und schloss einen Handel mit ihm ab.«

Er sah sie durch die Dunkelheit hindurch scharf an. Sie hörten gespannt zu.

»Er schwor mir, dass er etwas besaß, was – wie er glaubte – den Schlüssel zu Simisters Identität lieferte.

Mit größter Mühe und durch geschickte Überredungskunst kam es schließlich in meinen Besitz. Sobald ich es vor mir hatte, dachte ich, er hätte mich hereingelegt. Aber er wirkte so aufrichtig, dass ich allmählich gezwungen wurde zu glauben, dass das, was ich in Händen hatte, in irgendeiner Weise dazu dienen musste, unser kleines Problem zu lösen.«

»Wunderbar!« sagte Mr Campion. »Aber woraus bestand Ihr kleines *Billet doux*?«

Der Richter bewegte sich auf seinem Sitz. »Ein Märchenbuch für Kinder«, sagte er.

Giles merkte auf.

»In dem blauen Koffer?«, fragte er.

»Marlowe hat mir erzählt, dass er ihn geöffnet hat«, sagte der alte Mann. »Ja, genau. Ich habe die ganze Reihe gekauft – im ersten Buch waren hinten alle anderen aufgeführt. Ich habe jedes einzelne Kapitel Wort für Wort gelesen, habe nach Geheimcodes aller Arten Ausschau gehalten, aber weder ich noch euer großer Experte, MacNab, konnte irgendetwas entdecken.«

Campion starrte ihn durch die Dunkelheit hindurch an. »Du lieber Himmel, war das eins von den Büchern, die wir durchgesehen haben?«, sagte er. »Wir müssen sofort weiter. Ich hatte keine Ahnung, dass Sie Ihren Schlüssel in Mystery Mile zurückgelassen haben.«

»Das schien mir das Sicherste«, erläuterte der alte Mann. »Solange es da unter den anderen Büchern blieb, war es niemandem möglich, zu erkennen, in welchem Buch sich der Hinweis befand, es sei denn, er wusste Bescheid. Wenn man mich mit diesem einen Buch erwischt hätte, hätte man gar zu leicht seine Schlussfolgerungen ziehen können. Aus diesem Grund hatte ich es stets mit all den anderen Büchern zusammen bei mir. Das schien mir wirklich der sicherste Weg.«

»Trotzdem sollten wir weiterfahren«, sagte Campion. »Eine Gutenachtgeschichte mit einem Lösungswort. Die muss ich mir vorknöpfen. Ich habe mal eine hübsche Stange für ein Akrostichon erhalten.«

Er ließ den Motor an und fuhr los, mit größerer Geschwindigkeit als zuvor. Die Nacht war inzwischen stockfinster, ungewöhnlich für eine Sommernacht. Der Himmel war schwer mit Wolken behangen, und die Luft war schwül trotz der kühlen Brise, die sie von der See her hin und wieder anwehte.

Zusammen mit dem Gefühl bevorstehender Gefahr machte das aus ihrer Fahrt ein aufregendes und nervenzerreibendes Unternehmen. Die ganze Landschaft schien aufgewühlt. Vögel und andere Tiere konnten in der Hitze nicht schlafen, und im Vorbeifahren hörte man am Straßenrand Geraschel und kleine Quietscher, und unheimliche Schreie kamen aus den Wäldern, wo die Nachtvögel sich auf das Gewitter vorbereiteten.

Unbehelligt erreichten sie den Stroud. Campion warf Giles einen Blick zu. »Keine Polizei auf der Straße. Was soll das – Sparmaßnahmen? Oder ist da jemand aktiv gewesen? Ich wünschte, meine Sieben Pfeifer wären noch im Einsatz. Wir sollten uns beeilen.«

Giles zog geräuschvoll die Luft durch die Nase.

»Nichts lieber als das«, sagte er. »Wenn dieses Gewitter nicht bald losbricht, platze ich. Das kann die ganze Nacht so bleiben. Das kommt in der Gegend hier manchmal vor. Ich kriege dann immer richtige Mordgelüste.«

»So ist's recht«, sagte Campion liebenswürdig. »Mir scheint, du wirst bald Gelegenheit haben, sie zu befriedigen.« Er lenkte das Auto um die Kurve, und sie fuhren den lang gestreckten flachen Hügel zum Dorf hinauf.

Das Dorf lag im Dunkeln, als sie durchfuhren. Der Park, mit seinen turmhoch aufragenden Bäumen entlang der schmalen Auffahrt, wirkte ungewöhnlich bedrohlich und beklemmend.

»Licht«, sagte Giles plötzlich. »Licht im Wohnzimmer, glaube ich. Was soll das?«

Campion schaltete den Motor ab, das Auto rollte noch

ein paar Meter weiter und blieb dann stehen. Er sprang auf das Gras hinaus und sagte mit verhaltener Stimme:

»Wir sollten uns vorsichtig nähern. Ich werde mal durch das Fenster da spähen. Es muss natürlich nicht unbedingt etwas zu bedeuten haben.« Er klang völlig unbekümmert, aber es war ganz offensichtlich, dass er ganz und gar nicht davon überzeugt war, dass alles in Ordnung war.

Für ein paar Minuten tauchte er in der Dunkelheit unter, und kein Schatten durchkreuzte den Lichtkegel, der aus dem Wohnzimmer fiel und die grünen Stämme der Ulmen vergoldete. Endlich vernahmen sie dicht neben sich wieder seine Stimme, in einem ungewöhnlich aufgeregten Flüsterton.

»Jetzt geht's uns an den Kragen«, murmelte er. »Wir sind ihnen doch tatsächlich auf den Leim gegangen, wie die Vögel. Seht euch das an.«

Sie folgten ihm über den Rasen, vorsichtig über die federnde Sode schreitend. Von dem Haus ging eine grausige Stille aus, obwohl das Licht unverwandt herausstrahlte. Sie schlichen bis zum Wohnzimmerfenster und spähten hinein.

Ein außergewöhnlicher Anblick bot sich ihnen.

Der Raum war hell erleuchtet. Von ihrem Standort aus konnten sie gerade noch den Romney sehen. Das reizende Mädchen mit dem süßen, einfältigen Blick lächelte geziert in ihrem Bilderrahmen, und vor dem Gemälde saß, in einem Louis XVI.-Sessel ausgebreitet, Mr Barber. Sein großer Kopf war zurückgebogen, so dass sein dicker bulliger Hals unter seinem Bart sichtbar wurde.

»Wer, zum Kuckuck, ist das denn?«, murmelte der Richter. Campion klärte ihn auf.

»Ist er tot?«, flüsterte Giles mit versagender Stimme.

»Ich glaube nicht«, sagte Campion. »Er atmet ganz schön schwer. Sieht aus, als wäre er betäubt worden.«

Richter Lobbett reckte sich etwas zu weit vor, und sein Schatten geriet in den Lichtkegel. Campion riss ihn zurück. »Kommt hier entlang«, flüsterte er. Er führte sie hinten ums Haus herum zu den Küchenfenstern. Auch da brannten die Lichter. Wieder spähten sie hinein.

Mrs Whybrow saß am Küchentisch. Ihr Kopf lag auf der Tischplatte, ihre Arme hingen schlaff an der Seite herab.

»Du lieber Gott, sie haben sie auch nicht verschont«, empörte sich Giles.

»Besänftige mich mit Chloroform«, sagte Campion hintergründig. »Wartet einen Moment, ich werde mal im Haus ein bisschen Gugu-Dada spielen. Ich fürchte, wir sind genau mitten rein getappt. Pass auf, Giles, ich werde diesen blauen Koffer da rausholen, wenn ich ihn tragen kann. Falls ich nach einer Weile nicht zurückkehre, sagte unser Held, wirst du, Giles, nicht deinen natürlichen niedrigen Instinkten gehorchen und versuchen, mit dem Bentley zu verduften, sondern du wirst durch den einzigen anderen Ausgang abhauen, der nicht jedem bekannt ist, also via Nebeltunnel. Seit die Suche nach Mr Lobbett aufgegeben wurde, haben George und Olly den Auftrag, dort stets ein Boot bereitzuhalten. Ich dachte mir, das kann nicht schaden. Dann also ›Gute Nacht, zusammen‹, um mit den Worten des unsterblichen Knapp zu sprechen.«

Der Richter packte ihn beim Ärmel. »Das bewusste Buch heißt *Sindbad der Seefahrer und andere Geschichten*«, sagte er.

Wie albern sich so ein Titel in einer derartigen Situation ausnahm, blieb Campion nicht verborgen. »Das könnte von mir stammen«, sagte er. »In Anbetracht der Szene im Wohnzimmer wäre *Dornröschen* passender.«

Er verschwand lautlos um die Ecke des Hauses. Giles und der alte Lobbett pressten sich an die Wand und warteten. Der junge Mann schnaubte wie ein Pferd, und sein Herz klopfte so stark, dass er das Gefühl hatte, die Grundmauern des Hauses zu erschüttern.

Lobbett war ruhiger, aber auch ihn ließ dieser aufregende Moment nicht kalt. Er zog einen Revolver aus seiner Jackentasche und wartete.

Noch immer drang kein Laut aus dem Haus. Die Minuten verstrichen. Giles zitterte vor Ungeduld, und die Wunde in seiner Backe fing an zu pochen.

Sie verloren jedes Gefühl für die Zeit. Stunden schienen vergangen, seit Campion verschwunden war. Endlich knarrte eine Diele im Haus, und Giles fuhr heftig zusammen. Im nächsten Moment landete jemand weich auf dem Boden vor ihren Füßen.

Der Richter riss blitzschnell seinen Revolver hoch, aber es war Campions Flüstern, das ihm aus der Dunkelheit entgegenkam.

»Dornröschen ist hübsch und fein da drinnen, die Zwerge sind draußen im Wald«, murmelte er. »Die eigenartigste Geschichte, die mir je vorgekommen ist. Es geschieht dem alten Barber ganz recht mit seinem übertriebenen Geschäftseifer. Es scheint einen kleinen Kampf gegeben zu haben. Da liegt ein umgestürzter Stuhl. Ich verstehe das nicht. Keine Menschenseele rührt sich in dem Haus.« Er senkte seine Stimme noch mehr. »Ich habe das Buch. Und jetzt ab durch den Nebeltunnel, das ist eure einzige Chance.«

Giles rührte sich nicht. »Das ist Selbstmord bei der Dunkelheit«, sagte er. »Du kennst diese gefährlichen Schlicklöcher nicht, Campion.«

»Ich habe eine Sturmlaterne in der Küche abgestaubt. Wir werden sie anzünden, wenn wir dort unten sind«, erwiderte Campion. »Es hat keinen Sinn mit dem Auto zurückzufahren. Genau darauf spekulieren sie, nehme ich an.«

Richter Lobbett wies mit dem Kopf zum Fenster. »Was passiert mit den Leuten da drin?«

»Die habe ich nicht vergessen«, sagte Campion. »Aber die scheinen mir nicht wirklich ernsthaft in Gefahr zu sein. Unsere Freunde beabsichtigen offensichtlich nicht, sie zu verletzen, sonst hätten sie es bereits getan. Wir sind hier in einer Falle, und wir müssen uns so schnell wie möglich davonmachen. Wir können es nicht einmal wagen, ins Dorf zurückzugehen.«

Um sie herum wisperte der dunkle Garten. Sie hatten keine Ahnung, wo sich der Feind versteckt hielt. Sie mussten damit rechnen, dass man ihre Ankunft ungeduldig erwartet hatte. Die Scheinwerfer konnte niemand übersehen haben, als sie über den Stroud fuhren. Vielleicht beobachtete man sie sogar in diesem Augenblick, vielleicht konnte der Überfall jeden Moment starten.

Weder Giles noch Richter Lobbett hatten auch nur für eine Sekunde daran gezweifelt, dass Campion Recht hatte, als er betonte, dass der Feind möglicherweise ihren Rückzug überwachte. Mr Datchett und seine Anhänger waren gewiss nicht die einzigen Untergebenen, über die ihr geheimnisvoller Feind verfügte.

Sie gehorchten Campion widerspruchslos.

»Zu Diensten, Sergeant«, sagte Giles. »Mir gefällt die Idee mit der Kahnfahrt zwar nicht, aber wir werden's mal versuchen.«

»Dann haltet euch jetzt an Onkel Albert«, sagte Campion. »Es wird keine vergnügliche Landpartie werden. Heimtückische Kerle stehen auf dem Programm.«

Sie zogen los, Campion vorneweg. Sie kamen nur langsam voran, es war eine nervenaufreibende Tour. Jedes Geräusch ließ sie zusammenfahren. Jeden Moment rechneten sie mit einem Angriff aus der Dunkelheit. Campion blieb immer wieder stehen, um zu lauschen, aber das Haus hinter ihnen blieb unverändert still.

Als sie den Irrgarten betraten, zog er eine Taschenlampe hervor, und Giles übernahm die Führung. Sie fanden das Schlupfloch, zwängten sich hindurch und landeten in dem Graben auf der anderen Seite. Die Hitze und die drückende Luft waren unerträglich geworden. Man hatte das Gefühl, als wäre eine heiße Kompresse über den kleinen Landstrich gebreitet worden.

Giles war schweißgebadet, und sogar der alte Lobbett atmete schwer.

Nur Campion war äußerlich keinerlei Aufregung anzusehen. Still und leise stapfte er vor sich hin und hielt ein ordentliches Tempo ein.

Das Gras stand noch hoch, und sie stiegen in den tiefen Graben hinab, den Mr Lobbett schon einmal benutzt hatte. Hier war es fast trocken, und sie kamen gut voran.

Zu guter Letzt erreichten sie den Nebeltunnel.

Diese breite Senke in der Salzmarsch war ein altes ausgetrocknetes Flussbett, auf dem kurzen struppigen Gras, das den Boden bedeckte, konnte man leicht ausrutschen. Hier stand jetzt – wie stets – bis auf halbe Höhe der weiße feine Bodennebel, den man in der Dunkelheit nur durch seinen feuchten sumpfigen Geruch erahnen konnte.

»Hier ist es tagsüber schon ganz schön gruselig«, murmelte der Richter. »Aber in der Nacht kommt es mir vor wie das Tal der Todesschatten.«

»Immer ruhig Blut, Chef, immer ruhig Blut«, sagte Campion schrill mit zittriger Stimme.

»Passt auf.« Giles Stimme klang ganz fest. »Wir kommen langsam in die Nähe. Bleibt dicht beisammen.«

Rings um sie herum gluckste und blubberte die Salzmarsch schauerlich, und vom Meer her schrillten in unregelmäßigen Abständen die beunruhigenden Klageschreie der aufgeschreckten Seevögel zu ihnen herüber.

Dann blieb Giles stehen. »Weiter vor können wir uns ohne Laterne nicht wagen«, sagte er. »Deine kleine Taschenlampe ist nicht stark genug. Pass bloß auf, Campion, wir kommen jetzt zu dem gefährlichen Schlick. Man kann bis zu den Hüften einsinken, bis zum Hals oder ganz und gar, und nur ein paar Pferde und ein Wagenseil können einen retten.«

Sie verweilten kurz, um die Laterne anzuzünden.

»Und jetzt, freie Fahrt voraus, meine alten Seebären«, sagte Campion, während er das Glas wieder in den Drahtschutz steckte, und in dem feinen Nebel verströmte die Laterne ihr diffuses Licht. »Alle Mann an Bord, Richtung Paris, Dijon, Lyon, Macon, Victoria, Clapham Junction, Marseille und Tausendundeinenacht. *En voitures.*«

Der Scherz klang bizarr, fast unheimlich in der übel riechenden, erstickenden Luft.

»Wir haben Glück«, sagte Giles. »Die Flut steht mehr als dreiviertel hoch. Bleibt dicht beisammen, bleibt dicht beisammen.«

Sie standen jetzt fast gegenüber der kleinen Hütte, wo der alte Lobbett erst vor wenigen Tagen seine Kleider gewechselt hatte, bevor er zu George ins Ruderboot gestiegen war. Das Gras hatte aufgehört, und sie waren von Schlamm umgeben, der gluckste und gurgelte, als die See immer näher kam.

»Bis hierher besteht keine Gefahr«, sagte Giles mit Nachdruck. »Von jetzt an passt um Himmelswillen auf. Hier ist fester Grund, rings um die Hütte zum Wasser hin ist der gefährliche Schlick. Er breitet sich ganz unregelmäßig aus. Er verlagert sich, wie gesagt, aber ich fürchte, wir müssen das Risiko eingehen.«

Campion spähte vorwärts in den Lichtkreis, den die Laterne warf. Undeutlich konnte man durch den Nebel auf dem Schlamm ein paar Meter weiter vorn eine dünne weiße Linie erkennen. Es war die kommende Flut.

»Wie hoch steigt die?«, fragte Campion und deutete darauf.

»Bis dahin, wo das Gras aufhört«, sagte Giles. »Sie kommt fast bis zur Hütte, nur im September nicht, bei Nippflut. Siehst du das Boot?«

»Da ist es«, sagte der Richter und wollte schon losgehen.

Giles riss ihn zurück. »Ab hier müssen Sie vorsichtig Fuß vor Fuß setzen«, sagte er. »Halt die Laterne hoch, Campion.«

Das Boot schaukelte sanft im niedrigen Wasser, nur ein paar Schritte vom Ufer entfernt.

Giles zog Schuhe und Strümpfe aus. »Ich weiß mir besser zu helfen, wenn ich auf ein Schlickloch stoße«, erklärte er. Dann ging er langsam los, jeden Schritt mit der größten Vorsicht prüfend.

Campion warf einen Blick über die Schulter zurück. Weit hinten zwischen den Bäumen bewegten sich Lichter, so schien es ihm.

»Beeilung«, flüsterte er kaum hörbar. »Beeilung.«

Giles ging unbeirrt weiter. Einmal schreckte er zurück, stürzte und richtete sich wieder auf. Er erreichte das Boot und kletterte hinein.

»Ihr müsst direkt auf mich zuhalten«, sagte er. »Kommt jetzt. Ich wage es nicht, näher heranzurudern, ich könnte auf Grund laufen.«

Campion packte den alten Mann beim Arm. »Gehen Sie los«, sagte er. »Konzentrieren Sie sich auf das Boot, und steigen Sie ein. Sagen Sie Giles, dass er Richtung Heron Beach rudern soll, oder falls das nicht möglich ist bei diesen Lichtverhältnissen, soll er auf die Flussmitte hinausfahren und dort bleiben.«

Erst als der Richter seinen unsicheren Weg zu dem schaukelnden Boot hinter sich hatte, begriff er, dass Campion immer noch mit der Laterne in der Hand am Ufer stand.

»Komm doch«, rief Giles ihm zu.

»Halt die Klappe, du Esel! Ruder los, oder ich verpass dir was – mit meiner Wasserpistole.« Campions Flüsterstimme trug außerordentlich gut, obwohl er ein gutes Stück entfernt war, konnten sie ihn deutlich verstehen.

»Unsinn!« Giles machte sich daran, näher zu rudern.

»Bei allen Heiligen, macht, dass ihr wegkommt! Keine Heldentaten«, flehte Campion. »Ihr habt keine Zeit zu verlieren, und alles hängt davon ab. Du wirst alles vermasseln. Vertrau Onkel Albert.«

»Junger Mann, das können Sie nicht tun.« Crowdy Lobbetts Tonfall war bedrohlich stur.

»Giles«, befahl Campion, »ruder los mit aller Kraft, wenn du uns nicht alle umbringen willst, und bleib vom Ufer weg, egal, was du hörst. Wenn dein netter alter blinder Passagier irgendwelchen Radau macht, zieh ihm, um der Liebe zu seiner Tochter willen, mit dem Ruder eins über.«

Giles kannte Campion seit vielen Jahren. Bislang hatte er ihm stets gehorcht. Dies war nun offensichtlich ganz und gar nicht der richtige Zeitpunkt, wankelmütig zu werden. Er entschied sich.

Er tauchte die Ruder sanft ins Wasser und lenkte das Boot zur Mitte der Flussmündung.

Campion schwenkte anfeuernd die Laterne. Mit einem letzten Blick sah Giles eine schlanke wilde Gestalt am Ufer stehen, in einer albernen Positur, die Sturmlaterne hoch über dem Kopf.

»Ich liebte Ophelia«, schmetterte Campion voller Dramatik. »Nur auf den Tabak kommt es an!«

Mit dieser rätselhaften Äußerung trat er ruhig den Rückweg über die Landzunge an, tauchte in den Nebeltunnel ein und näherte sich der Hütte. Er kletterte die hölzernen Stufen hinauf und hängte die Sturmlaterne vorsichtig neben die Tür, so dass das Licht über eine gute Strecke deutlich zu sehen war. Dann nahm er seine Taschenlampe aus der Tasche und trat ein.

In der Hütte, die auf fast mannshohen Pfählen gebaut war, stand ein einfacher niedriger Tisch, der mit ein paar Scharnieren an der Wand befestigt war und von nur einem Bein gestützt wurde. An einer Seite war ein Regal so niedrig angebracht, dass man darauf sitzen konnte.

Der junge Mann sah sich genauestens um. Bis auf einigen merkwürdigen Bootskrempel und einen leeren Holzkasten befand sich nichts in dem Raum. Bemerkenswert war nur die Tatsache, dass die Fußbodenbretter an der Rückseite der Hütte direkt unter der Bank entfernt worden waren, zweifelsohne, um zu verhindern, dass die See sie bei außergewöhnlich hoher Flut mitriss.

Campion setzte sich auf die Bank, legte seine eingeschaltete Taschenlampe neben sich auf den Tisch und nahm das Kinderbuch hervor, das er vom Haus mitgebracht hatte.

Sindbad der Seefahrer und andere Geschichten. Er blätterte Seite um Seite um, die Titelseite, die Widmung, das Vorwort und die Bemerkungen des Herausgebers. Das Inhaltsverzeichnis erweckte sein Interesse – Kindergeschichten, die er seit seiner frühsten Jugend auswendig kannte. Etwas Alberneres konnte man sich zu diesem Zeitpunkt kaum vorstellen. Er ließ die Augen über die Titel gleiten. ›Sindbad der Seefahrer‹, ›Aladin und die Wunderlampe‹. Plötzlich wurde sein Blick gefesselt.

Ein Titel stach ihm ins Auge. Er verdeckte ihn mit der Hand und starrte in die Dunkelheit hinaus. Sein Gesicht war ausdruckslos, die Augen hinter der Brille waren matt.

»Ich bin übergeschnappt«, sagte er laut, mit seltsam beklommener Stimme. »Endlich ist es so weit. Ich drehe durch. *Ali Fergusson Baba und die vierzig Räuber.*«

27
Nächtliches Finale

Einsam und allein in der Hütte inmitten der Marsch lauschte Campion dem Nachklang seiner eigenen Stimme, dann nahm er seine Brille ab, wischte sich mit einem großen Taschentuch übers Gesicht und starrte in den kleinen Lichtschleier, den die Sturmlaterne draußen neben der schmalen Tür verbreitete.

Die Minuten vergingen, er rührte sich nicht und sah ausdruckslos geradeaus. Die Stille war unerträglich. Dann bewegte sich etwas ganz sachte draußen in der Dunkelheit jenseits des Lichtscheins. Sofort saß er kerzengerade und streckte lauschend seinen Kopf nach vorn.

Zuerst nahm er an, es sei weiter nichts gewesen als irgendein Tier, das sich in der Salzmarsch herumtrieb, oder vielleicht das seltsame Glucksen des Schlamms, aber das Geräusch wiederholte sich, diesmal näher und deutlicher: Fußtritte auf dem kurzen struppigen Gras.

Campion schob das Buch, das er in der Hand hielt, in seine Jackentasche, desgleichen die Taschenlampe. Dann saß er still da und wartete.

Jemand betrat leise die hölzernen Stufen, die zur Hütte hochführten; er konnte das alte Holz knarren hören, als es unter dem schweren Gewicht ächzte.

Im nächsten Moment wurde die Laterne aus ihrer Halterung gerissen und eine massige, plumpe Gestalt erschien in der Tür.

Mr Barber war kaum wiederzuerkennen. Von dem leutseligen, ziemlich unbedarften alten Herrn war nichts übrig geblieben. In diesem Fleischkoloss verbarg sich etwas Spöttisches und Hundsgemeines, das nach dem jungen Mann am Tisch Ausschau hielt.

»Sie sind allein?«, vergewisserte er sich. »Sie sind sehr klug, mein Freund.«

Campion grinste ihn an; er sah fast noch törichter drein als gewöhnlich, falls das überhaupt möglich war.

»So spricht ein Ehrenmann«, sagte er. »Wenn Sie mir das schriftlich geben könnten, würden Sie mir sehr helfen.«

Der Mann, der sich Ali Fergusson Barber nannte, trat zum Tisch hinüber, stellte die Lampe ab und türmte sich vor dem blassen jungen Mann auf, der neben ihm zwergenhaft und unbedeutend wirkte.

»Das trifft sich eigentlich ganz gut«, sagte er. »Mir scheint, es ist höchste Zeit, dass wir beide uns ein bisschen unterhalten, Mr Rudolph K. – –« Er nannte einen Namen, der den jungen Mann vor ihm dermaßen verblüffte, dass er sich mit einem Ausruf verriet.

Der ältere Mann lächelte matt. »Ich habe hier ein höchst interessantes Dossier, mein junger Freund«, erklärte er, indem er ein Papier aus der Tasche zog. »Ich kann Ihnen versichern, dass es sich äußerst spannend liest. Wir haben beide den gleichen Fehler gemacht. Wir haben uns gegenseitig unterschätzt, Mr – –«

»Könnten wir uns vielleicht auf Campion einigen?«, sagte der junge Mann, wieder töricht lächelnd. »Und jetzt, wo wir dabei sind, uns näher zu kommen, sollten wir zu einem anderen Thema übergehen. Wer zum Teufel sind Sie?«

Der andere Mann lachte, und einen kleinen Moment lang schimmerte in seinem Gesicht der alte Kunstexperte durch. Im nächsten Moment war diese Ahnung verflogen, und wieder stand da diese neue, kraftvolle Persönlichkeit.

»Ich bin ein ehrlicher Mensch«, sagte er. »Ich habe nie

den Fehler begangen, einen Decknamen zu benutzen. Es wäre dumm von mir, das zu versuchen und mich zu verstellen, und außerdem sehr lästig. Ich lebe mein eigenes Leben.«

Campion zuckte die Schultern. »Sie kennen Ihre Grenzen besser als ich«, sagte er. »Trotzdem wüsste ich einen anderen Namen für Sie. Setzen Sie sich und machen Sie sich's bequem. Da drüben steht eine Seifenkiste.«

Mr Barber setzte sich. »Ich nehme an, dass Sie Lobbett übers Wasser in Sicherheit gebracht haben, wie schon einmal«, sagte er gut gelaunt. »Das war sehr schlau von Ihnen, Mr Campion. Wie ich sehe, werden wir mit dem alten Herrn problemlos zurechtkommen. Mein Hauptinteresse gilt im Moment Ihnen.«

Es war unglaublich, wie dieser Mann sich verwandeln konnte. Campion begriff, dass keine künstliche Verstellung ihn nur halb so gut verborgen hätte, wie die bemerkenswerte neue Persönlichkeit, die er offenbar je nach Bedarf ablegen und annehmen konnte.

»Wie Sie zweifelsohne erraten haben«, fuhr er fort, »repräsentiere ich eine der raffiniertesten Organisationen der Welt. Meines Wissens sind Sie sogar einstmals von uns mit einer ziemlich heiklen Aufgabe betraut worden, in einem Fall in einem Haus namens Black Dudley. In dieser Angelegenheit haben Sie versagt. Woran das lag, weiß ich nicht, aber vielleicht erklärt das, warum wir Ihr Auftreten im Zusammenhang mit dieser aktuellen Sache nicht so wichtig nahmen. Es interessiert Sie vielleicht, dass ich und meine Vorgesetzten es nun für angebracht halten, Ihnen einen Posten in unserer Organisation anzubieten.«

»Bitte auf der gestrichelten Linie unterzeichnen«, sagte Mr Campion. »Bitte vorsichtig abtrennen. Ohne diese Unterschrift geht nichts.«

Das Gesicht vor ihm war ausdruckslos. Mr Barbers neue Stimme fuhr fort: »Dieser reichlich lästige Humor von Ihnen – der ist wohl eher unfreiwillig.«

»Das hätte man besser formulieren können«, sagte der junge Mann.

»Wahrscheinlich bewährt er sich«, überlegte der andere. »Ein ganz schön unangenehmer Preis, den Sie da zahlen müssen, um beruflich erfolgreich zu sein.«

»Bezugnehmend auf Ihr Schreiben vom fünften des letzten Monats«, sagte Campion, »gehe ich sicher richtig in der Annahme, dass Sie mir ein Angebot machen.«

Sein Besucher nickte. »Genau das«, sagt er. »Dieser Lobbett macht unserer Organisation ständig Ärger. Wir nehmen an, dass er den Schlüssel zu einem Geheimnis hat, oder zu haben glaubt, das von derartiger Bedeutung ist, dass ich unmöglich mit Ihnen darüber reden kann. Einem intelligenten Mann wie Ihnen muss ich das wohl nicht weiter erläutern. Eine Beilegung dieser Angelegenheit wäre die denkbar beste Einführung für Sie, und ich kann Ihnen persönlich versichern, dass Sie es nie bereuen werden.«

»Ich soll also ganz einsteigen«, sagte Campion nachdenklich. »Für alles ist gesorgt, die Wäsche wird von der Firma erledigt, und in guten Zeiten gibt es vielleicht die eine oder andere Sondergratifikation.«

Der ältere Mann faltete die Hände. »Ich bewundere Ihren Humor«, sagte er ernst. »Ihre Bezahlung wäre in keinerlei Hinsicht unangemessen. Und auf eins möchte ich Sie noch gerne hinweisen: Ihre Alternative ist, dass Sie auffliegen. Nun, was meinen Sie?«

»Eine Unverschämtheit!«, sagte Mr Campion. »Jetzt werde ich reden. Zunächst einmal will ich wissen, wie es dazu kam, dass Sie uns so hübsch angerichtet erwartet haben. Und warum? Bisschen umständlich angepackt, das Unternehmen, stimmt's?«

»Ganz und gar nicht. Ich wusste, dass mein Telegramm Sie herführen würde. Frauen sind in so einer Angelegenheit äußerst hinderlich, Mr Campion.«

»O ja, gewiss.« Der junge Mann stimmte hastig zu und ihm schwante dunkel, was passiert war.

»Ich gebe zu, dass Sie zu schnell waren für mich«, fuhr der andere fort. »Dummerweise bin ich davon ausgegangen, dass Sie das Haus nach der jungen Frau durchsuchen und dann bei mir vorsprechen würden. Man hätte mich problemlos wiederbeleben können. Wir hatten die Information erhalten, dass es sich bei dem Dokument, dem der alte Lobbett so große Bedeutung beimisst, um eine etwas sperrige Geschichte handelt. Ich folgerte daraus, dass er es sorgfältig versteckt im Haus zurückgelassen hatte. Da es nun wirklich keinen Sinn hat, nach etwas zu suchen, das man nicht erkennen kann, wartete ich darauf, dass Mr Lobbett selbst es mir zeigte.«

Obwohl die Unterhaltung recht freundschaftlich verlief, wurde die Atmosphäre in der kleinen Hütte immer geladener. Draußen war die Ruhe vor dem Sturm erdrückend. Zuckendes Wetterleuchten erhellte die Marsch.

»Nicht schlecht«, sagte Campion plötzlich. »Aber auch nicht gut. Langsam sehe ich klarer. Ich soll für Sie in den Klatschspalten erscheinen oder die Dreckarbeit für Sie erledigen. Sicher haben Sie schon bei *Pinkerton* wegen mir vorgesprochen.«

Plötzlich fing er an zu lachen. »Spielt keine Rolle«, sagte er, »selbst wenn ich unter der Rubrik ›Was sollen wir mit unserm missratenen Jungen machen‹ erscheine, vielleicht ist es das sogar wert. Sie haben uns bei unserm ganzen lustigen Abenteuer letzte Nacht Gesellschaft geleistet. Bis an mein Lebensende werde ich vor Augen haben, wie Sie neben Mrs Knapp sitzen. Nicht um alles in der Welt hätte ich das missen wollen.«

Eine leichte Röte überzog das Gesicht des Orientalen, das erste Anzeichen von Ärger, das er verriet. »Ich hatte es für das Beste gehalten, Sie Ihre kindische kleine Rettungsaktion durchführen zu lassen«, sagte er. »Ich hielt es für nützlich, in Ihren Augen vertrauenswürdig zu erscheinen. Ich denke ebenfalls, dass es sich gelohnt hat.«

Campion lehnte sich etwas zurück. »Insgesamt gesehen sind Sie also wohl recht zufrieden mit sich?«, meinte er. »Aber es wird Ihnen nicht gelingen, den kleinen Albert als Mitarbeiter zu gewinnen. Bedenken Sie jetzt mal ein bisschen Ihre eigene Lage. Hier sind Sie nun und tun sich dicke, mitten in der Marsch, weit weg von Heim und Mutterschoß. Angenommen, ich würde Ihnen jetzt eins überziehen und nach Hause gehen und kein Wort mehr darüber verlieren, was dann?«

Mr Barber lächelte matt. »Ich glaube kaum, dass Sie das tun werden«, erwiderte er. »Vergessen Sie nicht, dass ich Ihren Lebenslauf gründlich studiert habe. Eine Leiche wird für einen Mann in Ihrer Lage ganz schön schwer zu erklären sein. Ihre paar Freunde bei Scotland Yard werden die Last Ihrer dubiosen Geschäfte kaum aufwiegen. Ich, auf der anderen Seite, habe eine weiße Weste, und jeder weiß, wer ich bin.«

»Unser Albert ausgenommen«, sagte Campion in blitzartig verändertem Tonfall.

Irgendwie brachte er damit sein Gegenüber zum Schweigen, und in der kleinen Hütte war es plötzlich unheimlich still.

»Erinnern Sie sich an einen gewissen Coulson?«, fragte Campion sanft. »Der einzige Mann, dem Sie sich jemals anvertraut haben? Mein Nachname ist Morgiana. Mr Ali Baba.«

Das dicke Gesicht des Orientalen blieb unbeweglich. »Ich verstehe Sie nicht«, sagte er. »Sie machen immer noch Witze.«

»Weit gefehlt, meine schöne Helena.« Campion gab sich immer noch ganz gut gelaunt, aber jeder Augenblick vibrierte vor unterschwelliger Erregung. Das Gewitter konnte jeden Moment losbrechen.

»Sie haben zugegeben, dass Sie nicht wissen, was genau der geschätzte Richter Lobbett gegen Sie in der Hand hat«, fuhr Campion fort. »Diesbezüglich kann ich Sie ein bisschen aufklären. Sein wertvoller Hinweis ist absolut *bona fide.* Jeder, der Sie kennt, wird ihn leicht verstehen. Es ist schlicht und einfach Ihr Name, der in dem Akrostichon versteckt ist. So, ich denke, wir haben uns jetzt in jeder Hinsicht bestens vorgestellt. Wie soll's jetzt weitergehen?«

Dass der Mann erschüttert war, stand außer Zweifel. Aber nach dem ersten Schrecken hatte er sich erstaunlich schnell wieder unter Kontrolle.

»Sie sind ein richtiger Schlaumeier, wie man hier zu Lande so schön sagt, junger Mann«, sagte er langsam. »In meinen Unterlagen steht, dass es zu Ihren Gepflogenheiten gehört, keine Waffen zu tragen. Da tun Sie wohl gut daran mit so einer Vergangenheit. Wäre interessant herauszufinden, ob das zutrifft.«

»Wo wir nun schon mal dabei sind, Vertraulichkeiten auszutauschen«, sagte Campion leichthin, »würde ich, da nun mal feststeht, dass es einem von uns in Kürze an den Kragen geht, doch gerne vorher noch einige Dinge erfahren. Zum Beispiel würde ich gerne wissen – sozusagen als letzte Gefälligkeit –, wie Sie es geschafft haben, all die Zeit über so im Verborgenen zu bleiben. Es heißt, dass seit hundert Jahren Berichte über Sie vorliegen. Sie sind ja nicht mehr der Jüngste, aber so lange können Sie doch wohl kaum zugange sein.«

Mr Barber wurde wieder richtiggehend umgänglich: Draußen fielen die ersten großen Regentropfen. Es blitzte jetzt immer häufiger.

»Ich habe es nicht eilig«, sagte er. »Vielleicht werde ich es Ihnen erzählen. Ich muss sowieso hier bleiben, bis dieses Gewitter vorüber ist. Aber ich fürchte, ich muss mein Angebot zurückziehen.«

»Also eine Art Grabrede. Sehe ich das richtig?«, sagte Campion. »Aber bitte von Herzen.«

Mr Barber seufzte. »Entweder sind Sie ein ungewöhnlich tapferer Mann«, sagte er, »oder Sie sind noch dämlicher, als Sie zu sein vorgeben.«

»Der reine Mut«, sagte Mr Campion bescheiden. »Ich wollte das nicht besonders hervorheben, aber da Sie es nun zur Sprache gebracht haben –«

Mr Barber brachte ihn mit einer Geste zum Schweigen. »Ich bin froh, dass sich diese Gelegenheit nun ergeben hat«, sagte er langsam. »Der Wunsch, sich zu offenbaren, ist sehr heftig bei einem Mann meines Temperaments, Mr Campion. Ich befand mich nie zuvor in einer Situation, wo es für mich unbedenklich war, diesem besonderen Wunsch nachzugeben.«

Campion nickte ernst. Der Orientale ging immer mehr aus sich heraus. Er schien sich zu einer Persönlichkeit aufgeschwungen zu haben, die bedeutender und niveauvoller war als je zuvor, so dass es nun gar nicht mehr abwegig erschien, ihn mit der geheimnisvollen Gestalt in Zusammenhang zu bringen, deren Name in Polizeikreisen seit Jahr und Tag sprichwörtlich geworden war.

»Ich bin der einzige Mann«, sagte er und sah Campion

mit leichtem Stolz in den Augen an, »dem es je gelungen ist, aus meinem speziellen Geschäft etwas zu machen, was sich genauso erfreulich betreiben lässt, wie jede andere etwas legalere Beschäftigung. Das bedeutet«, fuhr er mit erstaunlicher Zufriedenheit fort, »dass ich so sicher, so wohl angesehen und so unbehelligt lebe, wie jeder andere reiche Mann. Ich gehe, wohin ich will, lebe, wie es mir gefällt. Ich habe eine Villa mit hängenden Gärten am Bosporus und das hübscheste Queen Anne-Haus von Chelsea. Meine Suite in New York ist eine der schönsten in dieser teuersten Stadt der Welt. Ich habe einen wahren Palast in Kalifornien, und mein Schloss bei Juan-Les-Pins ist in ganz Frankreich berühmt. Ich bin eine anerkannte Autorität in Sachen Gemälde, und ich habe die erlesenste Reynolds-Sammlung der Welt. Ich vergnüge mich auf vielerlei Arten. Überall, wo ich ein Haus habe, bin ich ein angesehener Bürger. Ich habe viele Freunde. Allerdings muss ich sagen,« – er zuckte mit den Schultern – »dass es keinen gibt, dem ich absolut vertrauen kann. Aber das ist auch der einzige Nachteil. Davon einmal abgesehen, liefe es doch so ziemlich auf das Gleiche hinaus, wenn ich mein Geld mit Öl oder Autos machen würde.«

Campion wirkte beeindruckt. »Sie lassen Ihre Geschäfte wohl ausnahmslos durch Mittelsmänner erledigen?«, sagte er. »Ich kann mir vorstellen, wie man das am Leben halten kann, aber mir ist unklar, wie Sie damit angefangen haben. Sie finanzieren das ganze Theater. Sie kaufen sowohl die Planer als auch die Vollstrecker?«

»Ganz richtig.« Mr Barber nickte. »Es ist wirklich zu schade, mein Freund, dass ich Sie töten muss«, bedauerte er. »Sie scheinen mir recht intelligent. Die Frage, die Sie gestellt haben, lässt sich einfach beantworten: Mein Vater war der ursprüngliche Simister.«

Campion starrte ihn an, und einen Moment lang schien er sich ein Lachen zu verkneifen.

»Ach du liebe Güte«, sagte er. »Sie wurden also beerbt.«

»Warum nicht?« Der Orientale breitete die Hände aus. »Ich kann da nichts Komisches daran finden. Ein Mann kann doch seinem Sohn genauso gut ein Geschäft dieser Art überlassen, wie jedes andere auch. Ich selbst beteilige mich nie unmittelbar an meinen – wie soll ich sagen – geschäftlichen Transaktionen, ich initiiere sie nur. Mein Vater hat meine Anonymität aufs Sorgfältigste geschützt. Als er starb, habe ich weitergemacht. Ich glaube nicht, dass irgendjemand den Wechsel bemerkt hat. Es liegt in der Natur der Sache, dass die Organisation weit verzweigt und sehr geheim sein muss. Auf diese Weise konnte ich meine Identität bewahren.«

»Wunderbar«, sagte Campion, dessen Augen funkelten. »Verzeihen Sie, Mr Barber, aber haben Sie eigentlich Familie?«

Der alte Mann zögerte. »Nein, es gibt keinen Nachfolger für mich.«

»Harte Zeiten«, sagte Campion mitfühlend.

Mr Barber zuckte die Schultern. »Ich bin ein ausgesprochener Individualist, und« – er lachte zuversichtlich – »ich habe vor, noch lange zu leben.«

Campion lehnte sich über den Tisch.

»Verzeihen Sie die Frage«, sagte er, »aber was sollte mich davon abhalten, Sie umzubringen, sobald unser freundliches Plauderstündchen beendet ist? Ich meine, warum sollte ich nicht zurückschlagen, wenn Sie mir eins draufgeben? Was ist, wenn ich es riskiere, bei der Leiche gefunden zu werden? Ich bin jünger als Sie und möglicherweise begabter im Prügeln.«

»Ich kann mir nicht vorstellen, dass Sie sehr gut bewaffnet sind.« Der ruhige, selbstgefällige Tonfall, in dem diese Worte vorgebracht wurden, hatte etwas Furcht Einflößendes an sich. Mr Barbers großes Gesicht war sanft und liebenswürdig.

»Lassen Sie mich erklären! Zum Ersten, Mr Campion, habe ich gehört, dass Sie die Angewohnheit haben, eine Spielzeug-Wasserpistole bei sich zu tragen, die wie ein echter Dienstrevolver aussieht. Ich gebe zu, dass mich das erheitert hat, als ich es hörte. Es hat mich sogar so sehr erheitert, dass ich mir selbst einen Scherz erlaubte. Ich habe auch eine Wasserpistole, Mr Campion. Sie ist in diesem Moment direkt auf Ihr Gesicht gerichtet. Ich möchte nebenbei bemerken, dass man mich für einen hervorragenden Schützen hält. Da ich Sie dennoch nicht vollständig imitieren wollte, enthält meine Pistole eine außerordentlich ätzende Flüssigkeit. Kein Mensch kann ein derartiges Brennen aushalten, und in Ihrer Verwirrung wird Sie dann eine ganz normale Kugel leicht ins Jenseits befördern.«

Campion hatte sich nicht gerührt, aber ein Muskel in seinem Kiefer zuckte heftig.

»Mir war nicht klar, dass Sie so eine *Conversazione* vorgesehen hatten«, sagte er schließlich.

Seinem Gegenüber kam es so vor, als habe sein Ton etwas von seiner Festigkeit verloren.

»Mir auch nicht«, sagte er munter. »Ich hatte gehofft, es ließe sich vermeiden.«

Campion atmete schwerer. Es musste kurz nach Mitternacht sein, schätzte er. In Mystery Mile würde sich in den nächsten fünf Stunden nichts rühren. Giles würde seine Anweisungen befolgen, da war er ganz sicher. Es bestand kaum eine Chance, dass jemand in dem Wolkenbruch die erleuchtete Hütte bemerken würde. Zum ersten Mal in seinem erlebnisreichen Leben verlor Campion fast den Mut.

»Sie brauchen nicht zu befürchten, dass Sie mich langweilen«, sagte er, sehr darum bemüht, seine alte Schnoddrigkeit wiederzuerlangen. »Ich liebe diese kleinen Einblicke hinter die Kulissen. Und Sie sollten übrigens nicht unnötig Ihre Zeit verschwenden mit dem alten Herrn, in dessen Diensten ich stehe. Der Hinweis, den er auf Ihre Identität hatte, befindet sich in einem Kinderbuch – für sich genommen völlig harmlos – und unverständlich für jeden, der Sie nicht bereits verdächtigt. Er dachte, dass eine verschlüsselte Botschaft darin sei, und das denkt er immer noch. Ich habe das Buch hier in der Tasche.«

Die Augen des Orientalen verengten sich. »Machen Sie sich keine Illusionen bezüglich meines kleinen Spielzeugs, mein Freund«, sagte er. »Stehen Sie auf. Nehmen Sie die Hände über den Kopf.«

Campion gehorchte. Mr Barber stand ebenfalls auf und zog seine Hand unterm Tisch hervor, wo er bislang etwas verborgen gehalten hatte, was Campion in dieser Situation für die gefährlichste Waffe hielt, die ihm je begegnet war. Es war eine kleine Glasspritze. Falls er je daran gezweifelt hatte, dass die Drohungen des anderen ernst gemeint waren, so war er jetzt eines Besseren belehrt.

»In Ihrer linken Tasche, wie ich sehe.« Die Stimme war weich, fast schmeichelnd. Geschickt zog er mit der linken Hand das Buch heraus.

»Setzen!«, fuhr er fort. »Jetzt, wo wir uns voll und ganz verstehen, wird unsere Unterhaltung sehr viel angenehmer werden.«

»Was sind wir zwei doch für nette kleine Herren«, sagte Campion. »Sagen Sie mal, gestalten Sie alle Ihre Morde auf diese Art und Weise?«

Mr Barber winkte abwehrend mit der linken Hand. »Im Normalfall arbeite ich vom Schreibtisch aus. Ich weiß alles.

Ich stecke hinter jedem ernst zu nehmenden Coup. Nur weil Mr Lobbett so dumm war, einen Kunstexperten anzufordern, habe ich – als mir das zu Ohren kam – beschlossen, selbst aktiv zu werden. Das Ganze macht mir ungeheuren Spaß.«

Campion sagte nichts darauf. Mr Barber sprach weiter. »Ich war übrigens mit meinem Mitarbeiter Datchett nicht besonders zufrieden. Diesen kleinen Zweig meiner Organisation hatte ich vernachlässigt. In seinem Gebiet ist er eine wahre Leuchte, aber er ist kein guter Untergebener. Ich hätte schon viel früher alles über Sie wissen müssen.«

Auf Campions Gesicht zeigte sich die Andeutung eines Lächelns. »Nicht zu fassen«, murmelte er. »Das reinste Warenhaus. Beachten Sie unsere Erpressungs-Sonderabteilung im Erdgeschoss. Mord-Ausverkauf in der ersten Etage. Entführungen und Miederwaren zur Linken, bitte.«

Mr Barber hörte nicht auf ihn. Seine linke Hand lag immer noch auf dem kleinen grüngolden eingebundenen Kinderbuch. Er tippte es leicht mit seinem plumpen Zeigefinger an.

»Das bringt mir einen Vorfall ins Gedächtnis, den ich vergessen hatte – ein Unfall, der vor zwanzig Jahren passiert ist. Coulson war der einzige Mann, mit dem ich je direkt persönlich zu tun hatte. Ich war noch ziemlich jung, und dieses Bedürfnis, mich zu offenbaren, war sehr stark in mir. Eines Tages fragte er mich, ob ich die Identität von Simister kennen würde, ob ich ihn je gesehen hätte. Dummerweise bejahte ich die Frage. Von da an bedrängte er mich dauernd, ihm die Wahrheit zu sagen. Offen gesagt hat mir das Spaß gemacht, und eines Tages habe ich auf dieses Buch gezeigt, das auf dem Ladentisch des Secondhand-Buchladens lag, der sein Standquartier war. Ich glaube, er nahm an, dass ich das Buch mitgebracht hatte. ›Hier ist Ihr

Hinweis‹, sagte ich. Ich habe den Mann nie wiedergesehen. Der Vorfall war mir ganz und gar entfallen, woran man erkennen kann, mein Freund Campion«, fügte er plötzlich belehrend hinzu, »dass Dummheit viel gefährlicher ist als Gemeinheit.«

Campion nickte.

»Eines würde ich nur noch gern wissen«, sagte er. »Was hatte Ihr Freund Datchett gegen den alten Swithin Cush in der Hand?«

Mr Barber zuckte die Schultern.

»Woher soll ich das wissen?«, sagte er. »Vieles, was Datchett so betreibt, empört mich. Es ist so kleinkariert. Dieser Kettle – der hätte niemals mit irgendetwas beauftragt werden dürfen. Es ist mir peinlich, dass er auch nur entfernt in meinen Diensten stand.«

»So ist's recht«, lobte Campion. »Der Fall Swithin Cush interessiert mich, es scheint mir unvorstellbar, dass ein Mann wie er ein Geheimnis haben konnte.«

Mr Barber schüttelte den Kopf. »Ein Geheimnis kann jeder haben«, bemerkte er. »Sehen Sie mich an, zum Beispiel.«

»Ich will zwar nicht neugierig sein«, sagte der junge Mann zögernd, »aber ich würde doch gar zu gern wissen, wie Sie es angesichts der armen kleinen verschandelten Leiche unseres Alberts anstellen wollen, mit reiner Weste und unbefleckt davonzukommen. Es mag grausam klingen, aber die Frage der Leichenbeseitigung hat mich schon immer beunruhigt.«

»Das ist nicht weiter schwierig.« Der Orientale war ganz zuversichtlich. »Nachdem ich das Telegramm, das Sie zweifelsohne hierherlocken musste, abgeschickt hatte, machten sich meine Helfer hierher auf den Weg, warteten im Dorf, bis alles ruhig war – dann griffen sie sich die

Hausangestellte und betäubten sie, wie Sie's gesehen haben. Sie hatten den Auftrag, das zu erledigen und sich dann zurückzuziehen. Gleich darauf kam ich an. Für sie bin ich – genau wie für jeden anderen – Fergusson Barber, der Kunstexperte. Ich wartete dann auf Sie, genauso, wie Sie mich vorgefunden haben. Nichts einfacher als das. Ich werde also zurückgehen und die Stiefel wechseln, das wird notwendig sein, nach dem Regen. Dann werde ich mich selbst betäuben.«

»Vergessen Sie die Fußabdrücke nicht«, sagte Mr Campion. »Da sind die in dieser Gegend hier ganz groß drin.«

Mr Barber nickte. »Daran habe ich auch gedacht«, erklärte er. »Aber Sie müssten eigentlich wissen, dass es unmöglich ist, auf einer Salzmarsch Fußabdrücke zu verfolgen. Mein Alibi wird perfekt sein – vor allem, da Richter Lobbett und der junge Paget mich zur gleichen Zeit wie Sie auch gesehen haben.«

Der Türke sprach sehr ernsthaft. »Ich werde einen wunderschönen Romney zum Andenken an meinen Besuch erhalten. Er ist wirklich absolut echt – eines der reizendsten Exemplare, die ich je gesehen habe. Ich werde ihn zum Verkauf anbieten, abgewertet von anerkannten Autoritäten – es wird vielleicht notwendig sein, zu diesem Zweck eine Kopie anzufertigen –, und dann werde ich ihn ganz billig an einen meiner Agenten verkaufen.

Aber die Zeit vergeht, mein Freund. Es hört sich an, als würde das Gewitter abziehen. Eine außergewöhnlich erfreuliche Unterhaltung – zu schade, dass sie nicht weiter fortgesetzt werden kann.«

»Mir ist grade was in den Sinn gekommen«, sagte Campion aufblickend. »Ich habe mir eben meine Grabinschrift ausgedacht, vielleicht könnten Sie sich darum kümmern, dass sie auf meinen Grabstein kommt. Aber bitte keine ordinären antiken Buchstaben; gute römische Lettern. Also hören Sie gut zu, es wäre unerträglich, wenn Sie's durcheinander bringen würden.«

Er sprach mit größtem Ernst, und der Türke war belustigt. Er richtete seine flinken Augen gnädig auf den jungen Mann, hielt aber immer noch vorsorglich die tödliche Spritze bereit.

»Kein langer Text«, sagte Campion. »Nur das, hübsch und sorgfältig eingraviert:

ALBERT CAMPION HIER NUN LIEGT,

achten Sie genau auf das richtige Versmaß.«

Todernst rezitierte er den Reim und schlug dabei mit seiner langen, schmalen Hand den Rhythmus auf den rohen Tisch:

»DER TOD WAR SCHLECHT – DAS LEBEN SIEGT!«

Beim letzten Wort erhob er triumphierend die Stimme und stieß mit einer unglaublich schnellen Bewegung die Lampe vom Tisch und zog blitzschnell seinen Kopf ein.

Im gleichen Moment klatschte etwas Weiches, Grässliches gegen seine Schulter, und die Säure brannte sich durch seine Kleider hindurch bis tief ins Fleisch hinein; ein schier betäubender Schmerz. Die Laterne krachte auf den Boden. Ein Luftzug fuhr hinein, und sie verlosch. Die Hütte lag plötzlich in völliger Finsternis.

Campion schob sich auf die Lücke in den Dielenbrettern zu. Es war seine einzige Hoffnung. Der Schmerz in seiner Schulter lähmte ihn. Er fürchtete, dass er ihm die Besinnung rauben könnte und er ohnmächtig würde.

In der Dunkelheit lauerte der Mann, der noch kurz zuvor so freundlich mit ihm geplaudert hatte, bereit ihn zu töten. Campion ertastete die Lücke mit dem Fuß. Mit aller Kraft sprang er darauf zu, und sogleich feuerte Barber. Die Waffe hatte einen Schalldämpfer, aber ein Feuerschein blitzte durch die Dunkelheit. Der Raum war viel zu klein, als dass der junge Mann hätte entkommen können. Das Geschoss drang in seinen Körper ein.

Der Orientale hörte ein unterdrücktes Grunzen, als sein Opfer hilflos durch die Öffnung im Fußboden auf die Marsch hinunter fiel.

Da er von diesem zweiten Ausgang nichts ahnte, schoss er erneut, Kugel um Kugel.

Der Schalldämpfer war äußerst wirkungsvoll. Niemand würde aufgeschreckt werden, und er war entschlossen, diesen Mann zu erledigen.

Als er schließlich innehielt, herrschte eine merkwürdige Stille in der Hütte.

»Klug, mein Freund, klug bis in den Tod!« Er redete sanft, aber es lag eine eigenartige, grausige Befriedigung in seiner Stimme.

Immer noch vorsorglich die Waffe in der Hand haltend, zog er eine Streichholzschachtel aus der Tasche; da seine Taschenlampe aufgebraucht war. Das kleine Flämmchen flackerte kurz auf und ging im Luftzug aus. Er ging bis an den Rand der Lücke unter der Bank und entzündete ein weiteres Streichholz. Diesmal blieb die Flamme länger an.

Campion lag auf dem Rücken im Gras, das sich rasch rot verfärbte. Er hatte seine Brille verloren, und seine Augen waren geschlossen, sein Gesicht sah bläulich aus in dem flackernden Licht. Einen kleinen Moment zögerte der Türke. Er hatte fünf Mal gefeuert. Er hatte noch einen Schuss im Revolver. Er überlegte, ob er ihn abfeuern sollte. Er konnte nur sicher feststellen, ob der Mann tot war, wenn er zu ihm nach draußen ging.

Als er sich niederkniete, um hinunterzusehen, glitt das kleine Buch, das er in der ersten Eile an sich gerissen hatte, aus der Tasche, wohin er es schnell gesteckt hatte, und fiel auf die Gestalt hinab.

Das überzeugte ihn. Er richtete sich vorsichtig auf und durchquerte die Hütte.

An der Tür hielt er inne und tastete nach den Stufen. Vorsichtig stieg er hinab.

Als er auf dem Gras angekommen war, versuchte er ein weiteres Streichholz anzuzünden, aber der leichte Regen, der immer noch fiel, verhinderte es. Ohne etwas zu sehen, wandte er sich nach links, unwillkürlich den kürzeren Weg um die Hütte wählend. Er machte einen Schritt nach vorn, dann noch einen, immer noch war das kurze dichte Gras unter seinen Füßen.

Beim dritten Schritt befiel ihn plötzlich eine Ahnung drohender Gefahr, und er versuchte vergebens, sein Gewicht zurückzuverlagern. Kurz zuvor wäre es vielleicht noch gelungen, aber das Gras unter seinen Füßen war schlüpfrig.

Er taumelte und stürzte nach vorn, über den halben Meter unebene Erde hinweg in den dahinterliegenden glitschigen Schlammstreifen – genau auf den Streifen, der heller und weicher aussah als der übrige Schlamm und den Giles eine Stunde früher so ängstlich gemieden hatte. Ohne sich der gewaltigen Gefahr bewusst zu sein, kämpfte er darum, wieder hochzukommen. Furcht hatte er nur davor, dass sein Alibi nun nicht mehr so leicht zu bewerkstelligen war, da seine Kleider voller Schlamm und Meerwasser waren.

Ringsumher saugte und quatschte der Schlick auf seine

ruhige, kehlige Art vor sich hin. Noch immer fiel Regen. Er war mutterseelenallein zwischen Himmel und Erde.

Er versuchte verzweifelt, vom Fleck zu kommen, und bemerkte plötzlich, dass ihm der Schlamm schon bis zur Hüfte ging. Er schlug wild mit den Armen um sich und bekam nichts als das schleimige Zeug zu fassen. Es ging ihm schon bis an die Schultern, und ungeachtet jeder anderen Gefahr begann er laut zu schreien, rief nach Campion, strapazierte seine Lungen, bis er das Gefühl hatte, dass man ihn im Dorf hören musste.

Der Schlamm gurgelte und blubberte. Kleine Bächlein sprudelten hervor. Er rutschte tiefer, fast bis zum Kinn. Er zwang seine Arme nach unten, einem Instinkt gehorchend, der ihm eingab, dass er auf diese Weise etwas Aufschub erlangen konnte. Das Zeug schloss sich um ihn, zog ihn sanft, aber beharrlich und schrecklich langsam in seinen schleimigen Schoß. Er wagte nun nicht mehr zu schreien, da er fürchtete, dass die geringste Bewegung ihn ganz hinabziehen würde.

Genau in dieser Sekunde berührte sein Fuß tief unten festen Grund. Er erstarrte völlig, Hoffnung keimte wieder auf. Nur mit größter Mühe konnte er atmen. Als fühlte er sich betrogen, drückte ihn der Schlamm und presste ihn durch sein ungeheures Gewicht zusammen.

Immer noch hoffte er, verspürte ein wildes, hemmungsloses Verlangen nach Leben, was immer es auch bringen mochte.

Der Regen hörte auf.

Krämpfe quälten ihn, aber er wagte nicht, die Muskeln zu lockern, mit deren Hilfe allein er sich über dem Morast halten konnte. Hoch oben über ihm teilten sich die Wolken. Der letzte Rest des Gewitters, das über sie hergezogen war, hatte sich verzogen. Es wurde etwas heller.

Er starrte geradeaus. Die Augen traten ihm aus den Höhlen, sein Gesicht war verzerrt, sein Mund war aufgerissen, seine Adern traten dick hervor unter seiner fahlen Haut.

Keinen halben Meter von ihm entfernt war eine breite, weiße, unregelmäßige Linie, schrecklicher und auswegloser als der Schlick selbst: die Flut.

Er beobachtete sie. Jeder Funken Leben, der noch in ihm steckte, richtete sich gegen diesen letzten, fürchterlichsten Feind, der sich wieder etwas zurückzog, aber nur, um alsbald wieder bis dicht vor sein Gesicht herbeizuströmen und ihn mit Salzwasser zu bespritzen.

Er mobilisierte seine letzten Kampfreserven. Sein wahnsinniger Schrei erschreckte die Seevögel und hallte als Todesschrei in den Räumen des Gutshauses wider, weithin über die Salzmarsch, und verklang hohl in der Stille des frühen Morgens.

Noch einmal zogen sich die Wellen zurück, und wiederkehrend rollten sie ihm diesmal schäumend, lachend, erstickend über den Mund.

28
Moral

»Zwei Zähne?«, sagte der Mann von Scotland Yard entrüstet. »Er hat sieben. Drei unten und vier oben. Mary und ich sind ganz verrückt nach ihm. Sie müssen unbedingt mal vorbeikommen und ihn anschauen, sobald Sie wieder raus können.«

Er saß vorgebeugt in dem großen Sessel vor einem der ersten Herbstfeuerchen in der Wohnung in Bottle Street.

»Ich werde nächste Woche vorbeikommen. Ich bin jetzt wieder hergestellt.« Seine recht hohe Stimme klang etwas hohler als früher, hatte aber ihren charakteristischen Anflug von Munterkeit nicht verloren. Campion saß fast völlig verborgen in dem tiefen *Toby*-Sessel. Nur ab und zu, wenn das Feuer aufflackerte, konnte der andere Mann einen Blick von seinem Gesicht erhaschen. Er hatte sehr schwere Verletzungen erlitten und war immer noch schrecklich abgehärmt. Ali Barbers Geschoss hatte ihm die Lunge durchbohrt, und die Heilung war nur langsam vorangeschritten. Aber seine alte Lebensfreude war wiedergekehrt, und seine Augen hinter der Hornbrille sahen wieder belustigt und äußerst lebendig in die Welt.

Sein Besucher lächelte ihn an. »Du hast verdammtes Glück gehabt, dass du so glimpflich davongekommen bist«, sagte er. »Du hast schon immer Glück gehabt.«

»Ich bin den Jungs sehr dankbar, dass sie mich so unauffällig aus der Geschichte rausgehalten haben«, murmelte Campion mit aufrichtiger Dankbarkeit. Er seufzte. »Ich hatte schon befürchtet, einen Orden zu bekommen.«

»Mehr Schmach als Ehre in unserm Job«, sagte der andere. »Es wird dir aber dennoch positiv angerechnet. Es bestand keinerlei Zweifel daran, dass es der richtige Mann war. Wir haben die Quellen seiner Einkünfte aufgespürt, unter anderem. Umwerfend!«, bemerkte er träumerisch und beugte sich vor, um auf dem Kaminrost die Asche aus seiner Pfeife zu klopfen.

Campion kicherte. »Du solltest anfangen zu schreiben, Stanis«, sagte er. »Aber ich habe wirklich gedacht, diesmal ist es so weit, als ich durch den Fußboden fiel. Ich rezitierte ›God Save The King‹, sang unsre Schulhymne und stammelte unsern Familienleitspruch ›Müll abknallen verboten‹ – und weg war ich. Hat sich im Fall Datchett irgendetwas Neues ergeben?«

»Lugg hat mir verboten, Geschäftliches anzusprechen.«

Der Mann von Scotland Yard sah sich unruhig um. Lugg war in seiner neuen Rolle als Krankenpfleger wirklich Furcht einflößend. Da er aber nirgendwo zu sehen war, redete der Mann leise weiter.

»Ich wollte dir davon berichten«, sagte er. »Er hat alles gestanden beim Prozess – du wirst nicht Zeitung gelesen haben. Er hat die Höchststrafe bekommen. Ich rechne nicht mit einem Berufungsverfahren. Wir haben im Fall Maplestone Hall alle erforderlichen Zeugenaussagen erhalten. Es war nicht nötig, noch weitere Ermittlungen anzustellen.«

Campion sah rasch auf. »Swithin Cush?«

Der andere Mann nickte.

»Das war übrigens interessant«, sagte er. »In dem Haus in Kensington gab es ungeheure Mengen Material, alles Mögliche betreffend. Wo immer möglich, haben wir die Papiere an die rechtmäßigen Besitzer zurückgegeben und es dabei belassen. Es liegt uns nichts daran, Skandale herbeizuführen. Wir haben unsern Mann da, wo wir ihn haben wollten, und das genügt uns. Aber der alte Mann hatte tatsächlich sein Geheimnis. Darauf würdest du nie kommen. Er war gar kein Pfarrer.«

Campion starrte ihn an.

»Er war kein Pfarrer?«, wiederholte er ungläubig. »Sie haben dich wieder mal an der Nase rumgeführt, Stanis.«

»Nein. Es stimmt wirklich.« Der andere Mann schüttelte den Kopf. »Eine fünfzig Jahre alte Betrugsgeschichte. Es waren einmal zwei Brüder – Swithin Cush, frisch ordiniert, und Welwyn Cush, zu arm, um zu studieren. Swithin starb, offenbar recht überraschend, an einem Herzleiden. Die beiden bewohnten damals gemeinsam Zimmer in einem Haus in Kensington. Der Tote war gerade zu seiner ersten Stelle als Hilfspfarrer in einem Dorf in Norfolk berufen worden. Der jüngere war eng mit der Tochter des Hauses befreundet, und ich nehme an, dass sie ihn auf die Idee gebracht hat. Der Tote wurde unter Welwyns Namen beerdigt, und der trat seine Stelle an. Die Brüder waren nur ein Jahr auseinander, und sie haben sich anscheinend sehr ähnlich gesehen. Niemand schien Welwyn auch nur für einen Moment zu verdächtigen, und die Jahre zogen ins Land, wie es auf dem Lande so geht. Das Leben entsprach ihm, der Pfarrer mochte ihn, und er war bei den Gemeindemitgliedern sehr beliebt. Fünf oder sechs Jahre später wurde er nach Mystery Mile berufen, und seine dortige Geschichte kennst du wohl besser als ich. Je älter er wurde, umso sicherer konnte er sich fühlen. Die einzige Person, die sein Geheimnis kannte, war die Frau in Kensington. Sie starb erst etwa vor einem Jahr. Ihr Name war Aggie Saunders, du kannst dir sicher vorstellen, was für eine Person das war.« Er warf einen Blick auf Campion, der sich mit aufgerissenen Augen in seinem Sessel vorgebeugt hatte. Er fuhr fort:

»Sie konnte es sich nicht verkneifen, ihn von Zeit zu Zeit an die Macht, die sie über ihn hatte, zu erinnern, indem sie ihn durch lange, weitschweifige Briefe vorsätzlich an das Geheimnis erinnerte. Er schrieb ihr zurück und bat sie, ihm nichts derartig Belastendes mehr zu schreiben. Wahrscheinlich war ihr klar, dass ein Brief in dieser Angelegenheit unweigerlich eine Antwort von ihm zur Folge haben würde, und daher ritt sie weiter schamlos darauf herum. Als sie fühlte, dass ihr Ende nahte, bündelte sie alle seine Briefe und schickte sie ihm, unglückseligerweise genau in der Woche, als Kettle seine Stelle als Postmeister antrat. Kettle klaute die Briefe ganz einfach und übergab sie Datchett. Und von da an hatte der arme alte Knabe, den du als Swithin Cush kennst, keine ruhige Minute mehr. Was sagst du dazu?«

Campion schwieg eine ganze Weile, sprachlos vor Erstaunen. »Du lieber Gott!«, sagte er schließlich, und dann noch einmal: »Du lieber Gott!«

»Erpressung ist das schmutzigste aller Verbrechen«, sagte der Mann von Scotland Yard. »Ich bin froh, dass Datchett seine verdiente Strafe bekommen hat.«

Campion sah seinen Besucher verlegen an.

»Das wirft eine etwas heikle Frage auf, in Sachen Taufe, Trauung und Beerdigung in Mystery Mile«, sagte er. »Was fangen deine Leute mit den Briefen an?«

Kriminalinspektor Stanislaus Oates zuckte die Schultern. Er wirkte nahezu förmlich in seiner Unbestimmtheit. »Was immer man Scotland Yard auch vorwerfen mag«, sagte er, »man kann uns nicht nachsagen, dass wir Unglück verbreiten. Wir erhalten den Frieden – das ist unsere Aufgabe. Ich glaube nicht, dass wir die Sache weiterverfolgen werden. Das würde allenthalben eine Menge Unannehmlichkeiten zur Folge haben und einen Kirchenskandal, den man stets tunlichst vermeiden sollte. Ich kenne mich im

Kirchenrecht nicht aus – ich fürchte, es wäre ein Fall für den Erzbischof, wenn es je herauskäme.«

Bei dem Wort ›Kirchenrecht‹ spitzte Campion die Ohren. Jetzt erst begriff er die Bedeutung des geheimnisvollen Satzes in Swithin Cushs Brief an Giles: ›*Falls ernsthafte Schwierigkeiten auftreten … schickt Albert zu Alaric Watts … Er wird wissen, was in dieser Lage zu tun ist.*‹ Das waren also die ernsten Schwierigkeiten, vor denen sich der alte Mann gefürchtet hatte.

»Es kann natürlich sein«, fuhr der Inspektor fort, »dass die Behörde beschließt, die Sache der Kirche zu melden. Das würde aber höchstens irgendeinen unbedeutenden Gesetzeserlass nach sich ziehen. Die Sache ist jetzt nicht mehr wichtig, aber für ihn war sie von größter Bedeutung.«

Campion sagte nichts. Er verstand besser als jeder andere, wie ernst es für den alten Mann gewesen war, der so beliebt war bei seiner frommen Gemeinde.

»Du kannst eigentlich ganz schön zufrieden sein.« Der Inspektor wechselte unauffällig das Thema. »Abgesehen von deiner Verwundung und dem Tod des alten Pfarrers bereust du doch nichts? Wenn du den alten Lobbett und seine Kinder nicht nach Mystery Mile verfrachtet hättest, wären eine ganze Menge Dinge nicht passiert.«

»Da ist was dran«, sagte Campion so nachdenklich, dass der andere Mann ihm einen durchtriebenen Blick zuwarf.

»Was macht dir Kummer?«, wollte er wissen.

»Ich hatte eine so schöne Todesszene«, sagte Mr Campion unerwartet. »Es kommt mir so vor, als hätte man den Vorhang wieder hochgezogen und aufgedeckt, wie ich wegkrieche. Bis zur nächsten Vorstellung ist nichts Erfreuliches zu erwarten, Stanis, und ich bin mir nicht sicher, ob ich dann nicht lieber im Parkett sitzen würde.«

»Ein Schluck Brandy wird dich aufrichten – das sind die

Nerven«, sagte der andere freundlich, aber er hatte sich in seiner Diagnose geirrt.

Sie plauderten noch eine Weile, und schließlich verabschiedete sich der Mann von Scotland Yard. Campion lehnte sich in seinem Stuhl zurück und dachte über die tragische Geschichte von Swithin Cush nach.

»Der vorbildlichste Pfarrer aller Zeiten«, sinnierte er, »und gleichzeitig ein verflixter alter Schwindler. Gott habe ihn selig!«

Kurze Zeit darauf zog er einen Briefumschlag aus der Tasche seines Morgenrocks und öffnete ihn zum wiederholten Mal. Biddys Handschrift war nicht die beste. Der Brief hätte von einem Schulmädchen stammen können. Er las ihn noch einmal langsam:

Daheim, Sonntag

Mein lieber Albert!

Lugg berichtet mir, dass Du wieder aufstehen darfst. Er hat mir einen köstlichen Brief geschrieben, der beginnt mit ›Wehrte Madarm‹ und endet mit ›Nun, mein Gänschen, muss ich schließen‹. Wir werden dich Freitag wieder besuchen. In Mystery Mile ist es jetzt wunderschön, die Blätter verfärben sich, und die Äpfel warten auf die Ernte. Der D'arcy Spice, *den Swithin hinterm Haus gepflanzt hat, trägt dieses Jahr. Die Früchte werden reif sein, wenn Du kommst. Ich kann immer noch nicht verstehen, warum Du Dich unbedingt in London auskurieren wolltest.*

Der neue Pfarrer ist nett. Vier Kinder und eine außergewöhnliche Frau (für einen Pfarrer). Er wird bei dem großen Ereignis amtieren. Ein Monat ist es nur noch. Isopel wird ein kurzes Brautkleid tragen, und ich ein langes. Es wird eine richtige Landhochzeit, mit einem Dorffest und George und Henry als Kirchenälteste.

Giles bekommt anscheinend eine riesige Summe für den Romney. Ich kann gar nicht glauben, dass dieser abscheuliche Mann in irgendetwas Recht haben konnte, aber ich werde mich hüten, etwas über ihn oder die ganze schreckliche Zeit zu schreiben, obwohl ich ja Marlowe nie kennen gelernt hätte, wenn all das nicht passiert wäre.
Ich platze jetzt schier vor Glückseligkeit, aber ich wünschte, Du wärst hier bei uns. Giles sagt, wir müssen aufpassen, dass Du nicht in Pfadfinderkluft zur Hochzeit erscheinst. Aber das wirst Du doch nicht machen? Er sagt, dass Du in einer Heilsarmee-Uniform erschienen bist, als Bunny Wright Lady Rachel geheiratet hat. Versprich, dass Du diesmal keinen Blödsinn anstellst, weil ich – ach, bitte, sei so lieb!
Cuddys Tochter hat ihr Baby bekommen, ein hübsches Mädchen. Mr Lobbett (ich fange an, ihn ›Poppa‹ zu nennen, das scheint man in Amerika statt ›Daddy‹ zu sagen, ›Daddy‹ muss wohl was anderes bedeuten) hat ihr die traditionelle Gabe überreicht. Und (das wird Dir gefallen) sie wollte das arme kleine Biest ›Honeymoon‹ nennen, wegen unsrer Hochzeiten, aber wir konnten sie davon abbringen, nun wird die Kleine stattdessen ›Bridget Isopel‹ heißen.
Addlepate hat ein neues Halsband erhalten, weil er das alte losbekommen und aufgefressen hat, oder er hat es versucht, jedenfalls hat er es ruiniert.
Mehr gibt es jetzt nicht zu schreiben, obwohl so irrsinnig viele herrliche Dinge passieren. Ich vermisse den alten St. Swithin schrecklich. Wie hätte der sich gefreut. Alice sorgt für die neuen Leute im Pfarrhaus. Und weißt Du, was ich glaube, Cuddy hat was mit dem neuen Postmeister, der kam, als Kettle ging. Er ist nicht verheiratet, oder

wenigstens nicht mehr. Er hat zwei Kinder, die Cuddy dauernd für ihn wäscht.

Und all das haben wir Dir zu verdanken, Du lieber, guter Kerl. Marlowe und ich danken Dir von tiefstem Herzen, und die anderen ebenso. Wir werden das nie vergessen. Alles Gute, mein Lieber!

Ganz liebe Grüße von Deiner Biddy

Ein Postskriptum in Marlowes säuberlicher, geschulter Handschrift war angefügt:

Komme Freitag in die Stadt mit dieser göttlichen Frau. Alles o. k. Dad möchte wissen, wo er mehr von dem 98er Portwein bekommen kann, der im Keller liegt. Der Arzt sagt, dass er Gicht davon bekommen wird. Er sagt: ›Gicht, was ist das?‹

Herzlichst Dein M. K. L.

Die andern beiden hatten auch unterschrieben. Es war ein Familienbrief. Seit undenklichen Zeiten hatten Biddys Briefe so ausgesehen – offene, unverfängliche Geschichten, die jeder lesen konnte.

Campion steckte den Brief zusammengeknüllt in die Tasche zurück, und als er aufblickte, sah er, dass Lugg mit kummervoller Anteilnahme auf ihn herabsah.

»Das soll Sie 'ne Lehre sein«, sagte er. »Da steckt Tatsache 'ne Moral dahinter. Auf Brautschau geh'n, das ist was für Trottel, genau das können Sie da draus lernen, und vergessen Sie das bloß nicht wieder.«

Campion überging seine Worte.

»Zwei Hochzeitsgeschenke«, bemerkte er. »Ich werde dich wieder auf die Dächer schicken müssen, Lugg.«

»Nur zu, nur zu«, sagte seine Perle unerwartet heftig.

»Kaufen, kaufen, kaufen – das geht mir echt auf ’n Keks. Der Brief da ist von dem Mädchen, in das Sie so verknallt war’n, stimmt’s? Also wissen Sie, was Sie Tatsache brauchen, wenn Sie schon ’ne Frau im Haus haben müssen, dann ist das ’ne nette, vernünftige, häusliche Krankenschwester. Eine fürs Grobe, die den Abwasch macht für uns.«

»Halt die Klappe, Lugg«, sagte Campion. »Was ist nun mit den Hochzeitsgeschenken? Silber muss es wohl sein?«

Lugg hatte seine Zweifel.

»Bloß um Himmels willen nie was eingravieren lassen«, gab er feinfühlig zu bedenken. »Lässt sich nicht verpfänden, nicht verkaufen, nicht mal klauen will das jemand. Es vermasselt das ganze Silber total, die Graviererei. Das ist heutzutage ’ne echte Plage geworden. Ich lass mir was einfallen.«

Campion schwieg eine Zeit lang. »Lugg«, sagte er schließlich, »sollte ich mich nicht zur Ruhe setzen? Dieser Beruf wirkt abschreckend auf die Leute.«

Mr Luggs Miene brachte ihn zum Schweigen. Der alte Knastbruder starrte ihn an, mit weit aufgerissenen Augen und offenem Mund.

»Sie haben ’nen Rückfall. Ich werd Sie was mixen.«

»Halt!« Campion hob die Hand. »Sei kein Dummkopf, Lugg. Ich meine es ernst.«

»Das allein schon ist ungesund«, sagte Lugg und stapfte aus dem Zimmer.

Campion setzte sich wieder. Er zog den Brief aus der Tasche und warf ihn ins Feuer. Mit gefalteten Händen saß er da und sah zu, wie er verbrannte. Dann wand er sich unruhig in seinem Sessel. Von Faber in Broadmoor, Simister tot – einen Moment fühlte er sich wie Alexander der Große, begierig darauf, neue Welten zu erobern.

In dem Moment kam Lugg zurück. Er wirkte ganz bedrückt und etwas besorgt. Er hielt eine Visitenkarte in der Hand.

»Ein reichlich merkwürdiger Vogel da draußen«, sagte er in einem heiseren Flüsterton. »Ein Ausländer. Soll ich ihm eins auf die Rübe geben?«

»Keine Ahnung«, sagte Campion. »Lass mal sehen.«

Lugg trennte sich nur unwillig von der kleinen Karte. Ein Blick darauf ließ Campions Augen aufleuchten, und seine Wangen röteten sich vor Freude. Er rauschte an Lugg vorbei und öffnete die Tür.

Kurz darauf kehrte er mit einem Mann seines Alters zurück, ein dunkler, gediegen wirkender Herr mit einer leicht militärischen Haltung.

Sie unterhielten sich überschwänglich in einer Sprache, die Lugg später als ›Affen-Kauderwelsch‹, bezeichnete. Offensichtlich kannten sie sich seit langem.

Nach einer kleinen Weile zog der Fremde einen Brief hervor, einen stabilen grauweißen Umschlag, purpurrot versiegelt und verschnürt. Er verbeugte sich und trat ein, zwei Schritte zurück, als der Engländer ihn sorgfältig aufschnitt. Das einzige Blatt Papier, das sich darin befand, war mit dem Wappen eines berühmten europäischen Fürstenhauses geziert, aber die paar Zeilen waren in Englisch abgefasst.

Beste Grüße. Mein lieber Freund, ich bin in Not. Staatsbesuch in Indochina vorgesehen. Steht mir bis oben. Können Sie meine Stelle einnehmen, wie gehabt?

Stets Ihr R.

PS Ärger vorauszusehen, wenn's recht ist. Bei allen Eiligen (so sagen Sie doch immer), kommen Sie und helfen Sie mir.

Mr Campion faltete die Botschaft sorgsam zusammen und warf sie ins Feuer. Er war ganz offensichtlich begeistert. Er strahlte seinen Besucher an. Dann trat er zu seinem Schreibtisch hinüber, schrieb ein paar Worte auf ein Blatt Notizpapier und steckte es in einen Umschlag, den er sorgfältig versiegelte. Dann tauschte er noch ein paar Nettigkeiten mit seinem Besucher aus, und der Fremde verabschiedete sich wieder.

Als sich die Tür hinter ihm geschlossen hatte, wandte sich Campion seinem neugierigen Adjutanten zu.

»Lugg«, sagte er freudig, »du darfst mir die Hand küssen.«